小学館文庫

私が先生を殺した

桜井美奈

JN054523

小学館

私が先生を殺した

プロローグ

グラウンドに並ぶ生徒たちは例外なく、退屈そうにしていた。校長の話はかれこれ十分以上続き、しばらく終わる気配がなさそうだったからだ。

「昔から、災害は忘れたころにやってくる、と言われています。近年、大きな災害が毎年のように全国……いや、世界各地で起こっています。自然災害だけでなく、火災なども含めれば、いつ自分の身に降りかかっても不思議ではありません。それにも拘《かかわ》らず、人は心のどこかで、自分には関係ない、どこか遠い出来事だと思っています。もしくは、自分だけは大丈夫だ、と考えているかもしれません。ですから避難グッズの用意、避難場所の確認をするといった、災害が起こるたびに繰り返し言われることを、ここにいる人たちの中で、どのくらいの人が準備をしているのか。全員ではありませんよね？　地震がいつどこで起こるかは、学者であっても正確に予測できないことなのに、自分には関係ないと思うのが、人間の心理なのです」

ときおりハウリングを起こし、スピーカーが耳障りな音を発しているが、生徒たちには、これも校長の話の一部にしか聞こえていないようだ。そもそも、話の内容など誰も気にもしていなかった。その証拠に、校長の問いかけに反応する生徒は一人もいない。

「えー、今回はいつもとは違う状況を想定して避難訓練を行いました。普段は教室で授業を受けている時間に行いますが、今日は昼休みでした。昼休みということは、どういうことか？　各々、いた場所が違うということです。体育館？　グラウンド？　もちろん教室にいた人もいるでしょう。中には部室にいたという人もいるかもしれません。階段や廊下、トイレにいた人もいるはずです。なぜこういった訓練を行ったかといえば、先ほども言ったとおり、災害は忘れたころにやってくるからです。地震が起きたとき、必ずそばに先生がいるとは限らないのです。そんなとき、自分の身をどうやって守るのか。いいですか？　災害は他人事《ひとごと》ではないのです。各自が判断して動く必要があるのです。今日はそのための訓練でした」

学年が上がるにつれて反応が薄くなっている。中にはあくびをする生徒もいた。

「えー最後にもう一つだけ、みなさんにお伝えしておきたいことがあります」

暦の上ではすでに秋だが、午後一時の陽射《ひざ》しはまだ夏の名残《なごり》がある。それでも、グラウンドには心地よい風が吹いていた。

三年生にとっては、この才華《さいか》高校にいるのもあと約五か月。だがその前に、大学受験という壁を乗り越えなければならない。目標に向かって勉学に勤《いそ》しむ者、まだ目標を見つけられない者、目標を見失っている者。置かれた状況は様々だが、多くが大学へ進学するこの学校において、受験は生徒たち共通の悩みだった。

――キィィン。

ハウリングするたびに、校長がマイクテストをするように、二度三度「あ、あ」と声を発し、また話し始める。

最後に、と言ってからさらに続く話に、生徒たちの我慢も限界に近づき、グラウンドがザワザワとし始める。そのとき――。

「ねえ……あそこに誰かいない？」

一人の生徒の声につられるように、次々と顔があがる。

「――え？」

屋上のフェンスの外側に人の姿が見えた。

「嘘《うそ》」「マジで？」「ヤバすぎるだろ！」

ざわめきは、いくつもの意味を持った言葉とともに広がり、悲鳴も聞こえ始めた。だが校舎の屋上までは距離があり、グラウンドからは、はっきりと顔は見えない。だが背が高く、小顔でバランスの取れたあの教師のシルエットに見覚えがない生徒は、この学校にはいなかった。

屋上のフェンスの外にいる意味が、その場にいた全員に最悪の事態を想像させ、「そこにいろ」「動くんじゃない！」「バカなことはするな」と怒鳴るように教師たちが声をとばす。

だが、その言葉は届かなかったのか、屋上に立つ人物は、それ以上は進めない場所へと、足を踏み出す。

すべてがスローモーションで、すべてが一瞬だった。身体《からだ》は真っ逆さまに宙を舞った。

重い何かが地面に叩《たた》きつけられ、砕けるような音がグラウンドに響く。

その直後、激しく泣き叫ぶ声と悲鳴のような声が入り乱れた。

騒然とするグラウンドとは対照的に、生徒のいない教室はひっそりとしていた。

ただ、黒板に大きく書かれた乱れた文字だけは、激しい感情を残している。

黒板には、こう書かれていたからだ。

『私が先生を殺した』――と。

第一章　砥部《とべ》　律《りつ》

カレーの写真に五いいね。

スニーカーの写真に三いいね。

ラーメンの大盛り写真に四いいね。

ちょっと奮発して買ったジャケットの写真に二いいね。

手付かずの夏休みの課題に……一いいね。

最後の一いいねは、すべての写真にいいねを押している寺井《てらい》だ。しかも三日に一度、一気にまとめて押すという適当さだ。

「寺井は内容を見ずに押してるだろ」

もしかしたら、自動でいいねをつけられるアプリでも使っているのかと疑いたくなるレベルだ。有料アプリだから使わないと言っていたけど、無料《ただ》なら使うのか、とツッコみたくなった。

とはいえ、そんな寺井の存在がちょっとありがたく思えるくらい、いいね、がつかない。特にジャケットの写真は、もう少し反応があると思っていた。

「ったく……」

軽い舌打ちが静かな教室の中に響いた。板書をしていた川俣《かわまた》の手が止まる。

ヤバいと思って、慌ててスマホを机の中に入れた。

三十代半ばのオバサン教師は、ちょっとウザい。ウザくない教師なんていないけど。

一度手を止めた川俣は、また文字を書き始めた。

今は五時間目の現代文の時間だ。俺の一番苦手……嫌いな科目だ。

昼食を終えて、ただひたすら眠いだけの時間。興味もないし、そもそも先生が何を説明しているのかがわからない。呪文のように聞こえる声は、日本語なのに英語レベルに意味不明だった。

俺は窓の外を見た。

九月になったのに、ガラス越しの陽射《ひざ》しがチリチリと左腕を焼いている。なのに、天井に取り付けられたクーラーがこれでもかってくらい右腕を冷やす。暑いのか寒いのか、俺にもよくわからないけど、この陽射しだけは勘弁して欲しかった。

「センセー、カーテン閉めていいですかー？」

今度は川俣も無視できなかったらしい。

ちょっと迷惑そうな顔をして、「好きにして」と言った。少し声が尖《とが》っていた。さっきまでよりも、カツカツとチョークの音をたてながら黒板に書いている。他人が自分よりイラついていると思うと、気分が少しだけ上がった。

川俣がイラつくのもしょうがない。俺は五分前にも声をかけた。そのときは、「黒板の文字がよく見えませーん」と言った。

十分前には、ペンケースを落とした。シャーペンが四本しか入らないアルミ製のペンケースは、落とすと派手な音がする。机の端に置いていたら、少し肘がぶつかっただけで落ちた。突然の不快な金属音に、川俣はビクッと身体《からだ》を揺すった。

あーあ、夏休みは良かったなあ……。

先月までは自分の部屋のエアコンを一日中フル稼働させて、ベッドでスマホをいじっていた。SNSのチェックと、チャンネル登録した動画を見ること、漫画を読むこと、ゲームをすること。それが日課だった。

親に強制的に申し込まれた予備校の夏期講習に一週間だけ通ったけど、それ以外は、寝て、食べて、スマホを見て。それが、大学受験を目前に控えた俺の夏休みだった。

俺は机の下でこっそりと、スマホの操作を始める。

一学年上で、大学生になった先輩のSNSは、何だか楽しそうだ。頻繁に投稿される内容は、俺と同じラーメンや洋服を撮ったものなのに、浮かれているように見えた。

見つかる前に、またスマホを机の中にしまって、教師の説明を聞いているクラスメイトを見た。

俺以外にも、ぼんやりしている人もいなくはなかったけど、多くはちゃんと授業を受けている。

大学生にはなりたいけど、勉強はしたくない。

矛盾しているけど、これが本音だ。教室という一つの船に乗って、自分だけ落ちないようにしがみついている感じだった。

机の中で、スマホが光る。音を出せば見つかって取り上げられるから、もちろんマナーモードだ。

スマホを手にしたとき、視線を感じて顔をあげると、川俣と目が合った。

ヤバっ、と慌ててスマホを机の中に戻す。

授業中に使用していたことがバレると、スマホを没収され、反省文を書かないと返してもらえない。

黒板の前にいた川俣が、一歩ずつ近づいてきた。

来るなよ。こっちへ来るなよ。

必死に祈っていると、川俣は途中で足を止め、窓の方へ手を伸ばした。

「陽射しが入ると暑いから、前のカーテンも閉めましょ」

そう言ってカーテンを引いた。誰が破ったのか、真ん中くらいのところに切れ目があって、そこから陽射しが入ってきた。それでもないよりはマシだ。

川俣はこっちに来ることはなく、また黒板の前に立った。

「じゃあ、これまでの説明を踏まえて、プリント問九の問題を解いてください」

ただ、そう言いながらも、じっと俺の方を見ている。

もしかして、気づいていた？

面倒な生徒として認識されたのだろうか。まあ、どう思われても、スマホを取り上げられるよりかはずっと良いけど。

カリカリと、プリントを埋めていく音が教室に響く。

俺は真っ白なプリントには目もくれず、イスを少しずらして机の中を見る。通知を知らせるランプがまた、灯《とも》っていた。

休み時間になると、寺井がニヤニヤとした笑みを浮かべながら、俺の席にやってきた。

「砥部、さっきのわざとだろ？」

「当たり前だろ」

寺井が言った「さっき」とは、授業中のことだ。俺の視力は左右とも一・五で、黒板の文字はハッキリ見えるし、ペンケースだってわざと机の端に置いた。

授業妨害をしたのは、ただただ授業が退屈で仕方がないからだ。

「ガキかよ」

「うるせ。退屈な授業をする方が悪いんだよ」

「それは砥部の意見だろ。俺は川俣先生の授業、結構好きだけどな」

「それは寺井が現文得意だからだよ。チャラいくせに文学好きって、似合わないんだけど」

「チャラくないし」

寺井の見た目はまあまあチャラい。髪の毛は先生に何度も注意されるくらいには茶色いし、後ろの髪は襟に着きそうなくらいに伸びている。制服もネクタイをきっちり結ぶことはほとんどない。靴のかかとを踏んで校内を歩いていることもある。でもよく本を読んでいる。

「小説のどこがおもしろいのか、俺にはわからん」

「別に砥部に理解してもらわなくても良いけど、俺の好きなものを貶《けな》すなよ。ま、そんなこと言っても、物理とか数学とか、いったい何が楽しくてやっているのかと、俺も理系の連中を見ていると思うけどさ」

寺井の言い分はわからなくもない。好きな教科と嫌いな教科。どちらもあるのはおかしくない。

でも俺は、勉強全部が嫌いだ。何のためにやっているのかもわからないし、この勉強が将来、何に役立つのか、さっぱりわからなかった。

「きっとさ、俺の読書って、砥部のスマホみたいなものなんだよ。あ、スマホだとおかしいか。SNSとかゲームとかと一緒って感じ？　ないとつまらないだろ」

「そーかなー」

違う気がする。俺の場合、スマホでアレコレするのが楽しいんじゃなくて、スマホを手にしていないと落ち着かないだけだ。

寺井はマイペースすぎて、周りと合わせる気がないのか、教室の中でも独特のポジションにいる。仲間外れにされているわけではないけど、自分から人の輪には入らない。

「ってか、寺井。おまえのいいねの付け方、適当過ぎだろ」

「迷惑ならやめるよ」

「いや……別に」

寺井が義理でいいね、をしてくれてるのはわかっている。いいね、の少ない投稿に自分の痕跡を残すのが面白いらしい。まったく理解できないけど、ちょっとありがたい。

寺井と俺は、気が合うというよりは、他に友達もいないから、学校にいるときはつるんでいるだけだ。だから放課後や休日に会うことはない。学校生活を送っていると、誰も話す相手がいない、というのは結構困ることが多い。深夜に宿題の範囲を知りたいときや、二人一組で何かをするときだ。だから、お互い持ちつ持たれつという感じで一緒にいた。

「あ」

寺井の目が、俺を通り越して、その先に向いている。振り返ると、後ろに蓮沼《はすぬま》が立っていた。

「砥部さあ、さっきの何？」

蓮沼はいきなり喧嘩腰《けんかごし》だ。穏便に、という様子は微塵《みじん》も感じられなかった。

そっちがそのつもりなら、こっちだって負けちゃいられない。俺は蓮沼を睨《にら》んだ。

「何って？」

「現文の授業中のことだよ。子どもみたいなことしてただろ。寝てていいから、静かにしてくれ」

「はあ？　授業中に寝てていいわけないだろ」

「起きているとうるさいから、寝てろって言ってんだよ。それか、おとなしくスマホいじってろよ」

「授業中にスマホもダメだろ」

さすがに、自分でもこんなことを言っててどうかと思ったが、蓮沼の態度を見ているとイライラした。

蓮沼はわざとらしいため息をつきながら、はいはいと、まったく承知していない様子でうなずいた。

「……迷惑なヤツ」

吐き捨てるように言った蓮沼が、その場から離れようとする。が、カチンときた俺は、近くにあったイスを蹴飛ばした。

「オマエに迷惑なんてかけてねえだろ！」

「授業中にうるさいのが迷惑ってわからないのがおかしいだろ。まったく、言葉通じないヤツに何言っても無駄だな。勉強する気がないなら、学校に来んなよ」

「本当にそう」

蓮沼に同意したのは女子だった。

少し離れた席に座っていた宮野《みやの》が、俺たちの方を見ていた。

「砥部くん、授業中は静かにしてよ。騒いで注目して欲しいって、小学生みたいなんだけど。そもそも、勉強する気がないのに、学校に来る意味あるの？」

蓮沼も宮野も、言葉は違っても、同じことを言っていた。

二人に責められると分が悪い。

寺井は真面目《まじめ》なタイプではないから黙っているけど、俺の味方になるわけでもない。

腕を組んで、事の成り行きを眺めていた。

「私たち、砥部くんに付き合っている時間はないの」

俺だって、教室になんかいたくない。

でも、こいつらに学校に来るなといわれる筋合いもない。ただ、俺の味方になってくれそうな人は誰もいなかった。

ネットにさらしてやるか。学校来るなって言われたって。

そんなことを考えていると、宮野が一歩距離を詰めてきて、下から俺を睨みつけた。

「誤解して欲しくないから言うけど、私は砥部くんに学校に来るなって言っているワケじゃないの。だからおかしなこと、ネットに書き込まないでね。たまに、クラスのことを書いているみたいだし」

顔がカッと熱くなった。考えていたことを見透かされるのは恥ずかしい。

「あ、私別に砥部くんのSNSなんてチェックしていないから」

「え?」

じゃあ、どうして知っている?

そう思ったとき、教室の入り口付近でこっちを見ていた女子三名が、クスクスと笑っていた。

アイツらかよ。

「しねーよ! そんなこと」

いたたまれない。クラス中から笑われている気がした。逃げ出したいけど、そうするのもカッコ悪い。意地になって席に座ると、六時間目のチャイムが鳴った。俺は教科書も出さずに、机に突っ伏して寝ることにした。

　六時間目の授業が終わって帰る準備をしていると、教室に奥澤《おくさわ》がやってきた。

「砥部くん。このあと、時間があったらちょっと来てもらえるかな？」

　教師からの呼び出しは、まったくいいことがない。周囲に人がいてもできる程度の話であれば、わざわざ呼び出さないからだ。

「今日はちょっと……」

「じゃあ明日は？　放課後が難しいなら、朝でも良いよ。職員朝礼があるから、その前になると、いつもより五十分くらい早い時間になってしまうけど。こっちはかまわないから」

　俺がかまう。朝なんて一秒でも長く寝ていたい。そして、いくらやり過ごそうとしても、この調子では予定が空くまでずっと呼ばれそうだ。

「……今日でいいです」

　ありがとう、と微笑《ほほえ》まれたが、全然ありがたくない。

　ただ女子に言わせると、身長が百八十センチはあり、優しそう、イケメン、さわやかと評判の奥澤からは、恐《こわ》さは感じない。教師としては若く話しやすいため、男子からは兄的存在として慕われている。そして寝ぐせのまま学校へ来たり、ヘンな趣味のネクタイを好んでしているところは、完璧すぎないところが可愛《かわい》いと好かれていた。

もちろん、全員が奥澤を受け入れているわけではない。九割は奥澤を慕っているけど、俺は残りの一割だ。大きな理由はない。何となく胡散臭《うさんくさ》く感じているだけだ。

無言で奥澤の後ろを付いていくと、教室ではなく、実習室が並ぶ棟の三階の廊下に連れて行かれた。奥澤は小さな部屋のドアを開けた。

「こんなところまで来てもらって申し訳ない。今、この部屋しか空いてなくて」

「別に部屋なんて、どこでも……」

言いかけてやめた。部屋に入った瞬間、奥澤が「申し訳ない」と言った意味を理解したからだ。

広さは俺の部屋と同じくらいだから六畳くらいだろうか。ただ、部屋の半分くらいのところに、天井まで届きそうな高さの棚が置かれていて、反対側は見えない。もう半分には一応、理科室にあるような大きな机があるが、日に焼けた数年前の教科書が山積みになっていて、一見して物置だとわかった。しかも、埃《ほこり》っぽくてかび臭い。

「……ここですか」

「ここしかないんだ。窓を開けるから。我慢できないほど暑かったら、職員室から扇風機を持ってくるけど、どうする？」

「いや、別に……」

　奥澤は窓を開けながら振り返って、「じゃあ、そのイスに座ってくれるかな」と言った。

　思ったよりも風が強く、暑いけど我慢できないほどではなかった。

　机を挟んで、奥澤と向かい合わせで座る。ここの机は教室より高さがあるうえ、イスが低いから、胸より上くらいしか出なくてバランスが悪い。奥澤の趣味の悪いネクタイの柄だけが目に入った。

「さて……いきなりで悪いけど、呼ばれた理由に思い当たることはある？」

「スマホのことですか？」

　どうせ現文の時間にスマホを使っていたことを、川俣が告げ口したのだろう。

　俺の予想は当たっていたらしく、奥澤は「そう」と、うなずいた。

「正直に言うと、ここ最近、いろんな先生から言われていたんだ。砥部くんが、授業中にスマホを使っていること」

「気づいていたなら、没収すれば良かったんじゃないですか？」

「そうだね。でもそれでは解決にならないでしょ。没収している間は、スマホは使えないだろうけど、自分の手元に戻ってきたら、また同じことをしない？　砥部くんはスマホの使用をセーブできる？」

「無理ですね」

俺が即答したせいか、奥澤は苦笑いした。

「授業、わからないし」

「だからって、授業を聞かなかったら、もっとわからなくなると思うよ？　家ではどうなの？」

「ずっといじってます。全然勉強してません」

ここで適当に取り繕っても、すでに俺の成績が壊滅的なことは隠しようがない。開き直るしかなかった。

「受験はどうするつもりなの？」

「俺にもわかりません。どこかの大学に行こうとは思っていましたけど、これじゃあ受験なんて無理だろうし」

「うん、砥部くんはきっと、わかっていると思っていた。だから、どう注意しようか悩んだんだ。自覚がある人に注意しても、あまり響かないから」

わかっているなら放っておいて欲しい。

ふてくされた態度をとっていると、奥澤は「でもね」と、持っていたタブレット端末をさわり始める。俺の成績でも見ているのか、一部の女子に「綺麗《きれい》」と言われている指を、画面の上で滑らせていた。

「受験のスケジュールは決まっているし、このままってわけにもいかないと思って。砥部くんのご両親も心配されているだろうし」

汚ねえな。親のことを持ち出しやがって。

中学までの俺は、結構優等生で、だからソコソコ偏差値の高い、この学校に入った。親が勉強に関して口うるさかったというのもあったし、人よりできる自分、というポジションに、俺自身が優越感を抱いていたから、それなりに勉強もした。

でも高校に入ると、それなりの勉強では、中学までと同じようにはいかなかった。一年生のときはギリギリなんとかなっていた成績も、二年生になってからは下降線をたどった。それに比例してヤル気がなくなった。進級はできたけど、俺はすっかり落ちこぼれになった。

授業が理解できないから、ぼんやりしてしまう。ぼんやりしているから授業が耳に入らず、さらにわからなくなる。悪循環の見本のような展開に、俺だって嫌気がさすが、一年以上こんな調子では、もうみんなに追い付くことは諦めていた。

問題は、俺が諦めても、親が諦めていないことだ。

うちの息子はできる。本気になればこんなものじゃない。中学まではよくできたんだから。なんとしても、希望する大学へ行けるように努力しろ。

父親も母親も俺にプレッシャーをかける。そして最後にこう言う。

——学費を払って欲しければ、それなりの学校へ行け、と。

二年生のときも担任をしていた奥澤は、保護者面談をしていて、俺の親の考えを知っている。そして俺も、親に反論できない。

「でも、ヤル気にならないんですよね」

「気持ちはわかるけどヤル気のスイッチは、自分で押すしかないからね。そこで、私も考えてみたんだ。どうやったら砥部くんのヤル気スイッチを押せるかを。手始めに、これをやってみない？」

奥澤が作業台の上に置いたのは、何冊かの薄い問題集だ。基礎編と大きな文字で書いてある。教科は英語と現代文だった。

「数学とかは私も教える自信はないけど、英語はもちろん、現代文もこのくらいなら教えられると思うから、今日からここで一緒にやらない？」

「は？」

「このあと会議があるから、長くは無理だけど」

「いや、今日はもう、帰らないとだし」

「じゃあ、明日からは？　放課後が難しいなら、朝でも良いよ」

「朝は電車の時間が……」

「じゃあ、放課後だね」

放課後もOKしたつもりはない。が、奥澤の中では決定事項なのか、さっさと明日の放課後の勉強会について話し始めた。

「でも、そんなの俺一人にだけやって良いんですか？　他の人もやって欲しいって言ったら、どうするんですか？」

「そうなんだよね。でも英語は以前からよく質問を受けていたし、何とかなると思うよ。朝や放課後が無理なら、昼休みでも良いし」

そういう問題じゃない。

「やっぱり結構です」

「でも、このままじゃマズいと思わない？」

「……ちょっと考えさせてください」

奥澤はまだ何か言っていたが、俺はさっさとイスから立ち上がって、部屋から出た。

荒くドアを閉め、ポケットからスマホを取り出す。奥澤と話している間に、通知が十件以上きていた。

SNSの中は楽しそうだ。たまに闇っぽいのも、怒りに任せた投稿もあるけど、どれもこれも発信している自分のことを見て欲しいとアピールしている。

「あー……ダルい。こんな場所に連れてきやがって」

ドアの上の方を見ると、他の部屋にはある「職員室」や「一年一組」といった、プラスチックのプレートがないことに気づいた。今は間違いなく物置だが、以前は何に使われていたのだろう。あの棚の向こうを見れば、何かわかるのだろうか。

俺はスマホをドアに向けて写真を一枚撮り、#取調室、というハッシュタグをつけて投稿した。

瞬時にいいね、が三つ付いた。でもそのあとは、いつも通り、遅れて寺井がぽちっただけだった。

承諾したつもりはないのに、気づけば毎日放課後の三十分間、『取調室』に行くことになった。拒否権がなかったのは、授業中のスマホ使用を親に連絡しないという取引を持ち出されたからだ。そしてその時間だけはスマホを取り上げられ、奥澤が用意した問題を解くことになった。

「英語より、現代文の方をしない？　砥部くん、英語はそんなに悪くないし」

「現文と比べたらマシってだけで、英語だって良くはないです。それに、奥澤先生は英語の先生ですよね？」

「そうだけど……」

奥澤の視線がチラッと、現代文の問題集に向く。きっと、俺が現文の授業に参加していないことを川俣から聞いて用意したんだろうけど、知ったことじゃない。

問題を解いていると、五分くらいで集中が切れた。問題を解いているフリをしながら、視線を少し上げる。

通知のライトが光っていないかな？

目を凝らすが、角度的に見えなかった。

「もう全部、解き終わった？」

「いえ……」

まだ最初の二問しか解いていない。

それにしても、奥澤はこんなことをして、何をしたいのだろうか。毎日三十分程度の勉強で、大学受験に間に合うわけがないというのに。

もう一度スマホに視線を向けると、奥澤が無言でそれをつかんだ。

「あとでちゃんと返すから」

机の下にスマホを隠された。

どうやら、全部解かなければ、逃がしてはくれなそうだ。さっさと帰りたい俺は、仕方なくまた、シャーペンを持って手を動かし始めた。

五問目を解き終えたとき、ドアをノックする音がした。

奥澤はイスから立ち上がり、ドアを開ける。

英語の永束《ながつか》が部屋の中に入ってきた。永束はちょっと怒っているようだった。

「放送、聞こえなかったんですか？」

永束は俺が一年生のときの担任だった。定年直前のジジイで、風貌は優しげというよりもいかめしいといった感じだ。キツイ物言いに、嫌っている生徒は多い。百六十センチくらいで体重は……わからないが、かなり太い。首元のネクタイがめり込んでいるように見える。

奥澤は頭をさげて「すみません」と謝ってから、ドアの近くにあったダイヤル式のスイッチに手を伸ばした。

「この部屋、ずっと使っていなかったから、校内放送が入らないようになっていたみたいです。申し訳ありません。何かありましたか？」

俺は永束が嫌いだ。言い方がきついのはまだ我慢できるけど、生徒によってあからさまに態度を変えるところが気に入らない。成績の良い生徒には親切だ。逆を言えば、俺みたいなのには当たりが強い。

「職員会議の時間ですよ」

奥澤が自分の腕時計を見て「あっ!」と慌てた声を出した。

「すみません。あの……」

奥澤は慌てた様子で、こっちに振り返った。

その表情が申し訳ない、と語っていることくらい俺にもわかる。

席を立った俺は、机の上のプリントを半分に畳んだ。

「提出は明日でいいですか?」

「申し訳ない。バタバタしてしまって」

全然悪くない。むしろ終わってラッキーだ。さっさと退散するに限る。

戸口に立つ永束の脇をすり抜けようとすると、ヤツは突然、俺の手からプリントを奪った。

すばやくプリントに目を通すと、ふん、と鼻で笑った。

「今さらこんなのをやっているのか」

さすがに英語の教師だけあって、問題を見てすぐにレベルがわかったらしい。

「無理しなくて良いんじゃないか？　名前を書けば入れる大学だってあるぞ」

「永束先生、生徒のヤル気をそぐような言い方はやめてください」

「奥澤先生。生徒に現実を見せるのも、我々の仕事だ。頑張れば受かるところにいる生徒ならともかく、もう九月ですよ。彼になんて構わず、もっと可能性のある生徒を見なさい」

「ああ？　なんだよそれ！」

俺が永束に突っかかっていこうとすると、奥澤に腕を押さえられた。

挑発して向かってくることを期待していたのか、永束は薄笑いを浮かべている。

奥澤の腕を振りほどこうとするが、想像以上に力が強い。奥澤の指がぐっと腕に食い込んだ。

永束はまだ何か言ってくるかと思ったが、俺の存在など忘れたかのような態度で、奥澤の方を向いた。

「先生、第一会議室に五分後」

「すぐに向かいます」

奥澤はまだ俺の腕をつかんでいる。放してくれない。

　永束の後ろ姿が角を曲がって見えなくなると、奥澤が頭を下げた。

「悪かったね」

「……先生が謝ることじゃないし」

「でも、砥部くんを傷つけたから」

「別にいいです。むしろ、今さらやっても無駄だってことをハッキリ言ってもらって、良かったと思います。奥澤先生だって、本当は永束先生と同じように思っているんでしょう?」

「そんなことはない。私は無理だとは思っていないから、ここに呼んだんだよ」

　永束はいけ好かない。生徒の前で、こいつはもう手をかけるだけ無駄と言う教師はどうかと思う。が、奥澤も何を考えているかわからない。これが本心なのか、それとも裏があるのか。

「明日の放課後も待っているよ」

「……先生、これ以上遅れると怒られるんじゃないですか?」

　俺が永束の歩いて行った方向を指さすと、奥澤は焦った様子で、会議室の方へ駆け出す。が、すぐに戻ってきた。

「ごめん、返すのを忘れていた」

俺の手の上にスマホを載せたかと思うと、あっという間に角を曲がって、姿が消えた。

「教師が廊下を走っちゃダメだろ」

急に静かになった廊下に出ると、校舎の遠くの方から楽器の音が聞こえてきた。吹奏楽部がパート練習でもしているのか、混じり合った音はテンポもリズムもバラバラで聴くに堪えない。

しばらく俺の手から離れていたスマホには、新規の通知は一件も来ていなかった。


昼休み、教室で俺は母親の作った弁当を、寺井は登校するときに買ってきたというクリームパンを食べていた。寺井は今日、クリームパン二個目だ。カレーパン一つにクリームパン二つ。三つパンを買うなら、俺なら三種類のパンを選ぶが、寺井は不思議な買い方をする。

「クリームパン好きすぎだろ」

「自分でもそう思う。でも今のところ毎日食べても飽きない。まだ一週間だけど」

見ている方はすでに飽きている。

「砥部、昨日のあれは何？」

「え？　ああ……ちょっと」

「ちょっと……か」

寺井が言っているのは、俺が投稿したSNSの内容だ。普段なら、夕方から夜にかけて二、三回は投稿するけど、昨日は一回しかしなかった。ただ、寺井が言っているのは回数のことじゃないはずだ。内容だ。

俺は黒板に『クソ教師』と書いた写真を投稿した。

実際に学校の黒板に書いたわけじゃない。教室で黒板の写真を撮って、家に帰ってからスマホで文字を入れただけだ。

「あれって、奥澤先生のこと？　昨日の放課後に呼ばれていただろ？」

「ああ……放課後に勉強させられた」

わざと誤解させるように言ったが、『クソ教師』は永束のことだ。アイツのあの言い方は、本当にムカついた。

「できない生徒は、いらないってことみたいだけどな」

「はあ？　いらなかったら、放課後に勉強を教えてくれたりはしないだろ」

誤解している寺井は、怒ってはいないようだが、少なからず俺を責めているようだった。

俺たちの間に沈黙が流れたとき、「髪切ったよね。どこの美容室に行っているのかな」と、近くで昼食をとっていた女子たちの声が聞こえてきた。続けて「じゅんじゅん」という声も。

じゅんじゅんは、一部の女子が陰で呼んでいる、奥澤のあだ名だ。奥澤潤だからじゅんじゅん。アイドルでもあるまいし、と思う。

「そろそろクセ毛がヤバかったものね」

「そうそう、あれはあれで、可愛いんだけどね。伸びるとクセが強くなるみたいだよね。雨の日なんか、ちょっと毛先がクルッとしてて」

そうなのか？

確認するように寺井を見ると、「そんなところまで見てるわけないだろ」と言われた。女子の視点は怖い。

「奥澤って、二十七歳だったっけ？　それでも女子は良いと思うのか？」

「それも、俺にわかるわけないだろ。でも芸能人みたいなものだと思えばアリなんじゃね？　しかも芸能人と違って、身近にいるし、勉強教えてくれるし、相談にも乗ってくれるんだから」

それは教師なら当然だろう、と思ったが、言わないでおいた。

「ま、砥部はクソ教師と思っているんだから、有難迷惑なんだろうけどさ。でも実際、マンツーで勉強見てもらえるってありがたいだろ」

「奥澤に勉強見てくれなんて、頼んでねーし。ほんと有難迷惑ってヤツだよ」

寺井のからかいにムッとしたせいで、ちょっと声が大きくなってしまったらしい。

それまで奥澤の話をしていた女子たちが、いきなり俺の周りを取り囲んだ。

「じゅんじゅんに勉強見てもらっているって、どういうこと?」

面倒なことになった。最初に俺に突っかかってきたのは百瀬奈緒《ももせなお》。普段から奥澤が好きなことを隠さないから、気をつけるべきだった。

「私なんて最近は、個別で見てもらえることほとんどなくなったのに」

百瀬の隣にいた別の女子がすかさずツッコむ。

「そりゃ、奈緒は英語の成績良いから、もう見てもらう必要ないし」

百瀬の英語の成績が良いことは、俺だって知っている。奥澤はテストを返却するときクラス最高の得点をみんなの前で言うが、たいていそれは百瀬だからだ。ただ百瀬の場合、宮野や蓮沼、そして黒田《くろだ》と違って、全教科トップの方にいるわけじゃない。百瀬ができるのは英語だけだ。

「私だって、前は英語の成績が悪かったの！　そこから頑張ったんだから」

「放課後の勉強会のことは俺に言われても困るんだよ。俺から頼んだわけじゃないし」

「じゃあ、行かなければ良いじゃない。じゅんじゅんは忙しいんだから」

「俺だって忙しいよ」

「何に忙しいんだか」

百瀬の鼻で笑うような態度が頭にきた。

この前から何なんだよ。蓮沼や宮野に百瀬。さらに永束まで俺に絡んでくる。受験だ、進学だ、と切羽詰まっているのはわかるけど、それを俺に押し付けるな。

「うるせえな。だったら百瀬から、奥澤に言えよ。一人の生徒だけ構うのはズルいって」

「それは……じゅんじゅんに迷惑かけたくないし……」

それまで威勢の良かった百瀬が一気にトーンダウンした。

こいつが何に怒ったり戸惑ったりしているのかわからない。むしろ言ってくれた方が、俺としても助かる。そうすれば放課後はまっすぐ帰宅できるのだから。

「砥部くんから言えば良いでしょ」

「自分が言えないこと、人に言えってよく言えるな」

「砥部くんのことでしょ！」

だったらほっとけ。

俺は大学受験なんてしたくないし、勉強もしたくないし、誰にも責められたくない。したくないことばかりで、したいことがわからないだけなんだ。

最近、同級生のSNSの投稿が減った。家に帰ったらスマホを親に預けると言っていたヤツもいたし、鍵のかかる箱にいれているというヤツもいるから、受験に向けて集中しているのだろう。稀《まれ》に、あっても気にならないという強者もいたけど、俺はそういうタイプの人間とは、永遠に交われない。

夕食後、自分の部屋でいつものようにゲームをして、SNSを見ていると、妙な動画に気づいた。

「……何だこれ？」

画像が粗い。薄暗いこともあって人の顔はわからない。動画だが音声は消されている。だけど、ただならぬ雰囲気を感じた。

広い部屋の隅の方に二人映っている。二人の距離は近く、抱き合っているように見えた。

「誰……だ？」

顔は見えないのに何か引っかかる。二十秒程度の動画を、もう一度再生した。

外より室内の方が暗い。見覚えのある窓がやけに明るく見える。逆光だが外も決して明るいわけではない。夕方の五時すぎ……くらいだろう。

見たことがある窓枠……どこだろう？　と思ったあと、俺の目はカーテンに留まった。

「これ……」

前側のカーテンはタッセルから外れ、半分くらい窓を隠している。その一部が切れているのがわかった。

「……うちのクラス」

俄然《がぜん》、誰なのかが気になった。また、動画を再生した。

二人は教室の床に座り、顔と顔を寄せている。よく見ると男子が女子の胸に手をあてているように見える。……女子は抵抗している？　いや、無理やりではなさそうだ。

「これだけじゃ、よくわからないな。ってか、校内でするなよ……」

クラス内に付き合っている奴《やつ》らはいる。でも、その二人がこんな動画を録画して、ネットにあげるとは思えない。

疑問を抱きながら、俺は何度も動画を再生する。盗み見している後ろめたさより、興味の方が上回った。

女子であることは、制服のスカートのチェック柄でわかる。しっかり見えないのは明るさが足りないせいだと思ったが、女子の方には加工がされていて、誰だかまったくわからない。そして男子の顔もいくらか隠れ……いや、シャツもスラックスも制服ではない。何より、ネクタイが制服と違った。

俺はこのネクタイの柄を覚えている。わりと最近、見た記憶があった。

「奥澤……」

奇抜な柄のネクタイをしてくる担任教師の顔が、俺の頭の中で動画にはめ込まれる。

奥澤は遠目で見るとドット柄に見えたけど近づくと魚の絵だったり、外国の国旗柄だったり、有名な絵画だったり、どこに売っているのかと思うようなネクタイをつけている。最近は、宇宙柄のネクタイにはまっているみたいだ。

校内で、そんなネクタイをつけているのは奥澤だけだから間違いない。

「マジかよ」

表で見せる顔とはギャップがあり過ぎる。奥澤を慕っているクラスメイトの顔が、俺の頭の中に何人も浮かんだ。

「ハハハ……アハハハ。すっげ。マジでヤバい。教師なんて、所詮はこんなものか。いい先生ぶりやがって、裏ではこんなことしてんのかよ」

これを知ったら、クラスのみんなは……いや学校中どんな反応をするだろうか。

愉快なわけではないのに、笑いが止まらなかった。久しぶりにワクワクした。

スマホを操作する指が高速で動く。まずは動画の保存。そして次にすることは決まっている。

このままにはしておけない。みんなに知らせなければならない、と思った。


翌朝、学校へ行くと、廊下で川俣とすれ違った。

「ちょうど良かった。砥部くんに渡したいものがあったの」

ハイこれ、と差し出されたのは、ほんのりと温かいプリントが二枚。たった今、コピーしたばかりみたいだ。

「何ですか？」

「手始めにどうかなって思って。わりとよくできている問題だから、基礎編だけど力が付くと思うの」

よく見ると、現代文の問題集のコピーだった。

「俺、頼んでいませんけど」

「うん、でも砥部くん、授業に集中できていないみたいだから、ちょっと違う問題を解いてみるのも良いかと思って」

俺を放置していた川俣が、突然プリントを渡すわけがない。裏で誰が手を引いているか、考えるまでもなかった。

笑うつもりはなかったのに、クククッと声が漏れる。おかしい。おかしすぎる。いかにも生徒のことを考えています、的な行動をするのに、陰でやっていることはその真逆だ。

「説得力ないし」

俺は川俣からプリントを受けとらず、教室へ向かった。しつこく追いかけてくるかと思ったが、すぐに諦めたらしい。もともと、奥澤に頼まれただけだろうから、俺が受け取らなければそれまでとでも思ったのかもしれない。

教室のドアを開ける。すでに三分の二くらいの生徒が登校していた。

宮野と蓮沼が俺に突進するかと思うくらいの勢いで近づいてきた。

「あれ、どういうことなの？」

「砥部の合成？」

俺の周りに一気に人が集まる。教室にいるほとんどの生徒が、俺のところにやってきた。

「砥部はどうやってあの動画を見つけたんだ？」

「えー……何となく？」

実際は、いいね、されたアカウントを見に行ったら投稿されていただけだ。

蓮沼は「何となくで見つけられるものなのか？」と首をかしげていたが、コイツに詳しく説明なんてしたくない。今まで、ゴミでも見るような目を俺に向けていたくせに、こんなときだけ寄ってくるとは、都合の良いヤツだ。反面、そう思っていたヤツがすり寄ってくるのは、なんだか気持ちいい。

宮野が蓮沼を押しのけて近づいてきた。

「そんなことより、あれは事実なの？」

「それは、見た人が決めれば良いんじゃね？」

真偽のほどは、俺にもわからない。その気になれば、誰だってあんな動画を作れるかもしれない。

もっとも、目的もなくあんな動画を作る人はいないだろう。俺はあれが、本当にあったことだと思っている。

俺を取り囲む輪の外側にいる奴らは、いくつかのグループになって、動画を検証していた。

「このネクタイ、絶対そうだよな。あんなの、他に使う人いないし」

「同じものを持っている人がいてもおかしくないけど、指がそうだったよね」

女子の視力はどうなっているのか。少なくとも、あの暗くて粗い画面で、俺には指の形までわからなかった。

中には「靴下がズボンの隙間から見えたけど、あれは間違いなくそう！」と言っているヤツもいて寒気がした。俺は奥澤がどんな靴下をはいているかなんて、一度たりとも気にしたことはなかった。

だが確実にわかっているのは、あの動画は、人の興味を惹《ひ》きつけるということだ。

これまで散々俺のことをバカにしていた連中が、動画に釘付《くぎづ》けになっている様子を見るのは楽しくてしかたがなかった。

「……じゅんじゅんがこんなことをしていたなんて、信じられない」

「信じたくない気持ちはわかるけど、証拠があるじゃない。私たちに見せていた顔は、嘘だったってこと」

「だとしたら、ずっと騙《だま》されていたの？」

「こんな時期に……私たちの大切なときなのに」

「私、凄《すご》く良い先生だと思ってた。好きだったのに」

「いったいどういう関係なんだろう？」

「学校の中でしょ」

「この教室だったよね。ってことはあの辺……」

「嫌だ、気持ち悪い！」

様々な意見が、教室の中で飛び交う。

いつもひょうひょうとしている寺井も、混乱を隠せない様子だった。

「砥部、よく見つけたな。昨日これが送られてきてから、勉強どころじゃなかったよ。俺だけじゃなくて、全員落ち着かなかったと思うけど」

「俺だって、驚いたよ」

「だよな。砥部は動画を見たとき、どう思った？」

裏切られた、とまでは思わなかったが、あの奥澤が？　とは思った。

　奥澤を慕っていた連中は、俺の比ではないほど、驚いたに違いない。寺井もショックを受けているのは、表情を見ればわかる。

「教師って、口先だけなのかって思った。真面目そうで、俺らにはもっともらしいことを言うクセに、陰では何をしているかわからないって」

「……確かに、学校で俺らが見ているのは、一部だけなんだろうなあ。でも、なんかイヤだな。俺これから、奥澤のこと、前と同じようには見れないわ。仮に正しいことを言われたとしても、あの動画と結びつけちゃうだろうし。しかし、よく見つけたな。知り合いのアカウントなのか？」

「ん？」

「動画をアップしていたアカウント。この学校の生徒なんだろ」

「わかんねえよ。確認しようとしたときには、もう削除されていたから」

「は？」

　実際、どのタイミングまでアカウントが残っていたのかはわからない。俺が動画に気づいて拡散して、新しくまた、何か上がっていないかと思って見たときは、もうなかった。その間、一時間程度だと思う。

「危なかったよなあ。俺が保存していなければ、今はもう見られないわけだし」

寺井は、そうだな、とうなずきながら、でもさ、と続ける。

「奥澤、ヤバいよな。どう見ても処分されるだろ」

「だろうな。でもそれは、俺らが気にすることじゃないだろ。むしろこのまま突き進むよりよくね？」

「まあ……それもそうか。そうだな」

女子としゃべっていた蓮沼が、俺と寺井の会話に入ってきた。

「他に動画や写真はなかったのか？」

「俺が見たのは、あれだけだ」

「そっか……今さ、女子たちが話していたんだけど、気持ち悪すぎて、奥澤先生の顔も見たくないって。当然だよな。だって相手の女子は、うちの生徒だろう？　ってことは、もしかしたら自分もこれまで、やらしい目で見られていたんじゃないかって……」

「ちょっと蓮沼くん、気持ち悪い想像はやめてよ！」

宮野の甲高い声が、騒《ざわ》めいていた教室の中に響いた。

「どんな風に見られていたとか、考えたくもない！」

一瞬、シーンとするが、またすぐに誰かが話し出す。ざわめきは、さっきまでよりもさらに大きくなった。話している内容に耳を傾けると、女子の場合は言葉を変えつつも、おおむね気持ち悪い、の一言に尽きる。

宮野が俺のそばで「ありがとう、見つけてくれて」と言った。

「いや、別に」

感謝されるためにやったわけじゃない。

でも、悪い気はしない。むしろ曇っていた空が一瞬で晴れ渡ったような気分だ。

騒がしい教室の中が落ち着くことはなくそのあとも、一人、二人と、登校してくるたびに、話は最初に戻って、みんなのおしゃべりはいつまでも止まることがなかった。

俺は自分の席に戻って、スマホを見る。拡散のためにあげた動画は、いつになく、いいね、が沢山ついていた。

——俺の学校の教師が生徒に迫っていた。

——私の学校の先生、ちょっとヤバいんだけど。

——これ、問題だよな?

——ショックなんだけど。

——教室、変えて欲しい。

ネットに書き込んでいるのは、同じ教室にいるメンバーもいるし、下級生や、わずかではあるが卒業生もいた。

ただ、特定班も困惑するくらい、相手の女子はことごとくぼかされていて、人物を特定できそうな手掛かりはなかった。

上履きも靴下も学校指定だ。おまけに、どの学年も白い紐《ひも》を使っていて、靴紐の色で学年を判別するなんてこともできない。

相手がわかれば、さらに火の勢いは増すはずだ。

ワクワクする。これで奥澤の放課後学習はなくなるだろう。何より、今まで俺をバカにしていた連中が動揺している姿を見るのが面白い。俺の成績が上がることはなくても、周りが下がったらと想像すると笑える。どうせ自分の受験が上手《うま》くいかないなら、周りも失敗すればいい。みんなが合格に浮かれているとき、自分だけ落ち込むのは惨めだ。

「おはようございます」

声とともに、教室のドアが開く。それまでガヤガヤしていた室内が、一瞬で静まり返った。

入り口に立つ奥澤は、不思議そうな顔で教室の中を見回していた。

「今日はやけに静かだね」

まあいいか、と奥澤はドアを閉めてから教卓の前に立つ。すぐに出席をとりはじめた。

名前を呼ばれ、返事をする生徒たちの声はいつもよりおとなしい。間延びした「はーい」も、耳を澄ましても聞こえにくい「……はい」もない。確実に次の人へとバトンを渡すことに集中した「はい」だった。

それが異様な空気だと、奥澤に伝わらないわけがなかった。

『渡部《わたべ》』まで出席を取り終えた奥澤は、タブレット端末を教卓に置いて、一人一人と視線を合わせるようにゆっくりと顔を動かした。

「何かあった？」

どうやら奥澤は、とぼけているわけではないらしい。本当に知らないようだ。

誰が教える？　オマエが言えよ。いや、そっちが言いなさいよ。

全員、口を閉ざしているのに、押し付け合う空気がクラス中にまん延していた。

じれったくなった俺は手をあげた。

「先生、身に覚えはありますよね？」

奥澤は小首をかしげる。

「何のことかわからない……けど、私に関する何かがあったみたいだね」

「全員、先生のことが信用できないんです」

奥澤は難問を前にした受験生よりも困惑した表情で、俺を見ていた。

「俺は……俺たちは、倫理観のない先生と会話もしたくないし、授業も教わりたくないと思ってます」

「ごめん、何のことかわからない」

奥澤は戸惑っていて、心当たりがないと言わんばかりの表情をしていた。もしかして、悪いことをしたと思っていないのだろうか。生徒に手をだしたあげく、校内でいちゃついていたことに対して。

俺以外のヤツもそう感じたのか、教室の前の方に座っていた女子が「先生、ネットに動画があがっていたこと、知らないんですか？」と決定的な一言を突き付けた。

「動画？」

「とぼけないでください！」

「とぼけてなんていない。本当に何のことかわからない」

「言い逃れようと思っても、無理です！　証拠がありますから」

女子の一言に、俺は机の中にあるスマホに手を伸ばす。だがそれを取り出す前に、教室のドアがノックされた。

「奥澤先生」

全開のドアの向こうに教頭が立っていた。その後ろには永束の姿も見えた。

「ショートホームルーム中に失礼。ちょっと来てください」

強い口調で、教頭は「早く」と奥澤を急《せ》かす。用件を聞かされないまま呼ばれた奥澤は、困惑した様子で教室を出ていった。

廊下と教室の間のドアはきっちりと閉められている。廊下側に座る生徒たちは、壁越しに聞き耳を立てていた。

俺の席は窓際だ。さすがに盗み聞きは諦める。

五分もしないうちに、教室のドアが開いた。だがそこにいたのは奥澤でも教頭でもなく、永束だけだった。

さっきまで奥澤が立っていた教卓のところに永束が立つ。

あの様子だと、当事者である奥澤よりも先に、学校側が気づいたのだろう。奥澤はたった今事情を説明されて、何があったか理解したに違いない。

永束がぐるっと教室を見回し、俺たちのことを見た。険しい表情にも思えたが、もともとこんな顔をしていたような気もした。

「とりあえず今日は俺が担任代行をする。何かあったときは俺のところへ来るように。

それから、今日は卒業アルバムのクラス写真を撮る予定だったが、後日に変更になった。撮影日は決定次第連絡する。以上！」

軍隊を思わせるような低くて太い声が、教室の中に響いた。

#わいせつ教師　#純愛？　#クビ　#懲戒解雇　#受験　#不安　#気持ち悪い

拡散は続いた。面白がっている人もいるし、不安がっている人もいる。ネットの世界ではよく見かける話なのに、自分たちが当事者になると、どこか浮足立っていた。奥澤の処分がどうなったか、それについては誰も口を開かない。永束も教頭も校長も、調査中としか言わなかった。その代わり全校集会が開かれて、このことは口外しないように、SNS等に書き込みはしないようにと口止めされた。だから、表立って騒ぐ奴らはいなかった。

学校は事件を隠ぺいしようとしている。

俺は、奥澤に担任でいて欲しいわけでも、永束に担任をして欲しいわけでもない。誰が担任になろうと、俺の未来に大きな変化はない。ただ、奥澤への追及の手を緩めるつもりはなかった。

燃え上がる炎に燃料を投下する。表立って動かなくても、教師たちから見えない裏まで、おとなしくしているつもりはなかった。それにこれは、なかったことにしていいことではないのだ。

イケメンで生徒から人気があったのは、見せかけだけ。もしかしたら、昔からやっていたのかも。教師としての資質も疑わしい。よく授業が脱線するし、テスト範囲が終わらない。おかげで俺の成績は最低を記録。

#わいせつ、と一緒に、#暴言、とか、#暴行、といったハッシュタグもつける。

書き込むことは事実よりも大げさにする。

でも事実だけ載せるより食いつきが良い。こんなのは誤差みたいなものだ。特に、学校が隠ぺいしようとしていることに関しては、許せないという声が大きかった。

悪いことは徹底的に追及しなければならない。そう考えるのは俺の他に、加瀬《かせ》と明石《あかし》、それと女子の二ノ宮《にのみや》だけだったが、仲間がいるのは心強かった。

三人はこれまで、奥澤の人気の高さゆえ遠慮していたが、以前から不満を抱えていたらしい。それぞれ嫌っていた理由は、頭髪で注意された、課題の提出が遅れて成績を下げられた、自分と話すときは仏頂面……これについては、二ノ宮の主観だけど。

そして下級生にも仲間はいた。嫌う理由は似たり寄ったりだったけど、二年の女子で一人、一度奥澤に肩を叩《たた》かれたことがあって嫌だったと言っていた奴がいた。

これは使える。そう思った俺は、すぐにネットに書き込んだ。

『O先生は、過去にも女子生徒にわいせつ行為をしていた』

本人の思い込みかもしれないが、当事者がそう思ったということが重要だ。

ネットの世界には、俺たちでさえ気づけない細かなことを発見して正体を特定していく人がいる。制服の柄、学校の窓枠、窓の外に映る風景から、事実を突き止める。やがて学校名も奥澤の名前も、相手のことも、過去の卒業アルバムまで流出するだろう。俺は燃料を投下しながら、それを待っていた。


しばらくは大きな展開はなかったが、二日後に動きがあった。でも俺が期待していたのとは真逆だった。

朝、俺が起きると、――あの動画。生徒たちが仕組んだんじゃない？　という書き込みがされていた。

動画が広がるにつれて、学校とは関係のない人たちからの意見も増えた。中には「事実無根」という書き込みもあった。外野はいつだって勝手なことを言う。

登校すると、寺井に「おはよ」と言う前に、俺は「もっと、追い込もうぜ」と鼻息荒く言った。

「何のことだ？」

「例の動画に決まっているだろ。学校は何もしないし、このままにして良いと思っているのか？」

「何もしないって言うけど、全校集会はあっただろ。校長は受験を前にして、落ち着かないことになって申し訳ないと謝っていたし」

「あんなの、口止めだよ。学校の評判を守るためで、先生たちの保身に決まっているだろ。騒ぎが大きくなったら、この学校を受験する人が減るからとか、そういうことしか考えてないんだよ」

「それもあるかもしれないけど、学校の評判が悪くなって困るのは俺らもじゃね？これ以上騒ぎが大きくなって、俺らにメリットってある？　奥澤先生と一緒に卒業式出たかったとは思うし」

「はあ？　なんだよそれ、奥澤と一緒に卒業式なんてどうでも良いし」

「……砥部ってどうして、そんなに奥澤先生のことを嫌っているわけ？」

「そりゃ……わいせつ教師なんて許せないだろ」

「そりゃ、確かにそこは許せないけど、あの動画の前までは、俺は結構好きだったけどね。さすがに今回のことは引いたし、相手が誰なのか気にはなるけど。ってかさ、あの動画って誰が撮ったんだろうな。引きの画面だったから、本人たちがセットしたものでもなさそうだし。まさか盗撮とかかな？」

「そんなの俺が知るわけないだろ」

「だよな。結局俺らは当事者じゃないんだから、これ以上首を突っ込まないで、そろそろ終わりにしとこうぜ？　追い詰めすぎても、良いことないだろ」

「寺井は許せるのか？　教師が生徒と校内で不純異性交遊なんて」

「いつの時代の言葉だよ」

寺井は呆《あき》れたような目を俺に向けていた。

奥澤の『事件』発覚から十日ほど経《た》った。なぜか少しずつ炎は小さくなっていた。特定班の能力に期待していたが、いまだに相手の女子が誰かわからない。学校名の書き込みは見つけたが、奥澤のイニシャルであるＯ・Ｊと年齢までしか出ていなかった。このくらいだと、同じクラスの誰かがやっていても驚かない。

クラスの中には、奥澤を庇《かば》う発言をした女子が三人ほどいたけど、庇ったことで奥澤の相手と疑われて、それからは誰も深入りしようとはしなくなった。

そう。みんな、自分に矛先が向きそうになると、動かなくなった。学校もできる限り抑え込みたいらしく、余計なことをすると受験に響くぞ？　と脅してくる。

宮野が思いつめた様子で俺のところへ来た。

「砥部くんは、いつまでやるつもりなの？」

以前のようなキツイ物言いではなかったが、たしなめるような含みを感じた。

「真実が明らかになるまでだよ」

「無駄な時間じゃない？」

「十日前は、ありがとう、見つけてくれてって言ったり、奥澤のこと、気持ち悪いとか言っていたのに、もういいのかよ」

「だって、奥澤先生は担任を降りたし、これ以上私たちが事を荒立てる意味がないと思って」

宮野の言う通り、奥澤は担任から外れた。あの翌日から正式に永束が担任になった。当面の措置と言っていたけど、何となくこのまま卒業までいくような気がする。

「宮野サンは、事を荒立てられたら困ることでもあるわけ？　もしかして――」

「そんなわけないでしょ！」

宮野は顔を真っ赤にさせて怒鳴った。

「ムキになることないだろ。俺はただ、もしかして受験勉強に集中できないから？って聞こうとしただけなのに。でもさ、いくら受験勉強が忙しくたって、教師が生徒に手を出したなんてことは、有耶無耶《うやむや》にしていい問題じゃないだろ」

「それはそうだけど、いつまでもこんな空気には耐えられないの！　だいたい砥部くんの場合、倫理的な問題で追及しているっていうより、受験勉強をしたくないだけでしょ！」

その一言が引き金になったのか、それまで傍観を決め込んでいたクラスのヤツらが集まってきた。ただこの前のような雰囲気ではない。宮野の言葉に同調した奴らの目は、不祥事が明るみに出た奥澤を見たときと同じ色をしていた。

「うん、そろそろ止《や》めどきだと思う」

蓮沼の声に続いて「だな」「あとは学校に任せて」「どうせ、俺たちが騒いでも、声が届くわけがないし」「これ以上やって、先生たちに目をつけられても嫌だし」なんて言葉も聞こえてくる。

そして寺井が、「やりたきゃ好きにしろよ。一人で」とつぶやいた。

「お前もかよ」

「俺たちが騒いだところで意味ないだろ。ネットの世界なんて、有象無象《うぞうむぞう》ばっかりなんだから。学校に任せておけばいいじゃん」

「その学校が、都合の悪い真実を明かすと思っているのか？」

「隠すだろうね」

寺井は即答した。その件に関しては、同じ考えらしい。だが、学校……校長や教頭を信じられなくても、動く気はないようだ。

「こんなことに、時間を使いたくないってのが本音なんだよ」

いつのまにか、この会話に教室にいた全員が参加していた。そしてそのほとんどが、寺井に同意するようにうなずいている。俺の味方は、ほんの一部……二ノ宮と加瀬しかいなかった。明石は熱が冷めた様子で、いつのまにか離れていた。

俺は昼食を食べ終えると、二ノ宮と加瀬と集まった。

「ヤル気のないヤツなんて、放っておけばいいんだよな」

こうなったら、俺たちだけでやるしかない。少ないものの、味方もいる。

とりあえず俺たちは、わいせつ動画が投稿された日の奥澤の時間割、目撃された最後の時間を投稿した。時間割を入手することは簡単だったが、目撃された時間を特定するのは難しかった。ただ、加瀬がその日の放課後、奥澤とすれ違っていた。だいたい夕方の五時前。それ以降はわからなくても、あの動画の日の暮れ方を見れば、その直後と考えて問題ないだろう。

加瀬が「そう言えば!」と、とっておきの情報を披露するかのように、目を輝かせた。

「奥澤、学校にいる」

「は?」

「謹慎処分かと思ったら、俺らが見てないだけで、学校の中にいるんだよ」

「どういうことだ?」

加瀬は、移動教室のときに忘れ物を教室に取りに戻った際、廊下で奥澤とすれ違ったらしい。

「でも、校内にいるなら、もっと見かけてもよくね?」

「たぶん、俺らが授業中に校内を移動しているんじゃないかな。それ以外は、人目につかない場所にいて」

「なるほど……じゃあ、どこにいるんだ？」

「そこまで俺にわかるわけないだろ」

「確かに……」

訊《たず》ねたものの、俺には心当たりがあった。

それにしても、どうして奥澤は校内にいるのか。この件に、校長たちが関与していないわけがない。担任と授業から外したのに……。

しばらく考えてみても何も思いつかなかった俺は、もう一度動画の検証に戻ることにした。

「二ノ宮、動画を見て、何か気づいたことある？」

「ない……ですね」

「まったく？　女子の間で噂《うわさ》になってることとかない？」

「噂レベルなら、動画の女子の候補は何人かいましたけど……結局全員否定していたし、個人名をネットにあげるのはさすがに……」

「俺だって、名前をそのまま載せようとは思わないけど、イニシャルくらい許されるだろ」

二ノ宮はしばらく悩んだ様子で黙っていたが、やがて「K、I、M、N」と答えた。

範囲が広すぎる。名前なのか名字なのかもわからない。全然特定できねえ……。

だが二ノ宮は噂であっても、これ以上は明かせないと拒んだ。当事者以外を巻き込むのは絶対に嫌だと言い張る。頭の固いヤツめ。

何とかして、相手の情報が欲しい。だが今のところ、俺に見つける方法はない。とりあえず曖昧な情報を流すしかなさそうだ。できれば、これを見て、誰かが名前を書き込んでくれれば……と、期待する。

だが翌日になっても、その投稿への反応はほとんどなかった。


行き詰まりを感じていたとき、俺のSNSのアカウントにメッセージが届いた。授業中だが、構わずそれを読んだ。

発信者は、まったく知らない相手だった。

『突然のご連絡失礼いたします。メディアdeニュースの田足井《たたらい》です。現在、学校現場における犯罪という内容で取材しており、Fly様にお話を伺いたくご連絡した次第です。よろしければ、当アカウントをフォローしていただけると嬉《うれ》しいです。よろしくお願いいたします』

メディアdeニュースを検索してみると、実在していて、主にインターネットに記事をあげている会社だった。テレビや新聞といった、目立つメディアではなかったが、ようやく来たと思った。

即行フォローして返信すると、相手からの返事もすぐにきた。

——お相手の女性は複数いるとのことでしょうか？

——まだそこまではわかっていません。

——動画に映っていた人は、特定できているのでしょうか？

——それも、まだです。

教師の名前は訊ねてこない。おおかた、すでにつかんでいるのだろう。ネット上には年齢とイニシャルが出ている。若い先生が少ない学校だから、調べればわかるはずだ。

俺が「まだ」と答えたせいか、それからしばらく返信はこなかった。

見限られたら困る。今度は俺からメッセージを送った。

——情報を教えたら、確実に記事にしてもらえますか？

返事は少ししてから来た。

——内容次第ですので、現段階では確約はできかねます。

——どのくらいまで情報があれば、記事にしてくれますか?

——記事にするかはこちらが確認してからとなります。すぐに良いお返事ができず申し訳ありませんが、よろしくお願いいたします。

つまり、今のままでは記事にしないらしい。ただ、追加の情報があれば、まったく可能性がないというわけではないようだ。

やっぱり相手の名前。もしくはそれ以上の情報がいる。他に情報は入ってこない。

となると……。

もう、奥澤本人に当たるしかなさそうだ。

スマホをポケットにしまったところで、五時間目の授業終了を告げるチャイムが鳴った。

休み時間になるとトイレに隠れ、六時間目開始のチャイムが鳴ってから廊下に出た。

目的はもちろん奥澤だ。

なぜ奥澤が校内にいるかはわからないが、現状、生徒の前に大っぴらに姿を現せないのは理解できる。

俺は『取調室』のドアをノックした。

返事はない。耳を澄ませるが、中から物音もしなかった。

もう一度ノックをする。

それでも、応える声はなかった。試しにドアを開けようとしてみるが、鍵がかかっていた。

俺はドアを壊す勢いで叩いた。

「奥澤センセー。いますよねー」

ドアを目いっぱい叩きながら、大声で呼びかける。

すると、中から鍵が開く音がして、ドアが動いた。

「やっぱり、ここに隠れていたんですね」

奥澤はよほど今回の件で追い込まれているのか、頬はこけて、目の下には濃い隈《くま》ができていた。寝不足と同時に、食事も満足に取れていないのかもしれない。今なら、何かネタを引き出せるかもしれないと思った。

「授業中だよ」

「質問があってきました」

「質問？」

俺は提出すると言って放置していたプリントを、奥澤の目の前でヒラヒラさせた。

「どうせ俺、授業聞いてないし。それなら先生に教えてもらおうかと思って。あ、今のところまだ、奥澤先生がこの部屋にいることは誰にも言っていませんから」

奥澤が頭を抱えてため息をつきながら、俺を迎え入れてくれた。

「それで、どこがわからなかった？」

「全部」

「じゃあ、そこに座って」

以前と同じように、イスに座ることを促されたが、従う必要はない。質問は、奥澤が考えていることとはまったく違うからだ。

「相手の女子は誰ですか？」

「……答えないよ」

「いくらなんでも、ひどくないですか？　俺たちは担任まで変わったのに、いつまでも、まともに説明してもらえない。あげく、余計なことをするな、受験に響くぞって脅しめいたことまで言われる。俺たちは何にも悪くないのに」

「……迷惑かけたことに関しては、悪かったと思っているよ」

奥澤の謝罪は、どこか他人事《ひとごと》のようだった。だいたい、この状況でよくも学校に来られるものだと思う。気まずいとか、恥ずかしいという感情はないのだろうか？　俺だったら学校を辞めている。でも奥澤はまっすぐ俺の方を見ていた。

「他に思うことはないんですか？」

「みんなの進路が気がかりだよ」

「しらじらしい。そんなの永束がやってるし」

「うん。できれば私が見たかったけど」

「自業自得だろ？　もっと他にないのかよ」

「他に……そうだね。もっと、ちゃんと考えれば良かったと、後悔しているよ」

奥澤は、息を吸うことを忘れてしまったのか、苦しそうに顔をゆがめた。

「だったら最初から、高校生に手なんて出すなよ！」

「だからあまり、騒ぎ立てないで欲しいと思ってはいるんだけどね」

「自分がやったことを、なかったことにするつもりか？」

「そういうわけでは……でもそうか。そうだよね。うん……すまない」

何だか、ちぐはぐな会話に思えた。奥澤は俺が投げたボールを受けとらず、ぶつかりに行っているようにも感じる。ただ、ズレている理由が俺にはまったくわからなかった。

うなだれるように足元を見ていた奥澤が、重そうに顔をあげた。

「この件について、何度聞かれても、私からは何も言えない。いずれ、校長先生から説明があると思うよ」

「どうして当事者が説明できないんだよ。もしかして、校長とか教頭とかの指示？余計なことを話して裁判とかで不利にならないようにってこと？」

「勉強の質問でないなら、授業に戻りなさい」

「どうせ聞いてないし、聞いてもわからない」

「たとえ全部がわからなくても、何か一つでも良いから、覚えたり、理解してみるところから始めてみることを勧めるよ。勉強はきっと、砥部くんを助けるものになるからね」

「そんな、教師みたいなこと言うなよ。動画のこと、ちゃんと説明しろよ！」

奥澤は申し訳なさそうにしながらも、それ以上は、謝ることも、逆切れをするようなことも、さらに否定もしなかった。

「黙っているってことは、悪いことをしたって認めたって俺は思うからな」

「そう……だよね」

苦しそうに吐いた言葉を聞いて、俺はザマーミロ、と思った。

普段偉そうにしているくせに、自分のこととなると判断が甘くなる。こんな教師、学校にいていいはずがない。

わからないのは、どうしてやらかした奥澤が被害者みたいな顔をしているのか、ということだ。

あの動画で、奥澤が女子生徒の胸を触っているのは確かなのだから。

「教室へ戻りなさい」

にらみ合っても、奥澤に引く様子はない。

俺は部屋を出てから、奥澤のわいせつ動画をスクショして、静止画にする。

#教師の資格なんてない　#逃げてばかり　#先生辞めろ

その言葉を添えて投稿した。

新しい投稿にも、反応はほとんどない。ネットメディアからも、連絡はなかった。

昼休みに自分の席でスマホをいじりながら、弁当を食べていた。

最近はすっかり、寺井と昼食を一緒に取ることはなくなった。

寺井はまだ、クリームパンを二個食べているのかな。

いや、関係ない。もう、寺井のことなんてどうでも良い。

それよりも、今日は昼休み中に避難訓練がある。どんな状況でも避難できるようにと永束は言っていたが、昼休みに行うと予告しているから、どこまで意味があるのかわからない。

とりあえず、早めに弁当を食べ終わらないと、訓練が始まってしまう。スマホをポケットにしまって、急いで弁当をかきこんだ。

黒板の上にあるスピーカーから不安をあおる警報音が流れたのは、ちょうど箸を置いたときだった。訓練とわかっていても、ゾワゾワする不快な音階だ。

「緊急地震速報です。強い揺れに警戒してください」

教室内にいた生徒たちは、一斉に机の下に入った。階段にいた場合、どうするんだったっけ、と余計なことを考える余裕があるのは、やっぱり訓練だからだ。机の下で会話をしている女子もいた。

「ただいま、震度七の地震が起きました。全校生徒のみなさんはグラウンドに避難を開始してください」

スピーカーから聞こえてきたのは現文の川俣の声だった。

机の下から這《は》い出た俺は、言われたとおりにグラウンドに向かう。廊下には先生たちが立っていて、俺らの避難する様子を見張っていた。

グラウンドに出ると、すでに列はでき始めていた。

クラスごとに、名簿順で一列に並ぶ。休み時間とあって、授業中に行う避難訓練よりクラス全員がそろった列から、その場に座っていく。

土の上に座るのが嫌な女子はしゃがんでいるが、俺は気にせず地面に腰を下ろした。

全校生徒の整列が完了するまでに十五分近くかかっただろうか。教師たちが一か所に集まり、何やら話をしていた。

しばらくすると、校長がマイクを片手に朝礼台に立った。

「みなさん、本日はご苦労様でした。今回、全校生徒がグラウンドに集合するまでにかかった時間は十七分三十二秒になります。普段の訓練では、授業中に先生に先導されて避難しますが、その場合はだいたい八分四十秒くらい。つまり、普段よりも十分近く遅いということになります」

校長の話は長い。何をそんなに話すことがあるのかと思う。多くの生徒はうんざりしているし、あくびを噛《か》みころす教師までいる。

誰も聞いていないのに、よく話せるな。

校長の話をBGMのように聞き流しているうちに眠くなる。やがて意識が飛びかけたとき、「ねえ……あそこに誰かいない？」という声で目覚めた。

避難訓練をサボって隠れていたヤツでもいたのか。そんなことを思っていると、グラウンドがざわめきに包まれる。一人、また一人と、上を向く様子を見て、俺は嫌な空気を感じた。

「──奥澤先生！」

宮野が屋上の方を指さしながら叫んだ。

屋上に男が立っているのが見えた。派手な色のネクタイだけが、やけに目立っていた。

「……嘘だろ」

奥澤はフェンスの外側に立っていた。足を一歩前に踏み出せばすぐに落ちる。

生徒の態度から、他の教員も気づき、ついには校長も俺らに背中を向けて屋上を見ていた。

あちこちで奥澤の名前を呼ぶ声がして、校長もマイクで呼びかける。屋上に向かって走り出した教師もいた。

そうだ。この動画なら、あの会社も記事にしてくれるかもしれない。

俺は屋上にスマホを向けて撮影を始めた。

校内ではもう、奥澤のわいせつ行為を知らないやつはいない。だから、なぜ、という声だけは聞こえなかった。

必死に説得する教師たちの声は届いていないのか、奥澤は反応もせず、何かを主張する様子もなかった。

そして――。

一瞬だった。

まるで学校の廊下を歩くように、足を一歩前に踏み出した奥澤は、地上へと落下する。何かが叩きつけられるような音がした。

グラウンドには、悲鳴が重なり合っていた。

しばらくグラウンドに留め置かれたあと、俺たちはいったん、教室に引き上げることになった。奥澤が落ちた場所は、ちょうど校舎と低い植木の間とあって、直接見ることはなかったが、駆け寄った教師たちは「救急車」「警察」と声を張り上げていた。

寺井が真っ青な顔で「満足か？」と俺に言った。

「どういう意味だよ」

俺の問いに、寺井は答えなかった。

いつもなら、他愛《たわい》もない話をしながら歩く廊下には、誰の声もなかった。上履きのゴム底が廊下にこすられるキュッとした音だけがいくつも重なって聞こえた。でも
――。

「何だよこれ！」

教室の中から大声が聞こえ、急いで教室に入った。

「見ろよ！」

そう言った男子生徒は、黒板を指さして震えていた。

『私が先生を殺した』

黒板には乱れた文字で、そう書かれていた。

「……え？」

「どういうことだ？」

「先生は殺されたってこと……？」

「でも、飛び降りたんだよな？」

「そもそも、誰が黒板に書いたんだよ！」

飛び交う言葉は、男女入り乱れていて、誰のものかはわからなかった。泣いているヤツもいるし、呆然《ぼうぜん》としているヤツもいる。

「ハハハ……」

おかしくもないのに、俺の口から笑いが零《こぼ》れた。

何がどうなっているのか、まったくわからない。わからないけど――。

黒板の前にいた一人が「あのさ……」と、声を震わせた。

「屋上に人がいなかったか……？」

蓮沼が「どういうことだ？」と、言った。

「は、はっきり見えたわけじゃないけど……何となく影が動いたような気が……」

「奥澤先生以外の人が屋上にいたということか？　でも仮に、屋上へ行く奥澤先生の姿を見てあとを追ったのなら、止めるだろ。だけどそんな人はいなかったはずだ。ってことは……」

蓮沼が黒板の方を向く。つられるように、黒板のそばにいた全員が『私が先生を殺した』という文字を見つめた。

そして女子の一人が「だ……誰かの、声が聞こえな……かった……？」と、泣きながら切れ切れに言った。

「誰かって、誰だ？」

蓮沼は探偵役を気取っているのか、今度は女子を問い詰めた。

女子は恐怖なのか、泣きながら首を横に振る。

「わ、わからない……わからない……けど」

「男の声か？　女の声か？」

思い出そうとしているのか、女子は身動《みじろ》ぎもせず、涙を流していたが、やがてやっぱり「わからない」と首を振った。

「どういうことなんだよ。あれは、自殺じゃないってことか？」

蓮沼がそう叫ぶと、他の奴らも「そういえば……」と話し始めた。教室の中はカオスだ。

俺はスマホを黒板に向けて、写真を撮った。

これはニュースになる。ネットメディアに送り付けたら、今度は確実に反応してくれるだろう。

シャッター音を聞きつけたのか、寺井が物凄い顔で詰め寄ってきた。

「砥部、オマエこんなことになっても、まだやめないのか！」

「俺は、真実を明らかにしたいんだよ。あの状況だと、学校は自殺で処理するぞ。自殺だって隠したいだろうが、殺人よりはマシだろ」

「そ……うかもしれないけど」

「わいせつだって、何も動きがなかったじゃないか。校長たちなんて、学校を守ることしか考えてないんだよ」

蓮沼を中心に、奥澤は自殺なんかじゃない、という話し声が聞こえてくる。

それを見た寺井は、顔は怒りに満ちているのに、涙を流していた。

「オマエ、いい加減にしろよ」

そう言い残して、俺から離れていった。

一人になった俺は、身体から力が抜けて、その場に座り込んだ。

ホッとしていた。

奥澤が屋上にいるのを見たとき、俺はヤバいことになったと思っていた。

でも自殺じゃないのなら、俺のせいじゃない。俺が追い詰めたわけじゃない。

そもそも、わいせつ行為はいけないことだ。

だから俺は悪くない。

ただ、黒板に書いてある『私が先生を殺した』という文字からずっと、目が離せずにいた。

第二章　黒田花音《くろだかのん》

夏休みが終わって九月になったものの、毎日三十度を超える日が続く。でも教室の中はエアコンが効きすぎて寒いくらいだ。カーディガンを持ってくれば良かったと思いながら、軽く腕をさすった。

昼食後の授業は、気を抜くと睡魔に襲われる。特に現代文の川俣《かわまた》先生の声は柔らかくて、一部の生徒は「子守歌」と呼んでいた。先生のことは嫌いじゃないけど、できれば一時間目か、二時間目の授業だと助かる。

といっても、そんな希望が通るわけもなく、私は左手の親指と人差し指の間にある「合谷《ごうこく》」という、眠気覚ましに効果があるというツボを、右手の親指でぐりぐりと押した。あまり効き目はない気はするけど、何かをしていれば、少しは目も覚める。

フーッと、一度大きく深呼吸してから、また黒板に向き直った。

現代文の授業は嫌いじゃない。中学生のころから得意ではないけれど、苦手というほどでもなくて、テストでは七十点は固い科目だ。でも勉強して八十点は取れても、九十点は難しい。逆に勉強しなければ六十点も怪しい理系科目は、分野によっては九十点くらい取れたりするから、一概にどれが得意でどれが苦手とは言えない。

ただ、八十点と九十点は、私にとってあまり差はない。それはどちらも成績表では「五」の評価になるからだ。

私の勉強の基準は、この評定平均をあげられるかどうかがすべてだった。かなり乱暴な考え方だけど、百点でも九十点でも「五」評価になることには違いない。もちろん欠席はせず、課題も期日通りに提出し、授業も真面目《まじめ》に受ける、という前提があってのことだけど。そうやって毎日コツコツ勉強して、テストを受けて、目標としていた、評定平均四・二になった。子どものころから体育が苦手で、一生懸命やっていても三……場合によっては二になってしまうから、これ以上あげることはできなかったけど、三年生の一学期に目標を達成した。

川俣先生の授業は、説明と問題を解くというのを繰り返すタイプで、試験にはもってこいだ。その代わり楽しい授業ではない。脱線することが少なくて、面白みに欠ける。それでも、楽しいよりテストで点数が取りやすいかどうかが大切だから、この授業は嫌いではなかった。

先生自身、自分の仕事は授業をこなすこと、と割り切っているようにも見えるから、相性は悪くないのかもしれない。

ガシャーン、と金属音が教室の中に響いた。

またか。窓際の一番後ろから聞こえてきたその音は、振り向かなくてもそこに誰がいるのかわかる。砥部《とべ》くんは四日に一回くらい、机から金属製のペンケースを落とすからだ。

川俣先生は音に驚いた様子で、身体《からだ》をビクッと震わせたけど、また黒板に文字を書き始めた。

教室にいる全員、それがわざとだとわかっている。恐らく、先生も気づいている。だけど注意しない。注意することで彼に時間を取られる方が無駄だと思っているのだろう。

迷惑な人。いつもダルそうに授業を受けている。寝ているときもあるし、スマホをいじっていることもある。先生に告げ口していた人もいたみたいだけど、私はそこまでしようとは思わない。他人に構っている余裕なんてないからだ。

授業終了のチャイムが鳴り、挨拶が終わると、川俣先生が私を呼んだ。

教卓へ行くと、畳まれた原稿用紙を渡された。

「はいこれ。今回は、かなり良く書けていたと思うわよ」

「三回、書き直しましたから」

「慣れるまでは、それで良いと思う。本番は時間配分を考えないとだけど」

私が先生から受け取ったのは、三日前に渡した小論文だ。受験対策で見てもらうことを頼んだ。原稿用紙二枚。文字にすると八百字を六十分間で書く。川俣先生の言う通り、試験本番で三回も書き直すなんてことはできない。

ただ、練習を始めたころよりは、早く書けるようになっていた。この調子なら、本番も何とかなるだろう。

「題材によっても書きやすさは違うから、当日の運もあるとは思うけど、最初のころよりもずっと書きたいことが伝わってくるし、自分の意見も書けているから、その調子で頑張って」

川俣先生は褒めてくれたけど、添削してもらった原稿用紙には、山のように赤字が入っていた。まだまだ努力は必要そうだ。

「じゃあ、こっちは新しい原稿用紙とお題。ええと、いつまでに提出してもらおうかしら……」

「明日でも良いですか？」

「もちろん私は構わないけど、他の課題もあるでしょ。そんなに急がなくても良いのよ」

「大丈夫です。少しでも慣れたいので」

「そう？　じゃあ、明日の放課後までに持ってきてね」

「はい！」

時間があった方がゆっくり考えられるけど、締め切りを作って追い込む方が、私には向いている。高校に入ってからずっと、そうやって勉強してきた。今はとにかく小論文に自信が持てるくらい書けるようにしたかった。

川俣先生は出口へ向かうと、「あっ！」と言って振り返った。

「そうそう、忘れるところだった。明日の昼休み、永束《ながつか》先生が来て欲しいって言っていたわ」

「永束先生が？」

とっさに思い浮かんだのは、脂ぎった顔のでっぷりとしたおじいさん先生だ。生徒からの評判は良くないが、私にはわりと優しい気がする。友達にも、花音は気に入られているから態度が違う、と言われたから、勘違いではないと思う。早い話、成績で露骨に生徒を差別する先生だ。

ただ、気に入られているからと言って、好きではない。

「何の用でしょうか?」

「さあ? 私はそこまで伺っていないから。忘れないでね」

「わかりました。ありがとうございます」

川俣先生はそう言って、今度は本当に教室から出て行った。


臨時学年集会として、三学年だけ体育館に集められた。エアコンのついていない体育館は蒸し風呂のように暑い。

私の隣にいる芽衣《めい》がパタパタと、シャツの胸元を扇いでいた。芽衣は同じクラスで一番仲が良く、学校にいるときはいつも一緒にいる。

「あー、クーラー欲しいよー。ってかなんで体育館で集会やるんだろう」

「三百二十人が入る教室がないからでしょ」

「わかってるよー。暑いから言いたいだけ」

せめて風があればと思うけど、今はまったく空気が動かない。さっきまで体育の授業で使っていたらしく、汗の臭いも充満していた。

「今日って何をするか、花音は知ってる？」

「受験の説明って、朝、奥澤《おくさわ》先生が言っていたけど」

「今さら何を説明するの？」

「そんなの私にわかるわけないよー」

受験に向けての説明は、春から何度も行われている。個々で受験方法が異なるのに、三年生の九月に全体集会をする意味がわからない。

しばらくすると、三学年の担任と、進路指導の永東先生と校長が、ゾロゾロと列をなして体育館に入ってきた。永東先生が、もう何度も聞いた今後の受験のスケジュールについて話し出した。

暑い中、今さらの話にぼんやりとしてしまう。こんなことなら、自習時間にして欲しかった。

永東先生の話はすぐに終わり、続けて校長先生がマイクを持った。

「今ほど永東先生から共通テスト、また国公立の二次試験のスケジュールをお話ししていただきましたが、私からは、指定校推薦について一つ、みなさんに注意して欲しいことがあるのでお伝えします」

指定校推薦というところで、私の前に座っていた芽衣が振り返った。

「花音はもう、決まっているんだよね？」

「まだ正式じゃないけど、他に希望者もいないみたいだから、だいたい？」

「良いなあ。まあ、花音はずっと頑張ってたから当然か」

声を潜めて話していたのに、永束先生が私たちを睨《にら》んでいた。

ヤバっ、と言った芽衣が、慌てて前に向き直った。

「どの入試方法でも同じことが言えますが、指定校推薦の場合は特に、この学校の卒業生という看板を背負って進学することになります。進学した大学で、どのような行動をとるか、それによって、来年もこの学校の生徒を受け入れよう、もしくはもう、この学校の生徒はやめておこう、ということになるのです。卒業したからハイ終わり！　というわけではないことを肝に銘じていただきたい。それだけの覚悟を持って、進路を決めてください。それは、みなさんの行動一つで、後輩たちが望んだ進路に進めない可能性があるからです」

校長先生の説明は回りくどいけど、何となくわかった気がする。

どうやら指定校推薦で進学した卒業生が、何かやらかしたらしい。単位が取れずに落第したのか、それとも警察沙汰になるようなことでもしたのか。

校長先生がハッキリ言わないということは、後者かもしれない。テレビのニュースになるような大きな事件でなくても、在学中の学生が問題行動を起こしたとなれば大学も処分するだろう。

「過去の話になりますが、大学生になり、高校生のころとは違った自由を楽しむ……それ自体は結構ですが、結果的に単位が取れず、留年したケースもありました。その場合も、翌年からそこの学校への推薦枠はなくなりました」

ドキッとした。

もしかして、私が希望している学校の推薦が取り消されたとでもいうのだろうか。

そういえば、永束先生に呼ばれている。永束先生は進路指導の先生で、推薦入試の相談も、これまで何度かしていた。

もし指定校枠が取り消されたら……。

これまでの努力が水の泡になるかもしれないと思うと、そのあとの校長先生の声が遠く感じた。

昼休みになると、私はすぐに永束先生のもとへ向かった。

永束先生は職員室ではなく、進路指導室にいる。部屋には三つほど教師用の机があるけど、永束先生は主《ぬし》のように部屋を使ってる。誰が言ったか忘れたけど、永束先生がいるから他の先生が寄り付かないんじゃないか、というのは間違っていないかもしれない。

部屋への入退室の作法にもうるさい先生だから、進路指導室の前で私は大きく深呼吸をしてからノックをした。

「どうぞ」

この声があるまでドアを開けてはならない。開けてしまうと、何度もやり直しをさせられる。わざと何度もする輩《やから》もいるけど、私は先生に怒られたくないし、余計な時間も使いたくないから気をつけていた。

「三年二組の黒田花音です。永束先生に用があって来ました。永束先生いらっしゃいますか？」

小さな部屋で、いるのかどうかはドアを開けた瞬間にわかる。それでもこれを言うのが入室時の作法になっていた。

「入れ」

「失礼します。今お時間よろしいでしょうか？」

呼ばれてきたのに、お時間も何もないような気はするけど、これもセットだ。ここまで言わないと話を始められない。

「ああ、そのイスに座っていいぞ」

まさかイスを勧められるとは思っていなかった。いつもは直立不動とまではいかないまでも、立ったまま話を聞かされていたからだ。

やっぱり、学校の推薦枠がなくなったということだろうか。

私はドキドキしながら「失礼します」と言って、イスに腰を下ろした。

「黒田は東京《とうきょう》光瑛《こうえい》大学の文学部史学科に指定校推薦を希望していたよな？」

指定校推薦は、校内で希望者を募り、そこで一度ふるいにかけられる。出願できるのは、各学校に指定された人数のみ。逆を言うと、出願できた段階で、ほぼ合格が決まる。

「はい。あの……もしかして、東光大の推薦枠が取り消しになったとかですか？」

「ん？」

永東先生の顔に疑問……いや、戸惑いだろうか。普段あまり見せない表情をした。

否定されないことに、ますます不安が募る。

「学年集会で、校長先生が推薦枠の話をしていたので、もしかしたらと思って」

「ああ、そのことか。いや、校長先生の話は東光大のことではない」

自分に関係がないとなれば、とりあえずホッとした。

「なるほど。黒田が不安そうだったのは、東光大の推薦枠がなくなったかもしれないと思ったからか。いや、それは大丈夫だ」

良かった。その学校を受験するために、入学から頑張ってきた。

「だが今回、黒田の出願は見送りになった」

「え?」

永東先生は苦い表情をしていた。

「でも、奥澤先生からは何も言われていませんが……」

「ああ。本当は、生徒に伝えるのは明後日《あさって》以降となっているんだが、黒田はずっと頑張っていたし、進路変更をするなら少しでも早い方が良いと思ったからな。俺の一存で早く伝えることを決めた」

恩着せがましい言い方に、イラッとした。

「どうして私の出願が見送りになったんですか? だって、たぶん大丈夫だろうって夏休みに奥澤先生から言われて……」

ずっと目標にしていた大学だ。誰よりも頑張ってきたと思っていただけに、まさか出願できないと言われるとは思ってもいなかった。

ふぅーっと、面倒くさそうな態度で、永東先生はため息をついた。

「あの……、私より成績の良い人がいたということですか？」

「そこから説明するのか。あのなあ、指定校は成績だけじゃないんだぞ。黒田の場合、成績は確かに良かった。でも、対外的にアピールできるものがないだろう？　わかりやすく言うと、部活で全国大会へ進んだとか、何かのコンクールで入賞したとか。もっというと、国際レベルの実績があるとか」

「国際レベル……」

「理系だと、科学オリンピックとかだな」

学校の成績を上げるだけなら、コツコツ勉強していれば可能だ。でも、運動が苦手な私にスポーツは論外。美術や音楽も、学校の授業以外経験はない。もちろん留学経験もないし、習い事もしたことがない。

「英検の二級はとりましたけど……」

「でもそれだけだ。それに検定の取得は悪くはないが、東光大を受験する生徒としては、二級だと珍しくはないってわかるか？」

悔しいが、永東先生の言う通りだ。

アピールとして弱いことくらい、私だって知っている。ただ、これが限界だった。

塾に行く余裕もないし、英検の受験料だって高額で、一度の受験に賭けた。そもそも、今だって特待生でこの学校に通っている。

何より、この推薦入試に賭けていたのは、合格すると、特待生として初年度の授業料が免除されるというシステムがあるからだ。二年目以降は、前年度の成績によって決まるが、もちろん大学に入ってからも、気を抜くつもりはなかった。

でもこれでは、それ以前の問題だ。

「あの……今からできることは？　英検の準一級を取るとか、漢検を取るとか……」

「推薦の条件は三年生の一学期までの成績や実績しか見ないことになっている」

「だったら、もっと早い段階で教えてくれても良かったじゃないですか。そうすれば他の準備だってできたかもしれないのに。他の人に決まったのは、どんなところが評価されたからですか？　教えてください」

「選考過程を開示することはできない！　このことを、俺がどんな気持ちで黒田に伝えているかわかっているのか！」

わかるわけがない。

私のために規則を曲げて、早めに知らせてやった。

そんなことで恩を着せられる理由はない。

「俺は、黒田のためを思って教えてやったんだが、それも無駄だったってことか。そうか。まあ、自分のことしか考えないような奴《やつ》には、わからないだろうな。残念だよ。黒田はもっと、広い視野を持っている生徒だと思っていたのに」

この人に何を言っても無駄だと思った。

「……すみません」

面倒くさいから、とりあえず謝っておいた。でも、納得できるわけがない。

永東先生は私の謝罪を聞いて、満足そうにうなずいていた。

「まあ、そう落ち込むな。黒田なら他の学校でも合格できるだろう。なんだったら、一般入試で東光大を受けたらどうだ？」

一般入試では特待生になるのは難しい。だから推薦での合格を目標にずっと頑張ってきた。

ただ、永東先生にそれを言ったところで無駄なのはわかっている。

そう思うと、今すぐにでも、奥澤先生に確かめたくて仕方がなかった。

いつもより早く着いた朝の学校は、少し知らない場所へ来たみたいだった。体育館やグラウンドからは、朝練をしている運動部の声が聞こえるけど、教室や廊下は静かで、人が発する熱を感じない。

昨日、永東先生から推薦を受けられないと聞いてから、すぐに奥澤先生のところへ向かったけど、職員室にも教室にもいなくて、他の先生に訊《たず》ねても「さあ？　そういえばさっきから姿を見ないわ」と言われ、会うことはできなかった。

永東先生の話では納得できない。とにかく、もっと明確な理由が知りたかった。

朝の職員室はドアが全開で、覗《のぞ》いた瞬間に奥澤先生はいないことがわかった。中には、まだ二人しかいなかったからだ。

「誰を探しているんですか？」

「奥澤先生を──え？」

部屋の中を見ていたから、後ろに人がいることに気づけなかった。私のすぐ後ろに、校長先生がいた。

「お、おはようございます」

「おはようございます。早いですね、黒田さん」

校長先生は、まだ朝の七時半にもならないというのに、眠気など少しも感じさせないはつらつとした笑顔だった。

「……私の名前を憶《おぼ》えているんですか？」

「なるべく生徒のことは覚えるようにしています」

授業を持たない校長先生が、そんなことが可能なのだろうか。この学校の卒業生でもある奥澤先生が高校生だったころ、校長先生になったという話は聞いたことがある。そのころから、生徒全員の顔と名前を覚えていたのだろうか。

「奥澤先生なら、もうすぐ来ると思いますよ」

「ありがとうございます」

校長先生は、どの先生が何時ごろに出勤しているかを把握しているらしい。先生の立場になってみると少し息苦しそうだと思った。

私は職員室から離れて、玄関の方へ向かう。

職員玄関の前に着くと、すぐに奥澤先生がやってきた。私に気づくと、一瞬あれ？という顔をしたけど、いつものように穏やかな笑みで「おはよう、黒田さん」と言った。

でも今の私は、いつも通りの笑顔でさえイラッとするし、おはよう、を言うのももどかしかった。

「先生、今お時間ありますか？」

気持ちが態度に現れていたのか、奥澤先生は表情を険しくした。

「何かあった？」

「推薦のことです。昨日、永束先生から聞きました」

「あー……」

うつむいた奥澤先生を見て、私はやっぱり本当のことだったのだと確信した。

「どうしてですか。先生は夏休みに、今のところ東光大の希望者は、私だけって言っていましたよね？　それがどうして、突然希望者が現れたんですか？」

一晩寝られなかった。どうして？　を一人で考えても、答えなんか出るわけがない。

奥澤先生は困った様子で、あたりを見回した。

「これから、出勤する先生たちが来るから、ちょっと落ち着いて話せる場所に移動しようか」

こっちへ、とそっと肩を押された。

連れて行かれたのは実習室が並ぶ棟の三階で、物置みたいな部屋だった。中には、理科室にあるような大きな机と、間仕切るように置かれた背の高い棚がある。日焼けで変色した教科書や、埃《ほこり》をかぶったイスもあった。

「気兼ねなく使える場所が欲しくて、最近、整理を始めたんだ。この部屋なら使う人がいないからね。まだ、ほんの少ししか片付けられていないけど」

少しであっても片づけてこれでは、前はどうだったのだろう。朝だからまだ涼しいけど、エアコンもなさそうだから、日中は使えないような気がする。

ちょっと込み入った話になるだろうから、と奥澤先生はドアを閉めた。

「そこに座って」

一つだけ、すでに誰かが使ったのか、埃がかぶっていないイスがあった。座ると、大きな机の向こうに座った奥澤先生の笑いたくなるようなネクタイが視界に入ってきた。

でも今は、笑うような気持にはなれなかった。

「さて、指定校推薦のことだね。永束先生から聞いた……と」

奥澤先生は突然、額《ひたい》を机にくっつけるように頭を下げた。

「申し訳ない。本当はまだ生徒に伝えるタイミングではなかったから、後手になってしまったけど……」

「理由は？」

「……永束先生は何て言ってた？」

「私にはアピールするものが少ない、と」

「なるほど……」

私は思わず机を叩《たた》いた。どうしても納得できなかった。

「今ごろ、そんなことを言わないでください！　私がコンクールや大会に出てないことは、出願の話をするよりもずっと前からわかっていたはずです。それがわかったうえで、推薦できるって話だったんですよね？」

「そうだね」

「それが今になってどうして、ダメになるんですか？」

「それは……黒田さんには、本当に申し訳ないと思っているんだけど……」

「そうじゃなくて！　最初からわかっていたことを理由にされるくらいなら、希望を出す前に教えて欲しかったです。そうすれば、まだ次も考えやすかったのに」

「うん……、タイミングも悪かったね。だからこそ永束先生は少しでも早く、と思ったんだろうけど……ごめんなさい」

イライラした。

奥澤先生との話がかみ合わない。選考過程については生徒に話せないということかもしれないけど、ただ謝られただけで、納得なんてできなかった。

「謝って欲しいんじゃないです。一度は私に決まりかけたみたいに言っておきながら、なぜダメになったのかが知りたいんです」

「それは……うん……その辺はちょっと説明が難しくなるんだけど。どう言えば良いのか……」

奥歯にモノが挟まったように、奥澤先生は言葉を濁していた。

先生は若くてイケメンで優しくて、さらに授業もわかりやすいから、生徒に好かれている。でも生徒が奥澤先生を慕うのは外見的な魅力だけでなく、味方になってくれる人だからだ。だから奥澤先生の口から出た言葉は信じられる——昨日までは私も、そう思っていた。

奥澤先生は、二年生のときの三者面談で、親と意見が対立したとき、私の意見を尊重してくれた。母親は奨学金をとって、資格が取れる学科へ進ませようとしていたけど、私は仕事に直結しなくても、大学では自分の好きな勉強をしたかった。どうせ自分で背負う借金なら、好きなことを学びたかった。

そんなとき奥澤先生が、特待生を狙う方法があることを教えてくれた。入学当初から成績は良い方だったけど、目標が定まったことで私はさらに勉強に熱が入った。でも……。

「永束先生の話では、私より優れた人が希望したって感じでした」

奥澤先生は眉間にシワを寄せたまま、黙っている。

「推薦されることが決まった人は、部活動での実績があるんですか？　それとも、何か特別な検定試験に合格したとかですか？」

「そういった活動歴は、もちろんないよりあった方が良いけど……でも決して、黒田さんに問題があったというわけではないんだ。ただ、出願基準の成績を超えるのはもちろんだけど、勉強以外のところも検討対象になることはその通りで……」

「だからそんなことは、最初からわかっていたことですよね？」

奥澤先生の眉間のシワがさらに深くなった。さっきからそうだ。肝心なことになると口を閉ざす。これでは奥澤先生を捕まえた意味がなかった。

「いったい、誰が推薦されるんですか？」

「それは言えない」

「なぜですか？　私が納得できる説明をしてください！」

私が詰め寄ると、奥澤先生は、もう一度深々と頭を下げた。

「そんなことをされても困ります！　私は、理由を説明して欲しいだけ――……」

私がそこで言葉を止めると、奥澤先生が顔をあげた。

「黒田さん？」

「説明なんてしてもらわなくても、撤回してもらえれば良いんです。やっぱり今から私を推薦すると言ってくれれば……」

大学受験で人生のすべてが決まらなくても、進学先によって、人生の進むべき方向は決まるかもしれない。今はその方向が閉ざされてしまって、混乱していた。

奥澤先生は私から視線を逸《そ》らすようにうつむいた。

「納得できないのは当然だよね。今後のことを考えるにも、ちゃんと説明する必要があるのはわかっている。……少し、時間をもらえないかな？　黒田さんにきちんと話せるようにしたいから」

――申し訳ない。

奥澤先生は、もう一度私に向かって頭を下げた。

納得はできなかったけど、今日のところは諦めるしかなさそうだ。「……わかりました」と言って席を立った。

釈然としない気持ちで部屋を出ると、ドアの前に同じクラスの百瀬《ももせ》さんが恐《こわ》い顔をして立っていた。

「何してたの？」

「え？」

突然の質問に、意味がわからなかった。

「部屋に鍵をかけて、何をしていたの？」

「えっと……」

確かに鍵はかかってはいたけど、かけたのは奥澤先生だ。デリケートな内容だから、誰も入ってこられないようにしただけだろう。

でも百瀬さんは鋭い目で私を見ている。何だか怖かった。

「ねえ、何の話をしていたの？」

「それは……」

「言えないような話なの？」

推薦されると思っていた学校を受験できない――ことは、まだ自分の中で受け入れられていない。理由もわからないまま、納得なんてできるわけがなかった。

「ねえ、黙ってないで答えて」

そのとき、室内からガタン、と何かが落ちたような音がした。

百瀬さんがハッとした様子で一瞬ドアの方を見ると、駆けるようにその場から立ち去った。

奥澤先生に相談をしてから二日が過ぎても、何の説明もなかった。毎朝のホームルームや授業で顔を合わせたとき、私は先生を見ているが、先生は私のことを見ない。それが意図的なのか、そうでないのかはわからない。

本当に説明するつもりがあるのだろうか。このまま、有耶無耶《うやむや》にしてしまおうと思っているのではないだろうか。

推薦されないのなら、一般入試のための勉強を始めなければならない。だけど、前のように勉強に身が入らない。推薦入試対策の小論文をまったく書かなくなったことも、目に見えた変化だった。

空いた時間を埋めるようにスマホに手を伸ばすことが増えた。もともと、SNSのアカウントはあるけど、ほとんど使っていなかった。でもここ最近は、何となく見てしまう。動物の動画とか、美味《おい》しそうなスイーツとか、友達の投稿とか。見ているとそれなりに楽しくて、ダラダラと時間を使っていた。

「どうすれば良いんだろう……」

スマホを置いて、すぐに勉強をすればいいことくらいわかっている。

でも、今まで疑問を抱かずにできていたことが、今はできない。

芽衣からメッセージが届いた。

――花音、すぐここ見て！　今すぐ見て！

文字だけなのに、慌てている感じがする。前にも芽衣の家で飼っている猫の動画を見るよう送られてきたときはあったけど、時間があったら見て、くらいのゆるい感じだった。

「何だろう？」

言われた通り、画像をタップする。

動画のようだ。画面はちょっと薄暗い。人物が二人いるのはわかるけど、音は消されているのか、何も聞こえなかった。

「なにコレ？」

動画自体は二十秒もないけど、もう一度見る気にはならなかった。

でも、芽衣が送ってきたことが気になる。私ほどではないけど、芽衣もあまりスマホは使わない。特に最近は勉強に集中するために、家ではなるべく目の届かない場所に置いておくと言っていた。

私はメッセージを送った。

――どういうこと？

芽衣の返信は早かった。

――見てわからない？　わからないから訊《き》いているの。

――よく見てよ。絶対にわかるから。

――もったいぶらないで教えて。

芽衣らしくない。駆け引きなどするようなタイプじゃないのに。言いたくないことなのだろうか。でも、だったら動画を送ってきたりしないだろう。

こんなことは初めてで、まったくわからなかったけど、待っても返信が来ない。

仕方なく、もう一度動画を再生した。

「絶対にわか……えっ？」

最初は場所に気づいた。見慣れた風景。一番前の席の机の脇にかけてあるカバン。いつから置かれているかわからない本。そういったすべてのものが、私が毎日過ごす場所と一致したからだ。

場所に気づくと、今度は恋人同士が放課後の教室でいちゃついているように見えて、明日から行くのがちょっとイヤになった。生々しい行為は、みんなが使う場所でしないで欲しい。

「キモチ悪……」

　私がまだ、誰とも付き合ったことがないから、そう思うのだろうか。少女漫画のような恋愛に憧れがないわけではないけど、それが現実ではないことくらい知っている。

　さらにもう一度見ると、男性のネクタイに見覚えがあって、ドキッとした。スマホを持つ手が震える。それまで他人事《ひとごと》のように見ていた動画だったが、知っている人だと気づいたからだ。

「奥澤先生……」

　私は何度も何度も何度も、動画を再生した。

　これは何かの間違いだ。そうだ。同じネクタイなんて誰にでも買えるはずだ。奥澤先生からネクタイを借りたという可能性だってある。

　だから、奥澤先生でない証拠を見つけたくて、私は一秒、一秒、動画を止めて確認した。

　だけど、確認すればするほど、動画の中の人が奥澤先生だと裏づけをしているような作業になってしまった。

　手が、指が、一瞬見えた靴下が。すべて奥澤先生だった。

「……なんで」

奥澤先生が校内で女子生徒相手にわいせつ行為をしている。

私は動画を送ってきた芽衣に電話をかけた。二回目のコールで「もしもし」という声がした。

「花音もわかったんでしょ？」

「うん……」

「驚いたよね。じゅんじゅんが生徒相手にあんなことするなんて、すっごいショックなんだけど」

芽衣は明るく話しているが、涙ぐんでいるのか、少し声が震えていた。そもそも、夜の十一時を過ぎて芽衣と電話で話したことは今までに一度もないのに、それをまったく不思議と思っていないことからして、おかしな状況だった。

「うん……なんか……ガッカリした」

親身に生徒のことを考えてくれる先生だと思っていたけど、もしかしたらずっと、仮面をつけていたのだろうか。

ただでさえ、推薦入試の件で信用が揺らいだところに、この動画だ。奥澤先生がこれまでに言った言葉一つ一つが、信じられなくなりそうだ。

「恋人はいても良いんだけど、学校で生徒相手にってところがあり得ないよね。だってさ、相手の女子が誰なのかはわからないけど、もしかしたら、うちらと同じ教室にいる子かもしれないわけでしょ？　さすがにヤバくない？」

同じクラスの……確かにあり得る。ただ、動画だけでは学年まで判別できないから、奥澤先生が自分の教室に引き入れただけという可能性もある。

「何を考えているんだろうね……」

立場を考えられないほど、相手を好きになったということなのだろうか。

「ところであの動画、どこで見つけたの？」

「あれは、保科《ほしな》くんから送られてきたんだよ。誰からって言っていたかなあ……ああ、砥部だ」

保科くんは芽衣と中学が一緒で、二人は仲が良い。クラスではあまり目立った存在ではないけど、落ち着いていて話しやすい男子だ。

砥部くんに関して良い印象はない。というか悪い印象の方が強い。授業態度も悪く、クラスメイトの邪魔ばかりしていた。そのやり方が子どもじみていて、近づきたくない相手だった。

「どうして砥部くんが、あの動画を持っていたの？」

「そこまでは私も知らない。ネットのどこかにあがっていたのを、拾ったんじゃないの？」

「そうかもね」

そう返事をしながら、私は別のことを考えていた。

ネットから見つけてきても不思議ではないけど、砥部くんが、たまたま校内に残っていたとき、二人を撮影していたという可能性もありそうだ。何にせよ、今は片っぱしから動画を送り付けているに違いない。

「明日から、どうなっちゃうんだろう」

電話はつながっているのに、返事はなかった。どこかの知らない人の話だったら、茶化すこともできただろうけど、あまりにも身近な存在の出来事は、私たちから想像力を奪った。

翌朝、教室に入るなり、芽衣が私の腕をつかんだ。

「ねえ、じゅんじゅんが学校に来てるって。里穂《りほ》がさっき、廊下で会ったって言ってた」

「様子は？」

「それが、いつもと変わらないって」

「え?」

教室の前の方で五人の女子に囲まれている里穂のところへ、私と芽衣も合流した。次々に浴びせられる質問に、里穂は興奮した様子だった。

「だから、本当にいつもと同じだったんだって。校舎に入ったときに、じゅんじゅんと目が合ったわけ。ヤバいって思ったけど、私も何を言っていいかわからなかったから、黙っていたの。そしたら、向こうからおはようございますって」

取り囲んでいた女子の一人が、里穂に質問する。

「表情は? キョドっていたとか、怪しそうだったりとかなかった?」

「えー、私の方が焦って、怪しかったと思うよ。先生は落ち着いているっていうか……やっぱり、いつもと同じだったと思う……たぶん」

話しているうちに、自信がなくなっていくのか、里穂の声は少しずつ小さくなっていく。

「他には?」

「そう言われても……その後は朝礼があるからって、急いで職員室へ行ったから」

「もっと何か聞きなさいよ」

「そういうけどさ、いざ目の前にしたら、言葉なんて出てこないから！　頭の中で言葉が渋滞するみたいな感じになるんだからね！」

里穂は、どうして私が責められるの、と唇を尖《とが》らせた。

確かに里穂の言う通りだ。

奥澤先生に訊きたいことも言いたいこともあるけど、うまくまとめられない。

教室の別の場所では、動画を拡散した砥部くんの周りに人が集まっていた。砥部くんと一緒にいることの多い寺井《てらい》くん、最近何かと突っかかっていた蓮沼《はすぬま》くん、さらに宮野《みやの》さん。砥部くんのことを嫌っているはずなのに、今はそれどころではないらしい。

「あれ、本当にじゅんじゅんだったのかな？」

里穂が難問を前にしたときのように、悩ましい表情をしていた。

「どういうこと？」

「だって、今朝のじゅんじゅん、本当にいつもと変わらなかったような気がするから……もしかして、あの動画は違う人なんじゃないかって。それに動画じゃ顔は見えなかったでしょ？」

芽衣が「でも！」と、少し大きな声で口をはさむ。

「あんなネクタイ、じゅんじゅん以外に着けている人見たことある？」

「ないけど……でも、じゅんじゅんに罪を擦《なす》り付けたい人とか、ちょっと気に入らないから陥れようとした人が買ったとか？」

「相当な恨みがないと、しなくない？　じゅんじゅんが、そんなに恨まれるかな……」

「そんなこと、私が知るわけないでしょ！」

里穂はもともと、奥澤先生のことが好きだから、信じたくないのかもしれない。

そして里穂以上に奥澤先生のことが好きな百瀬さんは、自分の席でうつむいたまま、じっとしていた。誰よりも奥澤先生のことを追いかけていた彼女にとって、今回の動画はショッキングだったに違いない。

「おはようございます」

ドアが開き、奥澤先生が姿を現すと、それまで騒がしかった教室の中が一瞬で水を打ったように静かになった。

先生の様子はいつもと変わらない。ただ、教室の空気がおかしいことには気づいたらしく、出席を取り終えると、「何かあった？」と訊ねてきた。

動画を拡散した砥部くんが問い詰めた。けど里穂の言う通り、奥澤先生は本当に何も知らない様子だ。

これは演技？　それとも、本当にわかっていない？

興味本位と、正義感と、不信感が、教室の中で複雑に混ざっていた。

そして、奥澤先生の口から何か語られる前に、教頭先生と永束先生に呼び出されて、肝心なことは何一つ聞くことができなかった。

これからどうなるんだろう……。先のことに不安ばかりが募る。

騒ぎが大きくなって、マスコミが押し寄せたりしないだろうか。学校の名前が出て、野次馬が写真を撮るために来るなんてことはあったりするのだろうか。

――それによって、進学に影響が出たりすることはないのだろうか。

推薦入試のこともまだ説明してもらっていない。

誰かに相談したい……。

これまで担当してもらった教師の顔を次々に思い浮かべる。四人目で思いついたのは、小論文を見てくれた川俣先生だった。

でもすぐに無理だと思った。川俣先生は、生徒の困りごとにそこまで親身にはならなそうだ。面倒そうな生徒の相手はしないあの態度を見れば想像できる。

……誰にも頼れない。

しばらくすると永束先生が教室に来て、担任代行をすることになったと言った。

聞きたいことはたくさんあった。だけど口を挟む隙など、まったくなかった。何か一つでも質問をしたらすぐに怒鳴りそうで、みんな少しも動くことができなかった。

翌日、全校集会で校長先生から動画の説明があった。「現在調査中。詳しいことがわかったら説明する」ということと「不確定なことはSNSに書き込まず、校外の人に何を言われても黙っていること」と、念を押された。

当然、生徒たちは納得できない。特に砥部くんは、SNSでの拡散を続けている。ただ、新しい情報が出てこないせいで、盛り上がりはいま一つだった。特に、相手の女子が誰なのかは、わからずじまいのままだ。

そのせいもあって、ほとんどの生徒は、少しずつ沈静化していった。

昼休みの校内放送で私の名前が呼ばれたのは、モヤモヤが晴れないまま、日常に戻りつつあるころだった。永束先生に至急、進路指導室まで来るように、と呼び出された。

芽衣が「うわっ」と、あからさまに顔をしかめた。

「かわいそう……アイツと二人きりなんて、絶対無理。同じ空気吸ったら呼吸困難になる」

「私だってイヤだよ」

行きたくなんかない。でも行くしかなかった。

急いで進路指導室に向かうと、ちょうど永束先生が部屋から出てきたところだった。

「遅かったな。もう一度放送してもらうところだったぞ」

自分勝手な人。お弁当を片付けて、トイレに寄っていただけなのに。

そう思ったけど、「すみません」と謝っておいた。

「まあいい。忙しいから、さっさと話を終わらせるぞ」

「……推薦のことですか？」

「いや、あれはもう別の人に決まったと言っただろう。いい加減受験する学校を決めて、今週中には提出しろ」

ホラ、と進路希望調査書を渡された。わざわざ呼び出されたのは、これを渡すためだったらしい。

結局説明もないままだ。奥澤先生に会えなくなった今、永束先生に訊くしかなかった。

「他の人が推薦された理由を教えてください」

「この前説明したのがすべてだ。他の人の個人情報までは教えられない」

「でも、大会の成績や検定の取得が必要だったなら、どうしてもっと早い段階でこのままでは無理なことを教えてくれなかったんですか？　二年生の段階で言ってもらえれば、英検のもっと上の級にチャレンジしたり、他の検定を目指せたかもしれないじゃないですか！　ずっとこのために勉強してきたんです。ちゃんと、何が足りなかったかを、教えてください！」

「うるさい！　話は終わりだ、教室へ戻れ。五時間目の授業が始まるぞ」

納得なんてできるわけがない。

だけど永束先生は私の腕をつかんで、強引に進路指導室から追い出した。

「黒田、お前なら他の学校にも行ける。学費のことを気にしているのはわかるが、他の学校にも特待生制度はある。一つの学校にとらわれるな」

「でも自宅から通えて、私の学びたい分野で、特待生になれそうなのは、あの大学くらいしか……」

「特待が無理なら、奨学金もあるだろ。とにかくもう決定したことだ。黒田は次にむけて準備しろ」

奨学金は借りたら返さなければならないものが多い。八つ離れた姉が専門学校へ進むために借りた奨学金の返済で、苦労している姿を見ている。簡単に奨学金で、とは思えない。

だけどもう、何を言っても結果が覆《くつがえ》ることはなさそうだ。

「先生なんて……」

結局授業を受ける気にならなくて、その日は教室へ戻らなかった。

ずっと優等生をしていたせいか、一度目のサボりは体調を心配された。あの永束先生にさえ、だ。

ただ、その後も気分が乗らないと教室を抜け出した。一時間目の授業に出て、フラっと二時間目を抜けて、三時間目にはまた教室へ戻る。午前のこともあれば、午後のこともあったけど、そんな毎日を過ごしていた。芽衣にも心配されたけど、理由を説明して、しばらく放っておいてと頼んだら「わかった」と言ってくれた。ただ「いつまで？」と訊かれたことには困った。いつまでなのかは、私にもわからないからだ。

やがて、永束先生に注意されるようになった。推薦がダメなら一般入試で頑張れ。まだ時間はある。オマエがサボっている間にも他の受験生は努力している、と言われた。

　でも私はその言葉をすべて無視した。そして川俣先生に、小論文の添削はもう必要ないと伝えると、わかったわ、とすんなり終わった。

「一般入試か｜」

　発した声が少しだけ響いた。逃げる場所として探し出した屋上の手前の踊り場は、他の場所より天井が高いせいか声がよく響く。

　お母さんが持っていた古い漫画の登場人物が、こんな場所によくいたかな、と思う所だ。屋上への鍵はかかっていて出られない。そのせいか、ここに寄り付く人はいない。学校で一人になりたいときは絶好の場所だった。

　難点は、気温が外とあまり変わらないところかもしれない。扉一枚向こうへ行けば屋上で、当然ながら冷房も暖房もない。イスもないから床に直接座っていると、昨日と比べて一気に気温が下がった今日は、半袖だと少し肌寒く感じた。

「ここは冷えるんじゃない？　……大丈夫？」

「え？　あ……どうして？」

　学校にいないと思っていた奥澤先生が、私の目の前にいた。驚き過ぎて言おうと思っていた言葉が全部すっ飛んで、間抜けな質問をしてしまった。

「それは私の質問だよ。永束先生からは、最近黒田さんがよく保健室に行ってるって聞いてたんだけど」

どういうことかな？　と、奥澤先生は腰を折り曲げて私の顔を覗き込む。でも心配そうに私を見る奥澤先生の方がやつれている。先生こそ、保健室へ行った方が良さそうだ。

ただ、その心配は素直に受け入れられない。推薦の件が忘れられない私は、「性格悪っ」とつぶやいてしまった。

「私がサボっているのをわかっていて、ここに来たんですよね？」

「黒田さんの体調が悪いって話を聞いたから、心配だったんだよ。ちょうど、屋上の方へ行くのが見えてね」

「どうせ、嘘《うそ》だってことはわかっているんですよね？」

「嘘じゃないでしょ。調子が悪いのは、身体ばかりとは限らないし。……そうさせてしまったのは――私のせいだから」

「そうですよ。私はいったい、これからどうすれば良いんですか」

本当は聞かなくてもわかっている。ふてくされているくらいなら、次に受験する大学を探した方が時間の無駄はない。

わかっている。そんなことはわかっているのに、気持ちが前に進まない。

知りたいことをはぐらかされて、気持ちが宙ぶらりんのままになって、どうすれば良いのかわからなかった。

奥澤先生は私と距離を取りつつ、床に座った。まだ居座る気か、と思うと自然と声がとげとげしくなる。

「こんなところにいて、良いんですか？」

「良くないね。生徒の前に顔を出すなと言われているから」

「だったら、見つからない場所に行ってください」

「うん……黒田さんが、教室に戻ったらね」

「今さら先生みたいなことしても無駄です！」

叫んだ声が反響した。

「だってそうでしょ。生徒に手を出すなんて！　教師失格です」

私は間違ったことを言っていない。奥澤先生が悪い。

だけど、先生の傷ついたような表情を見ていると、私の方が悪いことをしたように感じてしまった。

「そうだよね。でも、教師失格でも、黒田さんが心配なんだよ」

「意味わかんない！　教師だったら、生徒のことを考えて行動するものなのに、言っていることとやっていることが、ちぐはぐじゃないですか！」

奥澤先生も、永束先生も、信用ならない。みんな嫌いだ。

「先生たちは勝手すぎます。そりゃ、先生にとって生徒は数いる中の一人にすぎないんでしょうけど、進路は一人一人違うんです。もっと、自分のことのように考えてください。中途半端なことは、しないでください！」

「推薦のことは……本当に申し訳ないと思っている。この通りだ」

奥澤先生は深々と頭を下げた。

推薦のこともあるけど、動画の件もあって、今は奥澤先生のことは信用できなくなっている。この謝罪でさえ、パフォーマンスに見えた。

「言葉だけなら、いくらでも謝れます！　先生は良いですよね。謝れば終わりにできるから。謝ったって思って、忘れることができるから。でも私は、先を考えなければならないんです。どうすれば良いのかわからないのに、とどまっていられないんです！」

奥澤先生は言い訳めいたことは、一切口にしなかった。ただ、何かをこらえるように、苦しそうな表情をしていた。

休み時間になって教室へ戻ると、芽衣が「よ、不良娘」と私のところへやってきた。

「不良じゃないし」

「でも、今まで無遅刻無欠席だったでしょ？」

「一年生の冬に一度、インフルエンザで休んだよ」

「えー、でもあれは、欠席したことにならないんじゃなかった？」

「そうみたいだね」

特定の病気で出校停止になると欠席にならないことをそのとき初めて知った。だから芽衣の言う通り、三年生になって初めて「欠席」をした。

「インフルしか休んだことのなかった花音が、今は授業をサボるんだから、変われば変わるよね。もしかして、初めての反抗期？」

困った困った、と芽衣は年寄り臭いしぐさで、少し背を曲げてうなずいていた。

「反抗期なんかじゃないよ」

「そう？　まあ、今回はちょっと特殊だよね。花音はずっと、推薦のために頑張ってたし。そこに突然、候補者が出てきて負けちゃったんだから、穏やかじゃいられないのは当然か」

「うん……まあ、突然かどうかは、私が知らなかっただけかもしれないけど。進路変更なんて不思議じゃないし……。ずっと悩んで、ギリギリで言い出したのかなあ」

でも、悩んでいるという意思表示くらいはしていただろう。他のクラスの生徒だとしても、それを奥澤先生がまったく把握していなかったとは考えにくい。今思うと、奥澤先生の「演技」に翻弄《ほんろう》されていただけの気もする。

「それにしても誰なんだろう。私の代わりに推薦される人って」

「んー、永束の言葉の通りなら、目立った活動か、活躍をしてた人なんだよね？　うちの学校で世界クラスの大会に出場したって話は、聞いたことないんだけど」

「だよねえ。そうだとすると、インターハイに出た人とかかな？　それなら、何人かいたじゃない」

ただ、運動系の部活がそんなに強い学校ではない。陸上や水泳などの個人種目で全国大会に出場していても、これといった成績までは残していなかったと思う。

手持ち無沙汰なのか、芽衣はペンをクルクルと指先で回している。三回に一回くらい落としているけど、結構綺麗《きれい》に回っていた。

「あとは検定とか？　英検一級に合格した人っているのかな？」

「どうだろう。そういえば、部活と違って検定の表彰はしないよね。そうか、個人での活動だったら、全校集会で発表されないこともあるよね」

生徒は知らなくても、教師は把握していることはあるだろう。

そう考えると、ずっと先頭を走っていたつもりだったのに、自分だけ違うコースにいて、別の場所でゴールしていた人がいたということかもしれない。

「じゅんじゅんも、もっとちゃんとして欲しいよね。まったく、使えないヤツ」

芽衣が辛辣《しんらつ》なのは、アイドルに憧れるような熱の入れ方だったとはいえ、奥澤先生に対して好意を持っていたからだろう。

「まあ……動画に関しては、それ以前の問題だしね」

教室で耳を澄ませば、表向きには沈静化しつつあるとはいえ、いまだにどこかで誰かが、奥澤先生の話をしている。

芽衣が内緒話をするように、口元に手を添えて顔を近づけてきた。

「相手の女子、二年生じゃないかって話があるんだけどさ。あの動画がアップされた日、廊下で話しているのを見た人がいて」

「誰なの？」

「韮崎《にらさき》って人みたいだけど、本人は否定しているって。本当でも否定するしかないと思うけど、コレっていう確証はないらしいから、何とも言えないんだよね」

「廊下で話していただけで疑っていたら、芽衣だって疑われるんじゃない？」

「う……それを言うなら、花音もでしょ」

先生に用があって、廊下で見つけたら呼び止めるくらい、ほとんどの生徒が経験しているだろう。

「他にはないの？」

「動画からは一切、情報がないの。うまい感じでボカされていて。どう頑張っても個人の特定が難しいんだよね。まあ……だから、廊下で話していたってだけで、疑われるんだろうけど」

どうやら芽衣も、二年の女子の噂《うわさ》は本気にはしていないらしい。

「女子が誰かはわからないくらいに画像加工してあるのに、奥澤先生とわかるようにはなっているって……」

「確かに、あのネクタイが映っていると、一発でわかるよね。教師のクセに生徒と恋愛なんてけしからん！　って、じゅんじゅんを恨んでいる教師が仕組んだとか？」

「でもそんなことをしたら、学校の評判が悪くなるんじゃない？」

あ、そっか、と芽衣はペンを回すのをやめた。

「個人的に恨みを持った教師の仕返しとか、あとはじゅんじゅんにフラれた女の先生とか。あ。男って可能性も……」

「どっちにしても、奥澤先生も悪いことには違いないけどね」

芽衣が机の上に顎を乗せて、上目遣いで私のことを見た。

「まあ、そうなんだよね。いくら考えてもわからないことが多いし。どうせ、じゅんじゅんの処分は学校がするだろうから」

「まあ……ね」

「とにかくさ、花音もそろそろ切り替えない？　私なんかより、ずっと頑張っていたから難しいとは思うけど、このままだとまずいじゃない」

教師よりも友達に言われる方が、素直に言葉が耳に入ってくる。芽衣だって自分のことで忙しいのに。

「永束だって、そろそろ本気で怒るんじゃないかな？」

「それは私も思ってる」

永束先生は今のところ、注意こそすれ、怒りはしない。でもいくら気に入られているとはいえ、そろそろ雷が落とされそうだ。

「あ、そうだ。花音はじゅんじゅんが学校にいるって噂、知ってる？」

「……え？」

「加瀬《かせ》がそんなことを言っていたんだよね。でもさ、こういう場合って普通は自宅謹慎とかだよね？」

「そうだと思うけど……」

私が驚いたのは、奥澤先生が校内にいるということではなく、そのことをすでに知っている生徒が他にもいたことだ。とはいえ、校内にいればまったく誰かに見られないのは難しいとは思う。なるべく人目につかないようにしていたとしても、トイレくらいは行くから、どうしたって見つかる可能性はある。

ただ芽衣の言う通り、生徒の前に姿を現せないのに、学校に来ることは許されている。

これはちょっと意味がわからない。

「学校は何でじゅんじゅんが校舎内にいることに触れないんだろう……。わいせつのことを内々に処理したいのかな？」

芽衣が内緒話をするように声を潜めた。

「それはそうでしょ」

「まあ、今さらこの程度の話題が追加されても、そんなに騒ぎにはならないと思うけど、遅かれ早かれ広まるよね」

「すでに、広まり始めているでしょ。校内のどこにいるか、加瀬くん言ってた?」

「偶然廊下で会っただけだから、潜伏先まではわからないんだって」

「そっか……」

居場所がわかっていたら、押し掛ける人がいるだろう。今はまだそこまでの騒ぎにはなっていない。

「もう、こんなこと考えるのはやめないとだね。私も芽衣も、それどころじゃないんだから」

「そうだよ。花音も悩んでいる時間なんてないからね」

「うん……いいかげん、前を向かなきゃだよね」

それから、私はサボることをやめた。前を向かなきゃ、前を向かなきゃ、と自分に言い聞かせていた。

授業にも出席するようにした。大学は一般入試にするしかないから、そのつもりで準備を始めた。希望の大学はまだ見つかっていないけど、勉強だけはしておかなければならない。

でも、頭ではわかっているのに、やっぱり以前のような気持ちにはなれなかった。

奥澤先生のわいせつ動画については、相変わらず大きな進展はないままだ。

砥部くんと一部の人は、いまだに動画の拡散をしているけど、それほど効果はなさそうだった。多くの生徒は、気にはなっても自分に火の粉が飛んでくるのは嫌だし、騒いだところでプラスになることがないと思えば、自ら行動することはなかった。

とはいえ、真相がわからないということもあって、完全にその話が消えることもない。中には、どこから見つけたのか、怪しい噂も出てきた。

奥澤先生が大学時代、電車の中で痴漢行為をしたという話だ。

どこの誰が言い出したのかもわからない。もしかしたら「生徒相手にヤバいことする奥澤先生だから、痴漢とかしていたりして」という会話が、人から人へ伝わり、真実のように広まったのかもしれない。

それを聞いた芽衣は「過去だけの話なのかな。今もやってたりしないかな」と汚いもののことを話しているかのように、嫌悪感丸出しの表情をしていた。

他にも、スカートの中の盗撮をしていたらしいとか、生徒が肩を抱かれているのを見た気がする、などといった噂もあった。

でも、どれもこれも噂の域は出ない。しかも、確認しようにも昔のことばかりで、証拠を探すことは不可能だった。

もう、何が本当で、何が嘘なのかわからない。

気にしないようにしよう、そう思いながら、毎日のようにSNSのチェックはやめられずにいた。

三時間目の授業は永束先生の英語だった。長年優等生をしていた私は、授業に出席すればノートはとるし、当てられれば答える。ぼんやりとしているせいで、忘れ物は増えたけど、変化はそれくらいだった。完全に気持ちが切り替えられなくても、流れに身を任せていれば、誰からも何も言われないことを知った。

「小湊《こみなと》、ちょっと来い」

授業の終わりに、同じクラスの小湊くんが永束先生に呼ばれた。小湊くんは、クールというか、熱量が小さめなイメージだけど、トラブルを起こすタイプではない。少なくとも呼び出されるようなことをする人ではなかった。そんな彼が永束先生に呼び出されたことが気になった。ジュースを買いに行くついでに、廊下で話す二人の脇を通りながら、聞き耳を立てた。

「東光大の推薦――」

一瞬。本当に一瞬だったけど、その言葉が聞こえて、私の足は止まった。

「小論文の傾向がわかりやすい大学だから、川俣先生に指導してもらえ」

「わかりました。面接練習は？」

「それは俺がやる。時間はあまりないから、小論対策は集中して行え」

「はい。……もう少し早くわかっていたら、準備の時間も取れたんでしょうけど」

「ゴチャゴチャ言う暇があったら、とにかく書け」

何とか前を向こうと張っていた糸がプツン、と切れる。同時に、かろうじて抑えていた感情の蓋が外れた。

私は永東先生と小湊くんの間に入った。

「今の話、どういうことですか？」

永東先生は虫を追い払うかのように、手を払った。

「あっちへ行け」

「嫌です！　東光大の推薦って、私が行くはずだったとこですよね？　私の代わりに、小湊くんになったってことですか」

「もともと黒田に決まっていたわけじゃない！　実際、大学側の締め切りはこれからだし、試験もこれからだ」

それは私だってわかっている。学内選考を経て大学の入試になる。

「だいたいなあ、黒田は自分がさも受かった気になっていたが、オマエが出願したところで受かったかどうかなんてわからないんだぞ」

「じゃあ小湊くんなら、確実に合格できるんですか？」

私は小湊くんの方を向いた。

「ねえ、小湊くんは大会かコンクールで優勝したの？　それとも英検一級に合格したの？」

「黒田！　小湊に突っかかるな！」

「でも！」

「学校がより合格する可能性が高い生徒を推薦するのは当然だろう。成績だけで勘違いするな」

「私だったら落ちたというんですか？」

「そんなこと俺にわかるか！　俺に言えることは、より推薦したい人物がいれば、そっちを推薦する、それだけだ。これ以上、教師に対して反抗的な態度を示すようなら、それなりのことを覚悟するんだな」

「覚悟？」

「反抗的な態度を続けると、停学処分にするぞ！」

心の奥に冷たいものが流れる。

私には、自分がダメだった理由を知ることさえできないのだろうか。

もう永束先生ではダメだ。そう思うと、浮かぶのはただ一人。

今度こそ、ちゃんと話してもらいたい。こんなモヤモヤを抱えたままでは、前に進めない。

きっとあそこにいるだろうと思う場所へ私は向かった。


四時間目の開始を告げるチャイムが鳴ったあと、私はドアを二回ノックした。奥澤先生がいると思った部屋のドアだ。

でも中から反応する音はない。

もう一度強くノックをするものの、やっぱり声はしなかった。

ここではないのだろうか……。でも他にあてはない。

さらに強くノックする。

「先生、返事をしてください！」

ここへ来てどうなるというのか。

わいせつ動画の件から信頼はますます揺らいでいる。ただ頭のどこかで、奥澤先生には何か事情があったのではないかと思う気持ちもあった。いまだに校内にいるのも、そう思う理由だった。

「先生、お願いします。先生ー！」

壊れんばかりの勢いでドアを叩き続けた。

やがて、中から物音が聞こえてドアが開いた。

思った通り、奥澤先生はこの部屋にいた。

「授業中だよね？」

「どうして小湊くんが推薦されるんですか？」

奥澤先生は一瞬目を大きく開いた。でも何も言わずに、強く手を引かれ、中に入れてくれた。ドアも鍵も閉めた。

——痴漢で捕まったことがあるんだって。

噂話を思い出した。そもそもわいせつ教師だ。部屋に二人きりのシチュエーションに、私は急に怖くなった。

　奥澤先生が、私の顔を覗き込むように視線を合わせた。

「手は大丈夫？　引っ張ったりして悪かったね」

　私を気遣う口調の奥澤先生は、この前よりもさらにやつれていて、顔色も悪かった。目の下には濃い隈《くま》があり、頬がこけている。顔色だってよくない。それが反省なのか、後悔なのか、それとも別の何かによるものなのかは、わからなかった。

「小湊くんが、私が希望していた大学に行くって、永束先生と話しているのを聞きました」

「そっか……、知ってしまったんだ」

　当然だけど、奥澤先生は知っていた。知っていて黙っていた。

　奥澤先生は小湊くんの担任でもある。だから、彼を守るのは当然——そう思うけど、裏切られたようにも感じた。私には推薦できると言っておきながら、小湊くんともやり取りがあったのかと思うと、感情が今にも爆発しそうになる。

「どうしてですか？　どうして小湊くんが選ばれたんですか？　だって……」

　彼を貶《おとし》めるようで、口にはしにくい。でも言わずにはいられなかった。

「小湊くんは私よりは成績が良かったんですか？　帰宅部の彼がいつ大会で好成績を

収めたんですか？　全国とか世界とかの大会で入賞したら、全校集会で表彰されますよね？　彼がそんなことされているのは、一度も見たことがありません！　学校外で活動していたなんて話も知りません。何か、凄《すご》く難しい検定試験に合格したとか、そういうことなんですか？」

小湊くんの成績は知らない。特別目立ってはいなかったが、悪かったという話も聞いたことはなかったから、推薦されても不思議ではないのかもしれない。でも、私の方が成績では勝っていたはず……その考えが、私を動かしていた。

「私、どこを頑張れば良かったんですか？　やっぱり、他の検定試験をとれば良かったんですか？　それとも、成績をもっとあげれば良かったんですか？」

「黒田さんは十分頑張ったよ。ただ、選考過程は明かせないことになっているから」

「それでは納得できません！　私が選ばれなかった理由を、説明してください！」

奥澤先生は、私から顔を逸らして、「黒田さんは十分頑張ったよ」と、もう一度同じことを言った。

「適当なことを言って誤魔化さないでください」

「本心だよ」

「だったらどうして、私が落とされるんですか！　私の何がダメで、小湊くんのどこが良かったのか、教えてください！　じゃなきゃ、もう先生のことなんて、一ミリも信用できません！」

そう言った途端、感情のスイッチをすべて消したように奥澤先生から表情が消える。

ゆっくりと唇が開いた。

「すーー」

そのとき、スカートのポケットに入れていたスマホがブルブルと震えた。静かな室内に振動音が響く。

「校内ではスマホの使用は禁止だよ。電源を切っておかないと」

奥澤先生の顔に感情が戻った。微《かす》かに苦笑いしている。

私たちの間に割り込んだ音は、一瞬で奥澤先生を現実の世界に引き戻した。

「没収するよ？」

「……ごめんなさい。でも」

「うん、今のはなかったことにしようか」

すべて、なかったことにしてしまおう。スマホの電源を切っておかなかったことも、先生が理由を説明しようとしたことも。そう、言われている気がした。

スマホなんて取りあげられても構わない。反省文を書けば、あとで返してもらえる。

だけど、時間を戻すことはできない。奥澤先生はすでに、さっきまでの奥澤先生に戻ってしまっていた。

「三十秒前に戻りたい……」

そうしたら、スマホの電源を切っておくのに。

「時間は、どんなに後悔しても戻せないんだよ」

奥澤先生は、悲しそうな顔をしていた。

わいせつ行為をする前に戻りたいということだろうか。一時の気の迷いの行動だったのだろうか。

それとも、常にそういう願望を持ち合わせていたのだろうか。

どっちも気持ち悪い。でも、何だか、どっちも奥澤先生のイメージと重ならない。

「本当に、生徒に手を出したんですか？」

先生は少し驚いた様子で、目を大きく見開いていた。

「黒田さんに、そんな風に聞かれるとは思わなかった」

「他にどう訊けばいいんですか？」

「それは……そうだね。うん」

「うんって……認めるんですか？」

「どっちでも良いよ」

奥澤先生はどこか投げやりな態度でそう言った。先生らしくない。いつだって、真剣に生徒に向き合ってくれていた先生が、自分のことを雑に扱うとは思っていなかった。

「それだと、先生は犯罪者ってことになりますよ？」

「うん、それで良いよ」

口調は穏やかなのに、背中がゾクッとする冷たさを感じる。言葉では説明できない違和感があった。

動画があるのに、動画には奥澤先生が映っているのに、私たちが見たものが、見たままの真実とは違う感じがした。

奥澤先生はふぅーっと肩を上下させて息を吐き出した。いつもの、穏やかな先生に戻った。

「黒田さん、教室に戻りなさい。保健室でちょっと休んだら、具合が良くなったと言えば良いよ。私から保健室の先生に連絡しておくから」

「でも……」

ドアのところまで押される。抵抗しようにも、奥澤先生は崩れそうもなかった。

「大丈夫。黒田さんの希望に合う大学は絶対にあるから。だからこんな場所にいないで、勉強頑張って」

「適当なことを言わないでください」

「適当じゃないよ。黒田さんは目標に向かって頑張れる人だよ」

ドアを開けられ、軽く突き飛ばされるように追い出された。

閉められたドアを開けようとしてみたものの、鍵をかけられてピクリとも動かない。

今は諦めるしかなさそうだ。

部屋を出た私は、スカートのポケットからスマホを取り出した。

受験サイトのメッセージ通知だった。

こんなの、登録しなければよかった……と思うけど、時間は戻せない。

結局、何もわからないままだった。受験のことも、動画のことも。

「あとでまた来よう……」

「緊急地震速報です。強い揺れに警戒してください」

お弁当を食べ終えた直後、避難訓練のアナウンスが放送された。

机の下で芽衣がニコッと笑う。

「芽衣は避難訓練が楽しいの？」

「授業がつぶれるのは嬉《うれ》しい」

「……それは言えてる」

グラウンドに避難すると、講評という名の校長先生の長い話が始まった。私はグラウンドに落ちていた石を指先でつついて、話を聞き流していた。

しばらくすると、グラウンドがザワザワした。言葉とは言えない声が広がった。

何かあったのだろうか？

「ねえ……あそこに誰かいない？」

その声につられて顔をあげると、周囲に座っていた人たちが一様に上を向いていることに気がついた。

「――え？」

思わず声が漏れた。

屋上のフェンスの外側に人の姿が見えたからだ。

「嘘」

「マジで？」

「ヤバすぎるだろ!」

ざわめきが、うるさいくらいに広がる。あちらこちらから悲鳴も聞こえた。

校舎の屋上までは少し距離があるのと、太陽が眩《まぶ》しくて顔を見ることはできない。でも背が高く、小顔でバランスの取れたあのシルエットに見覚えがない生徒は、ここにはいない。

屋上のフェンスの外側にいる事実が、最悪の事態を想像させた。

先生、お願いだから、そこにいて。

何より、止めなければと思うのに、身体が動かない。引き留めるための言葉も出ない。

ただ屋上を見つめて、お願い、お願い、と願うばかりだった。

先生はまっすぐ前を向いている。視線の先に何があるのかわからないけど、私たちの方を見ることはなかった。

私のせい?

私が先生のことを信用できないと言ったから?

あとでたくさん謝るから、とにかく今は、そこから離れて欲しい。必死にそう願った。

だけどその願いは届かない。

奥澤先生は空へと足を踏み出す――。

すべてがスローモーションで、すべてが一瞬だった。

先生の身体は真っ逆さまに宙を舞い、ドンッと、ひどく大きな音がした。

頭の中が真っ白になった。何も考えられなかった。

ただ不思議と、もう奥澤先生に謝ることはできないのだと、考えなくてもわかった。


先生たちが慌てている中、生徒は教室に戻るようにと指示された。

奥澤先生と話したのはきっと私が最後……。

そう思うと、私が背中を押してしまったように思えて、息苦しくて、手足の震えが止まらなかった。

教室に近づくと、何やら中がガヤガヤとしていた。先に入った男子たちの声が、折り重なるように聞こえた。

「どういうことだよ」

「やっぱり、あれは自殺に見せかけた他殺なんだよ」

黒板の前に人だかりができていて、何のことを言っているのかわからなかった。

声をあげて泣く人、すすり泣く人をかき分けて、私は黒板の前に立った。


『私が先生を殺した』


黒板にはそう、書かれていた。

避難訓練で教室を出る前までは、こんなのなかったはずだ。いったい、いつ誰が書いのだろう……。

「砥部、オマエこんなことになっても、まだやめないのか！」

私のすぐ後ろの方で、寺井くんが叫んだ。寺井くんは砥部くんに詰め寄り、黒板の前にいた人たちが彼を取り囲んだ。

砥部くんの手元にはスマホがあった。寺井くんが叫ぶ直前、シャッター音が聞こえた気がするから、黒板の写真を撮っていたのかもしれない。

さらに、蓮沼くんを中心に屋上に誰かがいたのではないかという話になって、教室の中の雰囲気は最悪だった。

先生たちはまだグラウンドにいるのか、教室に来ない。校内放送でのアナウンスもまだなかった。

私は自分の席に座った。

何もかも取り返しがつかない。時間を戻せない。私が言った言葉も取り消すことはできない。

疲れた。もう、何も考えたくなかった。

「……ん？」

イスの背もたれに身体を預けると、机の中に何かが入っていることに気づいた。

大学のパンフレットが入っていた。こんなものを入れた記憶はないし、朝……いや、お昼ころまではなかったはずだ。

募集要項には付箋が貼ってあり、そこを開くと特待生制度についての説明が書いてあった。

「……奥澤先生？」

他に心当たりはなかった。

——もう先生のことなんて、一ミリも信用できません！

この言葉が奥澤先生の足を、前に進ませてしまったのかもしれない。

黒板を見ながら、そんなことを考えていると、一番前の席から「うわあああ」と激しい鳴き声がした。百瀬さんだった。

教室内のほぼすべての女子が泣いていたけど、彼女の泣き方はひと際大きかった。机に突っ伏したまま、喉が焼き切れるのではないかと思うくらい、大きな声で泣いていた。

百瀬さんは、私が奥澤先生とちょっと話したことにも絡んでくるくらい先生のことが好きだった。

それなのに、その大好きだった先生が目の前で……。

繰り返される叫び声は、私の胸に突き刺さる。

「うわあああ……私が……私が……」

泣きながら、何か言いかけていた。百瀬さんのそばに、仲良しの飯田《いいだ》さんが近づく。

彼女の顔も涙に濡《ぬ》れていた。

「奈緒《なお》、奈緒」

百瀬さんの背中を撫《な》でながら、飯田さんが「きっと、みんなにいろいろ言われて、辛《つら》かったんだよ」と慰めていた。

でも百瀬さんは、そんな飯田さんの手を払った。

ガタンとイスが動く音がして、教室の中が一瞬、静かになる。そして――。

「私が先生を殺したの！」

そう、百瀬さんが叫んだ。

第三章　百瀬奈緒《ももせなお》

入学式で初めてじゅんじゅんを見たとき、カッコいいよりも、カワイイと思った。寝ぐせがぴょんとはねた髪型とか、微妙に目立つ色合いの靴下とか、何より奇妙な柄のネクタイとか。

小顔でスタイルが良くて、目はパッチリしていて鼻筋は通っていて。横から見た顎のラインも素敵で、俳優にもなれたんじゃないかなと思うくらいの顔立ちにも惹《ひ》かれた。ただ、それだけだと顔が好きなのねと言われるけど、それはじゅんじゅんを構成する一部であって、すべてではない。

一番惹かれたのは、誰よりも私のことを見てくれているから。

入学したころは、別の先生が担任で、英語も別の先生で、じゅんじゅんと話すことはまったくなかった。生徒は学校全体で千人くらいいるから、覚えてもらえるわけがない。そのころはまだ、カッコいい先生、と外見だけを追いかけていたけど、とにかく近づきたくて、話したくて、機会を狙っていた。

だから私は、じゅんじゅんが出勤する前に職員玄関の近くをウロウロした。最初のころは、私が行く時間が遅かったみたいで、いつも靴箱に革靴が入っているのを確認して一日が始まった。でもそこから少しずつ登校時間を早めて、ある日ついに、玄関でじゅんじゅんに会えた。しかも会えただけじゃなくて、「おはようございます」と私が言ったら、「おはようございます」と会釈付きで返してくれた。生徒相手に丁寧すぎるその仕草に、好感度はさらに上がった。

嬉《うれ》しくて、翌日も朝早く学校へ行ったら、今度はじゅんじゅんから「おはようございます」と言ってくれた。クラスと名前も聞かれた。私はさらに嬉しくなって、また次の日も同じことをした。そうしたら、「おはようございます、百瀬さん」と、今度は名前も呼んでくれた。

自分のことを覚えてもらえた。そう思うと、次は廊下ですれ違ったとき、職員室に行ったとき、文化祭のとき、全校集会のとき。会うたびに「奥澤《おくさわ》先生！」と、近づいた。あまりにも近づきすぎて、三年生の女子に「奥澤先生の周りをウロウロしすぎ」と睨《にら》まれたこともあったけど、そんなことは気になんてしていられなかった。

先生はタレントと違って、私の手の届くところにいる。話もできる。でも先生だから、教師と生徒という関係が崩せない。手を伸ばせば届くのに、距離は変わらない。

「卒業したら、もっと近づけるかな……」

そう期待するけど、二年生で同じクラスになった綾乃《あやの》は「大学に行ったら、じゅんじゅんのことなんて忘れるよ」と笑った。

そんなことないもん！　そう反論すると「ハイハイ、そーですね」と、まったくそうは思ってなさそうだった。

「信じてないでしょ。でも私は、本気でじゅんじゅんのことが好きなの！」

二年生になってじゅんじゅんが担任になると、私の中の気持ちが動いた。ちょっと話しただけで満足するものじゃなくて、もっと話したいし、気にかけて欲しいと思うようになった。

きっかけは、進路の話もするようになったせいかもしれない。

私は将来、化粧品のメーカーに就職したいと思っていた。本当は化粧品の研究開発の方がしたかったけど、理系科目が苦手で、研究分野は早々に諦めた。その代わり、化粧に関する仕事であれば、職種は問わないことにした。

「それは、店頭で化粧品を販売する人も含めているの？」

「もちろんです！　でも、きっと化粧品に関係する仕事って、他にもあると思うんです。だから今はまだ、明確には決めていません。少しずつ調べて、大学に入って、就職活動するまでに決めたいと思います」

「そう。それはいいね。うん、百瀬さんのその柔軟さは、凄《すご》く良いと思う。化粧品への愛があふれている感じがするし。叶《かな》うといいね」

じゅんじゅんは、私が言ったことを、手放しで褒めてくれた。化粧品のことはわからないから教えて欲しい、とまで言ってきた。

「先生、化粧に興味があるんですか？　……男性用の化粧品も売ってはいますけど」

偏見というよりは、男性の教師が化粧をしようものなら、昔っぽい……永束《ながつか》あたりがうるさそうな気がする。たぶんそこは、受け入れられない人の方がまだ多い気がした。

「今のところ、予定はないけど、百瀬さんはお化粧の話をしているとき、目をキラキラさせていたから」

「えー……」

嫌な気分の「えー」じゃない。照れていた。私のことを見ていてくれたんだと思うと、それだけでテンションが上がった。

「それに他の生徒から、似たような相談を受けたとき、少しでも答えられるようにしておきたいから、今のうちに勉強しておかないと、と思って。なかなか化粧に手を出す機会はないからね」

「ああ……はい」

今度はがっかりしていた。なんだ、私に興味を持ったんじゃないのか、と思ったからだ。でも仕方がない。私は生徒で、じゅんじゅんは教師だ。

そのころは、まだ奥澤先生と呼んでいた。あだ名がなかったからだ。教師へのあだ名なんて、陰で勝手に呼んでいて、いつの間にか広まっているものだけど、じゅんじゅんというあだ名は浸透していなかった。理由はわかっている。いくつも乱立していたからだ。三年女子の中では「奥澤ッち」、男子は「オク」、一年女子の本当に一部では「マイナス五パーセント」という、本名より長いあだ名が付けられていた。なぜマイナス五パーセントなのかというと、ネクタイの趣味の悪ささえなければ、じゅんじゅんは百パーセントだからだそうだ。でも変なネクタイのせいで、五パーセント引かなければならない、というわけだ。

ちょっと上手《うま》いな、と思ったけど、私はあのネクタイの趣味も込みで百パーセントだと思っていた。それに、じゅんじゅんは意外にオッチョコチョイで、授業に来たのに、教科書を持たずに手ぶらだったりしたこともあって、一年女子の基準に照らし合わせるなら、必ずしもマイナス五なのかは判断に悩むところだった。

ただ、他の先生たちと違って、じゅんじゅんはいつだって、自分がミスをしたときはすぐに謝る。そういうところは、ちょっと先生らしくない。だけど、ちゃんと教師と生徒のラインはあった。

それがじゅんじゅんの魅力だけど、悲しくもある。

しかも困ったことに、じゅんじゅんは英語の教師だ。そして私は英語が大の苦手だった。一生、日本から出ないから、英語の勉強はしたくないと思ったけど、化粧品会社は海外展開も多いと知って、逃げられないことに気づいた。

将来の夢を捨てるか、英語嫌いを克服するか。

きっと、じゅんじゅんに出会う前だったら、夢を捨てる方を選んだかもしれない。その程度の夢だったの？　と言われたとしても、それ以上に嫌いなのだから、仕方がない。それに夢なら、また他に見つかるかもしれない、と考えていたところもあった。

でも、じゅんじゅんは英語教師だ。そして私は、じゅんじゅんに近づきたい。しかも英語嫌いを克服すれば、夢も捨てなくてすむ。

こんな短絡的な発想で、よく進学校に入れたねと言われるけど、中学までは英語の成績が悪くても、他の四教科でカバーできるくらい、私は優等生だった。ただ理系科目が得意だったのは中学までで、高校ではむしろ苦手科目になってしまったから、文系を選択するしかなかった。英語も文系科目ではあるけど、英語は文理関係なく、ほほどの大学の受験でも必須だから諦めるしかなかった。

じゅんじゅんの唯一の欠点というなら、ネクタイの趣味が変なことに気づいていないことかもしれない。もしかしたら、私服の趣味も微妙かもしれないけど、体育祭のジャージ以外は、常にスーツのじゅんじゅんが、普段何を着ているか、私にはわからなかった。でも、仮に私服が微妙でも構わない。それも、じゅんじゅんの魅力だ。

そう言うと、綾乃は「バカな子ほど可愛《かわい》いと思っている親のような目」で私を見ていた。

「恋って怖い……」

「良いの。どんなであっても、私はじゅんじゅんが好きなの！」

生徒と教師の壁は、その立場を最大限利用することで乗り越えようとした。

英語が嫌いでも、じゅんじゅんのことを思えば耐えられる。

「先生！　さっきの時間の授業の説明、もう一度お願いします！」

私は毎日のように、昼休みに突撃した。どれだけ集中しても、授業は理解できなかった。でもじゅんじゅんは、嫌な顔一つせずに、毎回親身に私の相手をしてくれた。昼休みがダメなら放課後に来てと言われた。放課後も予定があれば、朝でも良いと言ってくれた。とにかく、私が理解するまで付き合ってくれた。基礎的なことを理解するために、授業とは別に課題も出されたけど、もちろんそれだってもらった翌日には提出した。

そうやって、家でも学校でも英語の勉強を続けた結果——二年生の三学期のテストでは、クラストップの成績をとることができた。

これには、クラスの一部の人からクレームがついた。私だけひいきしているのではないかと。

そんなときじゅんじゅんは「質問があれば、みんないつでも対応するから」と言った。

ヤバい。他の人まで来たら、二人きりの時間がなくなってしまう。

嫌な予感は当たってしまい、直後は質問者が列をなした。でもその時間は想像していたほど長くは続かなかった。人がしていることに対して文句は言っても、いざ自分が同じことをするのは面倒くさいと思うらしく、放課後はすぐに帰るようになったからだ。

さすがに定期テスト前になると、質問する人も増えたけど、そうなったら今度は、放課後に特別補習をしてくれるようになった。もちろん希望者だけだったけど、クラスの半数は出席していたと思う。そのうち、別のクラスの生徒も参加するようになって、じゅんじゅんの仕事の時間を増やしてしまった。

私は、じゅんじゅんに近づきたくて、英語の勉強を頑張っただけで、負担を増やしたかったわけじゃなかった。

「先生、部活もあるのに大丈夫ですか？」

「大丈夫だよ。テスト前は部活動禁止になるから」

「だからって、他の仕事もありますよね？　テスト問題作ったり……あとは……」

忙しそうにしているのはわかるけど、実際のところ、生徒が見ていないところで、先生たちがどんな仕事をしているかはよくわからない。

「大丈夫。テストの問題は家でも作れるし、時間なんて探せばあるから」

気にしないで、とじゅんじゅんは私に笑顔を向ける。

罪な人だなあ。生徒への対応とわかっていても、こんなキラキラした笑顔を、私に向けるんだもの。

これが永束のように、しかめっ面で怒鳴るように話されたら、一瞬で目をつむるのに。

学生時代もモテたのかな？　彼女はいるのかな？　いないって言っていたけど、生徒に本当のことなんて言わないよね？

私はじゅんじゅんのことならなんでも知りたかった。でも、勉強以外の質問には、あまり答えてもらえない。

わかってる。私はただの生徒だ。

「奥澤先生、本当に忙しいときは言ってください。私、先生に迷惑かけたくないですから」

「そんなことは気にしないで。それに百瀬さんの成績が伸びたことが嬉しいんだ。今は授業中も楽しそうに聞いてくれているし」

「あ……」

最初のころの私は、死んだ魚のような目をしていたんだろうって、鏡を見なくてもわかる。でも今は、英語の勉強が面白い。他の教科を勉強する時間は減ってしまったから、これまでより成績が下がってしまったけど、総合的にはアップした。

ただ、良かったことばかりではなかった。

三年生になると、私の英語の成績は常にクラストップ。さらに学年でも上位を争うようになった。ここまでくると、質問があまりなくなるうえに、じゅんじゅんからも、「百瀬さんにはもう、特別授業は必要なさそうだね」と言われてしまった。もちろん私は抵抗した。まだまだ教わりたいことはたくさんある！　と。でも、じゅんじゅんはどこまでも生徒に対して誠実だった。

「もちろん教えるよ。でも今後は、疑問があるときに、授業中に質問してもらった方が、他の人のためにもなるかな。百瀬さんに理解できないということは、他の人もわからないということだから」

そう言われて、私はやり過ぎたことに気づいた。真面目《まじめ》に勉強したせいで、じゅんじゅんに近づく時間を自ら奪ってしまったことに。

「もちろん、受験対策の質問も受けるけど、今の百瀬さんなら、ある程度自分で正解を考えられるようになったでしょ？」

できないとは言えなかった。なぜなら、じゅんじゅんが私に丁寧に教えてくれた結果だからだ。

「はい……」

かすれ気味の声で返事をすると、じゅんじゅんは「良かった」と笑った。

「あ、そうそう。せっかくだから、ロバート先生にも声をかけてみたらどうかな」

「え？」

「文法はともかく会話はね。やっぱりネイティブの先生と話した方が上達は早いと思うんだ」

「あ、はい……」

ロバート先生は、週に二回、学校に来ている英会話の先生だ。じゅんじゅんいわく、放課後に英語好きが集まって、英会話の練習をしているらしい。

でも私がしたいのは、そういうことじゃない。英語はわかるようになって好きにはなったけど、私はじゅんじゅんの方が好きだ。成績があがっても、そこがブレることはなかった。

英語の成績が落ちたらまた個別に教えてもらえるかも、と思わなかったわけではないけど、じゅんじゅんにがっかりされるのは嫌で、勉強は続けた。

勉強以外で近づこうとしても、バレンタインデーも、強引に聞き出した誕生日も、プレゼントは受け取ってもらえなかった。「生徒から物は受け取らない」というポリシーは、どんな言葉を使っても、泣き落としをしようとしても、テストで百点をとっても、崩れることはなかった。

一度、手紙を書いて「物じゃないです！」と強引に押し付けたこともあったけど、次からは「物と手紙は受け取らない」と、禁止項目を増やされてしまった。

だから言葉で伝えようと、最初は遠回しに言ってみた。

「先生と、一緒に出掛けたいなあ」

遠回し過ぎたのか、わざとはぐらかされたのかはわからないけど、返事は「今度、修学旅行があるよ」だった。実際、二週間後に修学旅行が控えていた。

だから次は、もう少しわかりやすく言ってみた。

「私の誕生日、先生だけにお祝いして欲しいです！」

先生だけ、と言わないと、小学生のようにクラスで誕生日会をしようか、と言い出しかねないと思ったからだ。そうしたら今度は、きょとんとした顔で「ご両親だって祝いたいと思うよ」と言われた。

曖昧な言葉でわかってもらうのは無理だと思った。結局、直球勝負に出た。

「先生、好きです」

何も隠していない。だけど、返事は「ありがとう。私も百瀬さんのことが好きだよ」だった。

考えてみれば、じゅんじゅんは他の学年の生徒からも、しょっちゅう告白されていた。その中には、冗談やからかうものもあったとは思うけど、何割かは本気の告白だったと思う。だから、告白されることに慣れ過ぎていたのかもしれない。まったく動じず「おはようございます」と同じ調子で流された。それは場面を変えて、教室の中で人目があるところでも、他の教師がいるところでも、変わらなかった。

じゅんじゅんは、すべての生徒に同じように返事をしていた。

「みんな（生徒として）好き」

言葉にしない声が聞こえてくるくらい、そこは明確だった。

嫌われていないだけ良いじゃない、と前向きに思えないほど、私の「好き」の気持ちは、強くなりすぎていた。

これが同級生だったら、きっぱりフラれて終わりにすることもできるのに、じゅんじゅん相手ではそうすることもできなかった。

生徒と教師。いつまでたってもその関係が変わることはないだろう。だけど諦められない。

どうしても、何とかしたい。悩んで悩んで出した結論は、卒業をゴールにしよう、ということだった。

夏休み気分も抜けて、教室の中は一気に受験モードになった。私も年明けの共通テストに向けて勉強していた。

ただ、そんな受験一色みたいな雰囲気に、染まらない人もいた。同じクラスの砥部《とべ》は授業妨害をしたり、スマホをいじったりしていた。

そのせいで、じゅんじゅんが裏で動いていたりもした。放課後に英語の質問に行ったとき、現代文の川俣《かわまた》先生と話しているのを聞いてしまったことがあった。

「砥部くんのことは、私が何とかしますから、しばらく見守ってくれませんか」

川俣先生は不服そうだったけど、頼み込むじゅんじゅんの熱意に押されて「わかりました」と言っていた。

私はたったそれだけのことでも、じゅんじゅんに思われている砥部が羨ましかった。

もちろん、じゅんじゅんを困らせたくないから、砥部のマネはしない。

近づくなら正攻法だ。昨夜は超難関校入試対策用の問題集から、わからない問題を見つけた。綾乃に言ったら「完璧ストーカー」と笑われるだろうけど、勉強のことなら、一対一でじゅんじゅんと話せる。

でも最近じゅんじゅんは忙しい。確実に狙うなら朝しかなかった。私は登校時間の五十分前に着いた。

じゅんじゅんが出勤してくるのを見計らって、職員玄関で待ち伏せることにした。

だけど、私より早く来ている人がいた。同じクラスの黒田《くろだ》さん。嫌いじゃないけど、私とは交わりが少なくて、あまり話したことはなかった。黒田さんはTHE 優等生みたいな感じで、まんべんなくどの科目も常に上位にいる。努力を怠らない人。体育は得意じゃないと言いながらも、いつも全力で参加していた。一度、持久走のときに倒れそうになっていたから、もう少し手を抜いても良いのにとささやいたら、苦手だからちょっとでも手を抜くと成績が下がるから嫌なんだ、と言っていた。不純な動機で英語ばかり勉強している私とは違い過ぎる。

黒田さん、どうしたんだろう……？

前にもじゅんじゅんに質問しているところは見たことがあるけど、たいていはテスト前だ。中間テストはまだ先だし、推薦狙いという話は綾乃経由で聞いていたから、この時期のしかもこんな時間……質問じゃない？

何となく、ただならぬ雰囲気を感じた。

直後、じゅんじゅんが出勤してきた。黒田さんと挨拶を交わしているみたいだけど、距離が遠くて、何も聞こえない。でもこれ以上近づいたら、盗み聞きがバレてしまう。

じゅんじゅんがあたりを見回して、周囲の様子をうかがい始めた。

聞かれたくない話だろうか。

黒田さんは怒っているようにも見えるけど、不安そうで、泣きそうな雰囲気もある。彼女がこんな表情をしているのは、教室では見たことがなかった。

じゅんじゅんが困ったような顔をして、そして——黒田さんの肩を抱くように自分の方へ引き寄せた。

それは、ほんの一瞬のことだった。触れるか触れないかの距離だった。けど、私はしてもらったことはない。

他の生徒を相手にしているときにも見たことはなかった。

二人はどこかへ歩いていく。じゅんじゅんの後ろを付いていく黒田さんは少しうつむいていて、足元も頼りなさそうだった。

気になった私は、あとを付けた。

職員玄関からかなり離れた、実習室が並ぶ棟の三階まで行くと、じゅんじゅんは小さな部屋のドアを開ける。中に入るとすぐにドアを閉め、カチンと鍵をかけた。

——え？

これまでじゅんじゅんは、私に英語を教えてくれるとき、少しだけドアを開けておくね、と言っていた。不安でしょう？　と。

もちろん私は不安なんかじゃない。むしろドアを閉めて欲しかった。ただ、それは先生の自衛のためらしいことは、他の女子との話で知っていた。複数の目があるときや、男子が相手の場合は、そこまで気を使っていたわけではなさそうだった。

そんなじゅんじゅんが、部屋の鍵を閉めた。

ドアに近づいて耳を澄ますが、会話の内容まではわからない。たまに、断片的に黒田さんの声はするけど、意味のある言葉として聞き取ることはできなかった。

人目につかないところで何をやっているの？

そういえば、と思い記憶をめぐらすと、黒田さんは夏休み前にじゅんじゅんと話していることが何度もあった。受験の話をしていると思っていた。でも、さっきの二人の様子は、それまでとは違っていた。

少なくとも、今までのじゅんじゅんでは考えられない行動をしているのを見ると、頭の中で「あれもそうだった？」「これもそうかもしれない」といろいろ浮かんでくる。

しばらく粘ってドアの近くで耳を澄ませていたものの、中の会話を聞くことができなかった。階段の方から足音が聞こえてきたこともあって、仕方なくその場から離れることにした。

「あの二人、付き合って……？」

誰に対しても特別扱いをしなかったじゅんじゅんが、黒田さんには異例な対応をした。聞かれたくない話をしていたのは間違いない。

それに、黒田さんの思いつめたような表情も気になった。家で勉強していて、質問したいことが見つかって、どうしてもすぐに解決したかった？

でも、黒田さんがこんなに早く来ているのは初めて見た。質問はだいたい、昼休みにしていたように思う。

だったら受験の話？

でも、噂《うわさ》では黒田さんの推薦はもう、決まっているらしい。それに優等生の彼女が、こんな時期に慌てるとは思えない。

疑問が浮かんでは否定してみるけど、何一つ正解が見つけられなかった。

わかっているのは、私の気持ちだけ。もしもじゅんじゅんが、生徒と付き合ったりなんかしたら耐えられない。誰も選んで欲しくなかった。

――いや。

「違う」

私以外の人を選んで欲しくない。

私だけを見て欲しい。

黒田さんと一緒にいることを考えるだけで、胸の奥がチリチリと焼けそうになった。

私はまたあの部屋へと引き返した。なぜじゅんじゅんと二人きりになったのか。部屋の中で何の話をしていたのかを、黒田さんに直接聞きたかったからだ。

黒田さんを問い詰めようとしたけど、じゅんじゅんに知られそうになって、結局満足に質問できなかった。彼女の方も、何か言えないものを抱えているように見えた。口止めされている、と考えればつじつまが合う。教師と付き合うことになったら、周囲に話さないようにするのは当然だろう。

だったらじゅんじゅんに直接訊《き》こうとタイミングを見計らうも、いつだって忙しそうで、時間を作ってもらえない。

そんなことを考えていたせいで、ぼんやりとしていたら、綾乃が「今日のじゅんじゅんはいいの？」と言った。

「今日のじゅんじゅん」とは、お昼ご飯を食べながら、私がその日のじゅんじゅんについて語ることだ。毎日聞かされている綾乃は、じゅんじゅんファンの一人ではあるものの、やや塩対応だ。でもこの日は、ぼんやりしている私を元気づけようとしてくれたらしい。乗らないわけにはいかなかった。

「髪切ったよね。どこの美容室に行っているのかな。じゅんじゅん」

「奈緒が知らないことを、私が知ってるわけないでしょ」

綾乃は、探偵にでもならなきゃ無理、と笑う。

「まあでも、そろそろクセ毛がヤバかったものね」

「そうそう、あれはあれで、可愛いんだけどね。伸びるとクセが強くなるみたいだよね。雨の日なんか、ちょっと毛先がクルッとしてて」

天然パーマというほどではないけど、ちょっとクセ毛なのは、雨の日になるとわかりやすい。伸びてうねる髪はじゅんじゅんも視界に入って気になるのか、授業中に何度か髪に触れている場面も見る。ただ、チョークで汚れた手で触るから、白っぽくなっていることもあった。

そんなところもカワイイと言うと、綾乃に呆《あき》れられた。

「奥澤に勉強見てくれなんて、頼んでねーし。ほんと有難迷惑ってヤツだよ」

突然飛び込んできた声に、耳が奪われた。じゅんじゅんに勉強を見てもらう？

綾乃と顔を見合わせた私は、すぐに席を立って、二人で砥部に突撃した。

「じゅんじゅんに勉強見てもらっているって、どういうこと？」

羨まし過ぎる立場なのに、なんて贅沢なヤツだ。

「私なんて最近は、個別で見てもらえることほとんどなくなったのに」

「そりゃ、奈緒は英語の成績良いから、もう見てもらう必要ないし」

「私だって、前は英語の成績が悪かったの！　そこから頑張ったんだから」

砥部は、勉強会のことで文句があるなら奥澤に言えと、迷惑そうな様子で吐き捨てた。

ヤル気のないヤツのことなんて、相手にしなければ良いのに。どう見ても砥部は、じゅんじゅんに押し切られて勉強させられているに違いない。

じゅんじゅんはいつだって忙しく働いていて、疲れた顔をしていることも多い。

だから私だって、言われた通り、おとなしくしている。

それなのに、授業妨害をするような砥部に時間を使うなんておかしい。

じゅんじゅんの心配をしながら、心の奥で、羨ましいという気持ちが抑えられなかった。

砥部だって、嫌なら行かなければ良い。そうすれば、じゅんじゅんの手を煩わせることもないのだから。

受験を控えた三年生を担当しているせいか、じゅんじゅんは去年よりもさらに忙しそうだ。最近は職員室へ行ってもいつもいなくて、見つけるのだって一苦労だった。早く卒業して、生徒じゃなくなりたいと思っていた。けど、卒業まで待ってられなくなった。こうしている間にも、じゅんじゅんは他の生徒の相手ばかりしている。それに黒田さんとのことも気になる。

こらえきれなくなった私は、今日どうしても時間を作って欲しいとじゅんじゅんに頼んだ。困らせたくないと思いながら、私が一番困らせてしまっている。でももう、耐えられなかった。

じゅんじゅんは「遅くなるけど、会議のあとなら」と言ってくれた。

職員会議のあととなると、しばらく時間が空く。

タイミング良く、綾乃に塾までの時間つぶしの相手をして欲しいと頼まれて、私は駅前のファストフード店に行った。特にお腹《なか》もすいていないのに、ドーナツとジュースを頼む。こうしてまた挨拶以上に軽く、「痩せたい」と言っちゃうんだと思いながら、ドーナツを飲み込んだ。

駅で綾乃と別れたあと、私はまた学校へ戻った。このことは綾乃には黙っていた。これから自分がしようとしていることは、さすがに言えなかったからだ。

夕方の五時を過ぎているせいか、教室にはもう、誰もいなかった。

しばらく待っていると、タタタと駆ける足音が近づき、息を切らしたじゅんじゅんが、教室のドアを開けて飛び込んできた。

「ごめんね、予定より遅くなって」

ハアハア、と肩で息をしている。

全力で廊下を走っているところを他の先生に見られたら、怒られないだろうか。

じゅんじゅんは、教室のドアを少し開けたまま、私が座っていた窓際の一番前の席に近づいた。他の机からイスだけを持ってきて、生徒用の机を間に、私たちは近い距離で向かい合った。

もう一年以上繰り返してきた。慣れた距離だ。

だけど、これ以上近くに行くことは、私には許されなかった。

「私こそ、すみません。どうしても、先生に聞きたかったから」

「百瀬さんがわからないってことは、相当なレベルだよね」

解けるか不安だなあ、とじゅんじゅんはつぶやいた。

「最近は、百瀬さんからの質問はちょっとドキドキするんだよね。答えられなかったらどうしようって」

「先生なのに？」

「先生でも、わからないことはあるよ。もしうまく説明できなかったら、いったん持ち帰らせてもらえるかな？　後日教えられるようにしてくるから」

「まだ、聞いてもいないのに、今から予防線張っているんですか？」

ちょっとした雑談が嬉しくて、私はからかった。

でも、頬が引きつっていた。上手く笑えている自信はなかった。

「それで、問題はどれかな？」

私はカバンの中から問題集を出したものの、机の上に置いたまま開かなかった。

「ん？」

質問があると言ったのに、いつまでも行動しない私に、じゅんじゅんは困惑している。それはそうだろう。いつだって私は、じゅんじゅんに嫌われないようにしていたから。

もちろん、ちょっと強引だったこともあるし、「好き」と言ったこともあった。だけど、じゅんじゅんの立場を脅かすことがないように、気をつけていたつもりだ。

「百瀬さん？」

でも、じゅんじゅんがその立場を自ら脅かすなら……他の人の手を取るなら、私も我慢するつもりはなかった。

せめて、他の場所で……もっと大人なカノジョだったら良かったのに。

自分勝手だってことはわかっているけど、私の我慢は限界を超えた。

「黒田さんと何があったんですか？」

「え？」

「誤魔化さないでくださいね。この質問は持ち帰らなくても、先生は答えを知っているはずですから」

「……どういうこと？」

「私、知っています。黒田さんと先生の間に、特別なことがあるのを」

困惑していたじゅんじゅんの顔が、突然極寒の地へ行ったかのように凍った。知られたくなかったことに触れられてしまった、と隠し切れないものを、一瞬だったけど、感じ取れた。

私はじゅんじゅんの凍った表情を溶かそうと、熱い視線を送る。でもそれは、熱が伝わる前に逸《そ》らされてしまった。

「勉強の質問でなければ、終わりにしよう。こんな時間まで待たせてしまって申し訳なかったね」

じゅんじゅんが席を立つ。私は慌てて離れていく腕をつかんだ。

「待ってください！　行かないでください！」

この腕を放してしまったら、二度とつかめないような気がした。好きになった人に、好きになってもらえないことがある。そんなこと頭ではわかっている。でも感情が追い付かない。黒田さんとのこともそうだし、砥部くんのこともそうだ。

理性と感情の戦いは、圧倒的に感情が勝った。

「先生」

私はじゅんじゅんの腕を引いて床に座らせ、抱き着いた。

「やめなさい！」

じゅんじゅんが腕に力を入れて抵抗する。でも私は、離される前に耳元に口を寄せた。

「先生、私、黒田さんとのこと、知っているんです」

「え？」

じゅんじゅんの腕から力が抜ける。

絶対、二人の間には秘密がある。そう思うと悔しくて、さらに強く抱き着いた。

「この前、三階の部屋で、黒田さんと二人きりで話していましたよね」

じゅんじゅんは答えない。沈黙は肯定と受け取った。

「あのとき、外にいたのは私です」

私が黒田さんを問い詰めたとき、室内から物音がした。外に誰かがいることに気づいていたかもしれない。でもそれが、私だとは知らないだろう。

「知られたら困ること、ありますよね？」

黒田さんが良いなら、私だって良いじゃない。生徒と恋愛なんて、本当はダメだから。でも、もうダメなことをしているなら、良いじゃない。

私以外の人を選んで欲しくないと思っていながら、理論として成立していないことくらいわかっている。でも、じゅんじゅんが誰かのものになるのが嫌で、止められなかった。

「先生、好きです」

ビクッとしたじゅんじゅんが私の身体《からだ》を強く押す。そのとき一瞬、私の胸に手が触れた。

「――え？」

「す、すまない！」

素早く手をどけてくれたが、もちろん嫌悪感なんてない。触られたことが嬉しかったわけじゃないけど、自分だけ特別という状況が嬉しかった。

じゅんじゅんは、もう一度「すまない」と言って、私から離れる。でも教室からすぐには出て行かない。立ち上がって、私を見下ろした。

「こういうことをされるのは困るよ」

「……ごめんなさい」

私が一番怖いのは、じゅんじゅんに嫌われることだ。

「でも先生……私のことは生徒扱いしかしないのに、黒田さんとは……」

「彼女も私の生徒だよ。……受験の話をしていただけだから」

「嘘《うそ》……！」

黒田さんの態度を思い出すと、違うように思う。何より、じゅんじゅんもおかしい。具体的に何がとは言えなくても、ずっと見てきた私にはわかる。

「本当だよ。百瀬さんに疑われるようなことは何もない……だから、こういうことは、もうしないように。わかった？」

じゅんじゅんは、いつだって優しい。今も大声で怒鳴ったりはしない。

だけど、いつだって同じ。いつだって私への対応は変わらない。きっと、卒業しても変わらない。

でも好き。だから、じゅんじゅんにもうしないでと言われたら、うなずくしかなかった。

綾乃から送られてきた動画を見て、すぐには気づけなかった。でも、二度目でわかった。

そこに映っているのは私とじゅんじゅん、ということが。

動画は私がじゅんじゅんに抱き着いて押しのけられた場面で、二十秒もなかった。

それが都合よく切り取られていることは、もちろん私にはわかる。だけど、その切り取り方は、抱き合っている男性が、女性の胸に手を当てているようにも見えた。いや、見えるように切り取られていた。

「どうして……？」

なぜこの動画が、ネットにあがっているのか。誰がこの動画を撮影したのか……。

何がどうしてこうなったのか、まったくわからなかった。動画は、綾乃が同じクラスの他の女子から教えてもらったと言っていた。元の出どころがどこなのかまでは、メッセージに書いてなかった。

私はすぐにでも、綾乃に連絡しようとした。でもその直後、届いたメッセージを読んで、入力し始めた指が止まった。

——相手誰？　奈緒、知ってる？

当たり前だけど私は自分のことだとわかっていたから、じゅんじゅんの相手を考えたりはしなかった。でも顔はボカされ、薄暗い動画では誰だかわからない。

これを見た人たちの中には、私だと気づいている人もいるのだろうか……。

綾乃は、私が学校に戻ったことは知らないから、疑っていない。もし気づいていれば「あれは奈緒でしょ？」と言ってくるハズだ。

でも、黙っていたらじゅんじゅんに迷惑がかかる。あれは私なの、そう入力していると、また綾乃からメッセージが届いた。

——ってかさ、先生のことが好きなら、拒まなきゃだよね。

え？

——だって本当に好きなら、好きな人の立場を考えるでしょ。

突きつけられた言葉に心が切られた。

あくまでも綾乃は、じゅんじゅんから迫ったと思っている。それでも、相手の女子のことを非難している。これがもし、私から呼び出して抱き着いたことを知ったらどうなるか……。

綾乃からまたメッセージが届いた。

——何年生か知らないけど、本当に好きなら、卒業まで待てば良いんだよ。

綾乃の言う通りだ。

私はただ、自分の気持ちを押し通そうとして、結果がどうなるかなんてことまで考えていなかった。

どうしよう。どうすれば良いんだろう。

綾乃に軽蔑されたくない。でも、じゅんじゅんだけに責任を押し付けるわけにはいかない。悩んでいると、またメッセージが届いた。

——これ、じゅんじゅんクビになるんじゃないかな。

私はこのときまで、その可能性に気づいていなかった。全部私がしたことで、じゅんじゅんは何も悪くないと思っていたからだ。ただ、切り取られ方が悪かっただけ。

どうしよう、どう返事をしよう……。

上手く伝えなければ、そう思うと、言葉をまとめられない。綾乃はともかく、話が伝わるうちに変化する可能性は十分にある。私がじゅんじゅんが好きなことを公言していたから、庇《かば》っていると、誤解する人だっているかもしれない。

とりあえず明日、じゅんじゅんと話してから、どうするべきか決めた方が良いかもしれない。

私は震えが止まらない指で、綾乃への返信を入力する。

――ちょっと、いろいろ動揺している。

嘘ではないけどズルい答えだった。でもきっと、これで綾乃は勘違いしてくれるはずだ。

――そうだよね。大好きな先生が、生徒に……だものね。

やっぱりまだ、綾乃はあの動画の女子を、私だとは思っていなかった。

「嘘をついてゴメンね」

私は届くはずのない声を、スマホに向かって言っていた。


一睡もできないまま、いつもよりずっと早い時間に学校へ行った。

でも、じゅんじゅんはいつもの時間に出勤してこなかった。職員玄関の靴箱を見ても、上履きのスニーカーしか入っていない。実習室のところにある部屋へ行ってみたものの、鍵がかかっていて、中に人の気配はなさそうだった。

不安を感じながら教室へ行くと、話題はあの動画一色だった。教室の中には、大小いくつかのグループができていたけど、全員その話しかしていなかった。

こんなことは、どの行事のときでもなかった。絶対、ゲームや前日のテレビの話をしている人がいたから。

でも今日は違った。

私は自分の席に座った。砥部の周りに人だかりができている。耳を澄まさなくても飛び込んでくる会話は、彼がこの動画を拡散した人物だと教えてくれた。

砥部が動画を撮影したのかと思ったけど、話を聞く限りでは違うらしい。誰が撮影したのかも、誰が動画をあげたのかもわからないという。

私は教室の入り口を見た。

あのとき、少し開いていた。じゅんじゅんはドアを閉めなかった。だから、撮影は可能だった。ただ、誰がどうして私たちのことを……ということだけは、まったくわからない。そして、それを気にしているのは、教室では私だけだ。

動画はどこまで拡散しているのだろう。

今のところ、動画のじゅんじゅんの相手が、私だと気づいた人は一人もいない。でも、もうバレるのは覚悟していた。拡散は止まらない。何もせずに沈静化を期待するのは難しいだろう。

いつ本当のことを言おうか……。

じゅんじゅんが教室に来たときに、みんなの前で本当のことを……。

「おはようございます」

教室のドアが開くと、室内がしーん、と水を打ったように静かになった。

予想外の反応だったらしく、じゅんじゅんはあれ？ という様子で、教室の中をキョロキョロ見ていた。

「今日はやけに静かだね。まあいいか」

じゅんじゅんは、小首をかしげたものの、教卓の前に立って出席を取り始める。

その様子を見て、じゅんじゅんはまだ、あのことを知らないのだとわかった。知らないふりを続けられるような人ではない。

だとしたら、私はいつ、言えば良いのか。そのことばかり考えていた。

生徒たちはみんな知っているのに、渦中のじゅんじゅんはまったく把握していない。

「百瀬奈緒さん」

「はい」

このタイミングで話してしまおうかと思った。でも、すぐに次の人の名前が呼ばれて、返事しかできなかった。

全員の名前を呼び終えたとき、じゅんじゅんは「何かあった？」と訊いてきた。教室の中の、異様な雰囲気には気づいていたらしい。

後ろの席から声がした。

「先生、身に覚えはありますよね？」

砥部だ。動画を拡散させた彼は、この話をしたくてたまらないらしい。

じゅんじゅんに覚えなんてあるわけがない。あれは一瞬の事故だ。いや、事故にすらなっていない。

砥部に問い詰められてじゅんじゅんは困った表情をしていた。

やっぱり、私が説明しないと。

そう思って腰を浮かせかけたとき、廊下側に座っていた里穂《りほ》が、「先生、ネットに動画があがっていたこと、知らないんですか？」と言った。

それでも、じゅんじゅんが困惑していると、次々に強い言葉が浴びせられる。

そのとき、「奥澤先生」と、教室のドアがノックされた。

「ショートホームルーム中に失礼。ちょっと来てください」

ドアの向こうには、教頭と永束がいた。有無を言わさない口調で呼び出されたじゅんじゅんは、すぐに教室から出て行った。

廊下での様子を、想像するまでもなかった。じゅんじゅんは今、何が起きたのか、説明を受けているはずだ。

今すぐ廊下に行って、私が一方的に抱き着いたんです。奥澤先生は、何も悪くないです――と言えば良いだけだ。

なのにイスから立ち上がれない。

教頭と長束の顔を見た私は、恐《こわ》くて固まっていた。

数分後に、もう一度ドアが開く。入ってきたのは永束だけだった。

永束が一瞬、私の方を見た……気がした。

手足が震える。もしかして、バレている？

だけど、何も言われない。

平静を装えていたかはわからないけど、私は震える手を必死に押さえつけていた。

じゅんじゅんに連絡を取ろうにも手段がない。あれだけ近づこうとしていたけど、私が知っているのは、この学校の卒業生だったことと、誕生日くらいだ。

あとは住んでいる場所も、ＳＮＳのアカウントも、電話番号もわからない。私が生徒という立場を一番思い知らされた瞬間だった。

じゅんじゅんのことを考えない時間は一秒もなくて、まったく授業に身が入らなかった。

綾乃は、私が落ち込んでいるのは、じゅんじゅんが私以外の女子生徒に手を出したからだと思っているようだった。

誰にも相談できない。一人で悩んでいると思考はループする。そうして出てくる答えは「SNSで真実を言おう」だった。

あの動画に私が説明を入れれば、一瞬で広まるだろう。そう思うまでに、二日かかった。

投稿するにはもちろん、じゅんじゅんの名前を出さないようにしなければならない。

そして私の名前をどこまで出すか。

フルネームをさらすことには抵抗がある。この先私が大人になったときも、今回のことが付いて回るかもしれない。動画では顔は隠されていても、誰かが写真を出せば、私は世界中に指名手配されるようなものだ。

でも、じゅんじゅんをこのままにしておけない。

より多くの人に読んでもらえる文章で、じゅんじゅんには一ミリも非がないことを伝えなければならない。

試行錯誤の結果、ようやく投稿用の文章が完成したのは、五時間目の移動教室から、自分の教室に戻ってきたころだった。

「奈緒ー、放課後またドーナツ食べに行かない？　期間限定のが食べたいんだよね」

そういえば、今日は綾乃の塾の日だ。

「ゴメン、ちょっとお金がないから」

「奢《おご》るよ？　いつも付き合ってくれるから」

「……今日はゴメン」

本当はドーナツ代くらいならある。

でも、とてもそんな気分にはなれない。それよりも今は、早くSNSに投稿したかった。

綾乃は背を丸めて、下から私の顔を覗《のぞ》き込んだ。

「ちょっと痩せたよね」

「ダイエットしてるの」

嘘はバレバレだけど、綾乃は追及しないでくれた。じゅんじゅんの件で、私が落ち込んでいると思っている。

綾乃が本当のことを知ったら、どう思うだろう。私はきっと、少なくとも、放課後に一緒にドーナツを食べることは、もうなくなる。学校にはいられない。

あれ？　と私の机の隅を指さした。

「こんなの前から書いてあったっけ？」

「え？」

薄く、鉛筆で何かが書かれていた。

さっきまでなかったはずだ。私はそこに書かれている文字を読んだ。

――君は悪くない
「なにこれ？」

一緒に読んだ綾乃が笑った。

でも、私は笑えなかった。この文字を知っている。たった六文字でも私がその筆跡を見間違うことはない。

私は教室を飛び出した。

職員玄関へ走った。家の場所は知らなくても、靴箱の場所は知っている。じゅんじゅんの革靴はまだ入っていた。

やっぱり机に書かれていた文字は、じゅんじゅんのものだ。私たちが移動教室で席を空けているときに、じゅんじゅんが書いたに違いない。

じゅんじゅんは校内にいる。どこか生徒に見られない場所にいるはずだ。

授業開始のチャイムが鳴るけど、私は教室に戻らない。授業中の今、生徒のいない場所を探せばいい。

そして、心当たりは一か所しかなかった。

お願いだから、そこにいて。

そう祈りながら実習室が並ぶ廊下へ向かう。ドアに手をかけると、私は深呼吸をし、ノックもせずに開けた。

「……いた」

鍵がかかっていなかったのがラッキーだった。突然開いたドアに驚いたらしく、じゅんじゅんはビクッと身体を震わせた。

「百瀬さん……」

じゅんじゅんは、隠れんぼで見つかった子どもみたいな顔をしていた。

「私の机に――……」

最後まで言う前に、じゅんじゅんは私の腕を引いた。

廊下の方をキョロキョロ見回してから、ドアを閉めた。

「誰かに会った？」

「いえ？」

「なら良いけど」

さっきまで誰かいたのだろうか？　鍵が開いていたのはそのせいかもしれない。

じゅんじゅんは中から鍵をかけて、しくじった、とつぶやいた。

「百瀬さんのことだから、放っておいたらネットに何か投稿するんじゃないかと思ったからメッセージを残したんだけど……」

「先生の想像通りです。私、今からします」

ずっと、追いかけ続けていたから、じゅんじゅんも私の性格を理解してくれていたらしい。こんなときに不謹慎だけど嬉しかった。

「それだと、苦労して教室に入ったのが水の泡だよ。そうじゃなくて、動画のことは、絶対に口にしないように」

「どうしてですか？」

「どうしても。いい？　約束だよ」

「でも、あれは私が――」

「違う！　君の責任ではない」

外に聞こえないように配慮しているのか、じゅんじゅんの声はそれほど大きくはない。だけど声には、空気を裂くような鋭さがあった。

「でも私が先生に抱き着いたりしなければ、こんなことにはなっていなかったんです。だから私の責任です。ネットにあげるのがダメなら、校長先生に言ってきます」

「そんなこと、しちゃだめだ」

「校長先生だとだめなんですか？　だったら教頭先生ですか？」

「そういう意味じゃない」

「どういう意味ですか？　どうして、私が名乗り出ることがダメなんですか？　だって先生は何も悪くないのに……このままじゃ、先生だけが責任を取ることになりますよね？　私、そんなの嫌です」

「そうじゃない。私が今ここにいるのは、百瀬さんのせいじゃないんだ」

「庇わないでください！」

じゅんじゅんは、無言で首を横に振った。

「していないことで、先生が罰を受けることはありません。私が悪いんですから」

「大丈夫。百瀬さんは何も気にせず、受験勉強を頑張って」

無茶苦茶だ。

自分がしでかしたことで好きな人が窮地に陥っている。それを気にしないでいられるわけがなかった。

「無理です！」

「無理じゃない。三月には学校を卒業して、今回のことは忘れるんだ。百瀬さんは自分が悪いと言うけど、君だって被害者だ。不本意な動画を拡散されたね」

「でもあれは、私が……」

「悪くない。百瀬さんは悪くない」

興奮して熱くなっている私の頭を、じゅんじゅんの「悪くない」という声が冷たい水のように冷やしていく。

だけど納得はできない。いくら悪くないと言ってくれても、自分をただの被害者とは思えなかった。

「やっぱり、ネットにあげます。今なら、絶対拡散されます」

「そんなことをしたら、百瀬さんがさらし者になる！」

「でも、今は先生がその状況です。先生は何もしていません。していないのに、こんなことになっているなんて、絶対にダメです！」

じゅんじゅんの顔から表情が消えた。今度は自分に冷たい水をかけたのかと思うくらい、感情が見えない顔をしていた。

「……何かしていたとしたら？」

「え？」

そういえば、この部屋で黒田さんと……。

私にはわからない。もちろん、そんな動画はあがっていない。でも、あのときドアは閉まっていて……。

「私たちの動画を撮ったのは、黒田さんなんですか？」

「違うよ。彼女は一切……動画には関係ない」

「じゃあ、誰ですか？」

「それは、百瀬さんは気にしなくていいよ」

「気になるに決まっています。それに、その言い方、先生は動画を撮った人も、ネットにあげた人も、知っているんですね？　私にも教えてください。私も当事者です！」

「違う、百瀬さんが気にすることじゃない」

どこか含みを感じさせるじゅんじゅんの言い方にイライラした。いや、気持ち悪い。私は当事者のつもりでいるのに、蚊帳《かや》の外に置かれている。自分のことなのに、私の知らないところで、何かが起きている。

向き合っているのに、じゅんじゅんは私を見ていない。顔は私の方を向いているのに、目の奥では、何か違うことを考えているようだった。

「先生、どうして一人で悪者になろうとするんですか？」

「悪者？」

じゅんじゅんの瞳が揺れる。でもその目にやっぱり私は映っていなかった。

「本当に悪いことができたら良かったんだけどね」

どういう意味だろう。黒田さんとは、言えないようなことはしていないということだろうか。

怖くてそれ以上は聞けなかった。

部屋から追い出される直前、じゅんじゅんはようやく私の顔を見てくれた。

「いいね、絶対に誰にも言っちゃだめだよ。黙っていれば、百瀬さんのことがバレることはないから。それに……もしも私のことを考えてくれるなら、黙っていてくれた方が助かる」

「でも……」

「それと、ここには二度と来ないで。私を助けたいと思うなら、これも約束して」

じゅんじゅんが私と目を合わせてくれたのは、このときだけだった。


真実を明かすことができない、受験勉強に励むこともできない私は、相変わらず何もする気になれなかった。

ショートホームルームでは、担任代行の永束が「最近、勉強に集中していない者がいるようだが、誰かにやらされていると考えているようなヤツは脱落する。目標に向かって、毎日の勉強に取り組むように」と、どこかの受験サイトに載っていそうなことを、偉そうな口調で言っていた。

真面目に聞いている人もいるけど、ほとんどは聞いているフリだと思う。

そんなことは、私たちだって言われなくてもわかっている。目標に向かって一心不乱に進めるならそれに越したことはない。

でも、すでに「そこ」を通ってきた大人と違って、私たちは先の見えない道を探している。しかも一人一人違う場所を目指している。地図を片手に歩いているけど、たまにどこかに寄り道がしたくなる。それが、恋愛だったり、遊びだったり、勉強以外であると、大人たちは「学生の君たちが、今やらなければならないのは何か？」と、答えを用意したうえで質問してくる。

違う答えを言うと、行先だけ押し付けてくるけど、道順は教えてくれない。

それで、寄り道をするなと言われても、こっちだって困る。

これが寄り道というなら、それで良い。今の私は、じゅんじゅんのことしか考えられなくなっていた。

――黙っていれば、百瀬さんのことがバレることはないから。

じゅんじゅんの言葉通り、しばらく経《た》っても、動画の女子生徒が私であることはバレていなかった。でも、動画を拡散した砥部が仲間とともに探っている。名前は出ていないけど、「K、I、M、N」と、相手の候補者のイニシャルをSNSにあげていた。

砥部の行動は、ほとんどの生徒が冷めた目で見ていたけど、まったく気にしていないというわけでもなかった。みんな、口にこそしないものの、彼の動きをチェックしていた。

砥部がイニシャルを投稿した翌日、綾乃が「おはよう」の前に「奈緒と一緒に帰ってなければ、疑っちゃってたかも」と言った。

何を言いたいのかはわかっていたけど、私はあえてとぼけた。

「おはよう、突然何？」

「あ、おはよう。じゅんじゅんの相手探しのこと」

「……K、I、M、Nだっけ」

「そうそう。あれ、範囲広すぎでしょ。しかも名前なのか名字なのかもわからないし。

二年の女子が相手かもって噂は出ていたけど、それも微妙な感じみたいだし」

「二年の誰？」

その話は知らなかった。

「えーっと、韮崎《にらさき》さんって人。奈緒は知ってる？」

「ううん……」

部に入らなかった私は、下級生の情報には疎い。しかも学年が同じでも全員の名前なんて知らないのに、学年が違えばもっとわからない。部活や委員会で一緒でもなければ、共通点は同じ制服を着ているということしかないのだ。

「動画がアップされた日に、廊下でじゅんじゅんと話していたんだって。それで、二年の田中《たなか》が韮崎さんって人を呼び出したって」

二年の田中といえば、私と同じくらい、じゅんじゅんを追いかけていた、女子バスケ部のコだ。あっちは、クラスも授業も持たれていなかったけど、じゅんじゅんがバスケ部の副顧問をしていたから接点があった。大会の遠征などでバス移動するときは、必ずと言っていいほど、じゅんじゅんの隣に座っていたという話だ。

そのあたりの情報は、同じクラスのバスケ部だった人から教えてもらっていた。絶対に私には行けないポジションにいる彼女を、羨ましく思ったのは一度や二度ではなかった。

「韮崎さんは認めたの？」

「そういう話は聞かないから、ただの噂だと思うけど。だって、授業の質問をする人だっているだろうし」

「そうだよね……」

韮崎さんはもちろん、田中に対しても申し訳なさを感じた。

二人は何も関係ない。できれば他の人に迷惑はかけたくない。責められるのなら、私を責めて欲しい。

でも、じゅんじゅんにこれ以上迷惑がかかるのが一番嫌だ。黙っていてくれた方が助かるとまで言われたら、真実を口にすることができなくなってしまった。

綾乃が私のことをジッと見た。

「奈緒は誰だと思う？」

「さ、さあ……」

不自然なくらい声が上ずったけど、綾乃は「わかるわけないよねー」と言った。

私は何度も見た、あの動画を頭の中で再生した。

どういうわけか、私のことはかなり厳重にバレないようにしてある。でも、じゅんじゅんが動画に映っていたことは、早い段階でわかってしまった。特徴的なネクタイはもちろんのこと、よく見ている人にとっては、気づけるポイントがいくつもあったからだ。

「しっかし、誰が撮ったんだろうね」

「ん？」

「動画。だって、さすがに当人たちは撮らないでしょ。バレたらアウトなのはわかっているんだから」

綾乃の言う通り、誰かが動画を撮った。しかもじゅんじゅんは心当たりがあるような口ぶりだった。

「最初は砥部の自作自演かとも思ったんだけど、それなら動画に加工しないだろうし。

あ、でも、何かマスコミからコンタクトがあったとかって話だよ」

「マスコミ？」

「うん。ハッタリかもしれないけど、何かあったみたいな書き込みをしてたから。浮かれて隠し切れないんだよね。アイツのことだから、言うほど大したことじゃないとも思うけど」

どうせ、砥部のハッタリ……でも、砥部やクラスの数名が動いているだけならともかく、マスコミとなったら話は別だ。鎮火どころか、今からだって大炎上する可能性はある。

このことは、じゅんじゅんに伝えた方が良いかもしれない。

──ここには二度と来ないで。私を助けたいと思うなら、これも約束して。

ゴメンなさい。でも私は、どうしても先生の力になりたい。それに先生のことを好きになるような生徒だから、言うことは聞かないんだ。

居場所がわかっていて、会わないなんてことはできない。

私はすぐさま教室を出た。

授業をサボるのも慣れてしまった。じゅんじゅんに良い生徒だと思われたくて、ずっと真面目にしていたけど、こうなってしまったら、どうでもいい。

廊下を歩くときは耳を澄まして、足音と教師の気配を探りながら、私は実習室が並ぶ場所へ行った。

じゅんじゅんがいる部屋の前に着く。中の様子を探ろうと、ドアに耳を近づけた。

「――ですが……」

「これも……」

話し声がした。電話……いや、室内からは少なくとも二人の声がする。中から人が出てきたときに見つかったら面倒なことになるだろう。

私は少し離れた掃除用具入れの陰に隠れて、出入り口を見張った。

五分くらいすると、部屋のドアが開いた。出てきたのは校長だった。別れ際の挨拶もなく、校長はドアを閉めると、素早く階段の方へ歩いて行った。

もしかすると、前回私が部屋へ行ったときに鍵が開いていたのは、校長か誰かが部屋から出た直後だったのだろうか。

だったら、今も急げば……。

私は勢いよくドアを開けた。

鍵をかけようと思っていたのか、じゅんじゅんはドアの前に立っていた。突然の来訪者に驚いて、目を見開いていた。

でも、私も驚いていた。じゅんじゅんは一見してわかるほど、顔色が悪く痩せこけていた。動画が流出した直後は元気だったのに、それほどまで追い詰められていたのだと思うと、私は自分がしでかしたことの重さに、押しつぶされそうになった。

私は中に入ってすぐにドアを閉めて鍵をかけると、頭を下げるしかできなかった。

「……ごめんなさい」

「何を謝っているの？」

こんな状況になっても、じゅんじゅんは私のことを責めない。むしろその方が辛《つら》かった。私には関係ないと、生徒のことは責められないのだと、線を引かれているように感じたからだ。

「やっぱり私、本当のことを言います」

「だから、百瀬さんのせいじゃない！」

じゅんじゅんが怒鳴った。校内にいることを隠しているはずなのに、外まで声が漏れるのを気にしないくらいの大声だった。

でも、じゅんじゅんはじゅんじゅんだ。自分のとった行動に気づくと、ハッとした様子で、すぐにいつものじゅんじゅんに戻った。

「ゴメンね」

「謝らないでください。私が……」

私がすることは、すべてじゅんじゅんを追い詰めてしまう。好きなのに。ただそれだけだったのに。

「さっき、校長先生がここに来ていましたよね」

「有能な探偵さんだ」

そう言って、じゅんじゅんが笑う。でも辛そうだ。笑顔なのに悲しそうだった。

「校長先生はここによく来るんですか？」

「そうでもないけど、私が動き回ると目立つから、他の先生も用があるときは来てくれるよ」

じゅんじゅんは学校で肩身の狭い思いをしているのだろう。こんなエアコンもない物置のような部屋に押し込まれて、人目につかないように日中を過ごして。

「それより、ここにはもう来ちゃだめだと言ったはずだけど？」

「あ、そうだ！　それどころじゃないんです。砥部くんがマスコミと接点を持ったことを伝えようと思って」

不思議なことに、じゅんじゅんは驚くこともなく、落ち着いていた。

「テレビ？　ラジオ？　それともネットかな。砥部くんについては聞いていないけど、学校にもそんな話は来てるよ」

「え？」

あ、そうか。

砥部に連絡してくるくらいだから、当然その前に学校にコンタクトをとっていても不思議じゃない。そして、校長先生が出入りしているとなれば、その話はじゅんじゅんの耳にも入るはずだ。

「でも、ありがとう。生徒に近づいたとなれば、無視はできないから、私から校長先生に伝えておくよ」

「いえ……」

ありがとうなんて、言われる筋合いはない。元を正せば、すべて私が悪いから。これからだって、私ができることは、何だってしないといけない。

じゅんじゅんは、そんな私の考えを読んだかのように「もういいんだよ」と言った。

「百瀬さんは私のことは気にせずに、高校生活を楽しんで。まあ、今は受験勉強があるから、楽しむと言っても、あまり多くのことはできないかもしれないけど……今しかできないことを楽しんで欲しいと思っているよ」

優しいのに、突き放されたように感じた。私がバカなことをしたせいなのに、気にしないなんて、無理な話だ。

それに、じゅんじゅんがいないと、私の楽しい高校生活はない。

「先生がいないとつまらないです」

「そんなことないよ。きっと百瀬さんには楽しい未来が待っている」

「そんなの、全然想像できません！」

「今はね。私も高校時代は、将来のことなんて考えられなかったし、何をすれば良いのかもわからなかったけど、いろいろ……なことを経験するうちに、今ここで教師をしているから、百瀬さんもきっと何か見つかると思うよ」

そんなものが、本当に見つかるだろうか。

それに、なりたいものになれたから、幸せとも限らない。

じゅんじゅんは教師になんてならなければ、私みたいなバカな生徒に関わらずに済んだのだから。

「先生……ごめんなさい……ごめんなさい」

じゅんじゅんは小さく首を横に振る。君は悪くない、そう言ってくれているのかもしれないけど、謝罪を拒絶するような態度に、私はもう、謝らせてもらうこともできないことが寂しかった。

じゅんじゅんからは二度と、絶対、必ず、何があっても、この部屋に来るなと言われた。もし自分に責任があると思うなら、なおさらね、と念を押された。

それを言われたら、私はもう身動きが取れない。何もしないことが望みなら、それに従うしかなかった。

移動教室のときに一度、じゅんじゅんがいる部屋の前を通ったけど、ひっそりとしていた。きっと生徒が通る時間帯は、物音を立てないようにしているのだろう。ドアの向こうにはいるのに、私はそれを開けることが許されない。

「あー、面倒くさい」

綾乃がそう言いながら、頰をへこませて、最近のマイブームという紙パックの野菜ジュースを飲んでいた。セロリの香りが強くて私は好きじゃないけど、綾乃はそのクセの強さにはまったらしい。

今日はいつもより学食に来ている人が少ない気がする。綾乃は「食器ってどうすれば良いんだろ」と言った。

「いきなりなに？　食べ終わったら片づける以外にあるの？」

「じゃなくて、今日避難訓練でしょ」

「あ……そうだった」

そういえば、朝、永東が今日の昼休みに避難訓練があるようなことを言っていた。

「もう、しっかりしなよ。いいかげん、あのことは忘れてさ」

綾乃は、あえてじゅんじゅんの名前を出さなかったのだろう。他の先生の目があるところで、その話をしていると注意されるし、以前より少しずつ関心が薄れている。もちろん気にはなるけど、みんな自分のことで忙しい。

そうやって、忘れていくのだろうか。もしかしたら将来、同窓会を開いたとき、誰かが「奥澤先生って」と言い出して、この話をしているのかもしれない。お酒を飲めるようになって、今を懐かしむことができるくらい時間が経ったころには、「そんなこともあったね」と話せるのかもしれない。少しばかり、苦い笑いを浮かべて。

でもそこで、私は一緒に笑っていることはできない。

「ホラ、奈緒も早く食べようよ。食器片づけておいた方が逃げやすいから」

「うん……そうだけど、それって何の意味がある訓練なんだろう」

本当に災害が起きたら、食器のことまで考えられるわけがない。もしかして、と想像することはあっても、私たちは心のどこかでその「もし」を深く考えないでいるような気がしていた。

食事が終わり、食器を片づけると、私は忘れ物に気づいた。

「ヤバい。さっきパソコンを使ったとき、教科書を置いてきちゃったかも。取ってくる」

「えー、そろそろ避難訓練始まるんじゃない？」

「でも、避難訓練のあとに取りに行こうと思っていると、また忘れそうだから、今行って来るよ。綾乃は綾乃で、避難してて」

三階の教室に付き合うより、一階の学食から避難する方が楽だと思ったのだろう。わかった、という綾乃の声を聞いて、廊下をダッシュした。

廊下を走っていると、もうそろそろかな、と言う声が聞こえた。避難訓練なんて面倒くさいだけなのに、危なくない非日常みたいで、みんな少し浮足立っている。

パソコンの教室には誰もいなかった。さっきまで私が使っていた机に、教科書は置いてあった。

教室とは違い、この部屋のイスは硬くない。座ると身体が少し沈む。

一分もしないうちに、不快な音がスピーカーから流れてきた。

「緊急地震速報です。強い揺れに警戒してください」

教室や学食にいたら、机の下に入っていたのだろう。ブツブツ言いながらも、きっと指示に従うはずだ。

でもここには私しかいない。柔らかな背もたれに身体を預けて、避難を促す放送を聞いていた。

「全部、壊れてしまえ」

好きだっただけなのに。

近づきたかっただけなのに。

避難訓練が終わるまで、この教室に隠れていたかったけど、逃げ遅れた生徒がいないか確認をするために、教師が見回るはずだ。

しばらくぼんやりして重い腰をあげた私は廊下に出る。廊下にはもう、生徒の姿はなかった。

朝の学校より静かな廊下にいると、私は今、何をしているんだろうと思った。

逃げないといけないことはわかってる。でも、本当の災害じゃないし、逃げなくても死なない。

そう思うと、動くのが面倒くさくて、足が進まない。

ノロノロと歩いていると、階段の近くにじゅんじゅんがいた。少し背を丸めて、フラフラしているように見えた。

「……先生？」

呼びかけると、じゅんじゅんが足を止めた。

ゆっくりと私の方を向いたじゅんじゅんは、この前会ったときよりさらに顔色が悪く、生気のない様子に、不安になった。

「どうしてここに？」

「忘れ物を取りに……」

持っていた教科書を見せると、じゅんじゅんは「ああ」と言いたそうな顔をした。

「そう。なくさないようにね」

「はい……」

なんで、こんなどうでもいいことを、私とじゅんじゅんは話しているんだろう。

本当はもっと、聞きたいことも、言わなければならないこともあるはずなのに、じゅんじゅんはそれを望まない。私は何も言えない。

じゅんじゅんに近寄ったら迷惑がかかるから、近寄ることもできない。

でも今でも本当は、じゅんじゅんに触れたい。「百瀬さん」と、優しい声で呼ばれたい。私だけの時間を用意してもらいたい。

望んではダメなことばかりが、私の中でパンパンに膨れ上がっていた。

「百瀬さん」

私が望んでいた声ではなかった。機械の合成音声じみた抑揚のない話し方で、糸をはじいたような声だった。

「早くグラウンドに避難しなさい」

「……先生は逃げないんですか？」

返事はなかった。ただ、じゅんじゅんはグラウンドとは別の方向に歩き出した。

部屋に戻るのだろうか？ そう思っていると、「逃げ場なんて、どこにもないよ」と言った。

その後ろ姿が振り返ることはなかった。

じゅんじゅんは、どこへ行くのだろう？

私があとを追おうとしたとき、校舎内の見回りに来た先生に見つかってしまった。

「早くグラウンドに行きなさい！」

じゅんじゅんのことが気になった。でも、見回りの先生にもう一度「早く！」と手を引かれて、渋々グラウンドに行った。

グラウンドには、もうすべての生徒が整列を終えていた。同じクラスの人を見つけて、列の最後尾に付く。

校長先生の長い避難訓練の講評も終わりに近づいたころ、列の中央あたりから、

「ねえ……あそこに誰かいない？」という声が聞こえた。

あそこ？

それまで緩んでいた生徒の空気が一変する。最後尾にいた私は、みんなが上を向く様子が、波のように広がっていくのがわかった。

「じゅんじゅん！」

じゅんじゅんは屋上にいて、フェンスの外に立っていた。

見間違えるわけがない。シルエットや雰囲気で、どんなに遠くにいても私にはわかった。

グラウンドから、生徒も先生も「奥澤先生」と、呼びかけるものの、誰の声にも反応しなかった。

私は最後に聞いたじゅんじゅんの言葉を思い出した。

――逃げ場なんて、どこにもないよ。

その先の行動は、考えなくても想像できてしまった。

「イヤー!」

私が目を閉じた瞬間、じゅんじゅんの姿は屋上からいなくなっていた。

いつの間にか、私は教室にいて、そばには綾乃がいた。

綾乃は私の耳元で、何か言っている。さっきからずっと言っている。だけど、応えようとしても私の頭の中は、何かでかき回されたようにぐちゃぐちゃとしていて、まともに応じることができない。

ただ一つ、同じことばかり呟《つぶや》いていた。

「ねえ、なんで? なんでじゅんじゅんが死ななきゃならないの?」

「奈緒!」

綾乃が私を揺さぶった。肩が痛い。ああそうか。肩をつかまれているんだ、と痛みでわかった。

「悲しいよね。奈緒はじゅんじゅんのこと、大好きだったから」

悲しい？　悲しいって？

違う。そんなんじゃない。そんなんじゃなかった。

「うわあああ」

私には悲しむことは許されない。辛いと言うことも、切ないと思うことも、許されない。

だって、だって……。

「うわあああ……私が……私が……」

私はもう、黙っていられなかった。

それに約束したじゅんじゅんはもういない。

遅すぎるけど。今さら言っても変わらないけど。

でも今言わないと、私は……私がじゅんじゅんを好きだったことが嘘になるような気がした。

「私が先生を殺したの！」

これは私がしたことの罰だ。

卒業まで生徒でいれば。じゅんじゅんを呼び出さなければ。じゅんじゅんに抱き着いたりしなければ。触れたいなんて思わずに、視界の中にいることだけで満足していれば。

私が先生を好きにならなければ。

そうすれば、じゅんじゅんが消えてしまうことはなかった。

「え、えっと……奈緒？」

綾乃がじりじりと後ずさる。そうだよね、こんな私と一緒になんていられないよね。

私はもう、誰からも相手にされない。

だけど、教室にいた人たちが、一気に私のところへ来た。みんな怖い顔をしていた。

「百瀬さんが殺した……？」

「でも、奈緒はグラウンドにいたよね」

「マジかよ」

「誰か、永束呼んで来いよ！」

教室が騒がしい。みんな、いろいろ言っていて、何に答えれば良いのかわからない。

「ねえ、あれは奈緒が書いたの？」

綾乃の指は黒板に向いていて、教室は一瞬で静かになった。

私はそのとき初めて、黒板に『私が先生を殺した』と書いてあることに気づいた。

「──え？」

「え？　じゃないよ！　奈緒が言ったんでしょ。先生を殺したって」

「……どういうこと？」

「それはこっちのセリフ！　ねえ、奈緒。一緒にお昼を食べていたとき、忘れ物を取りに行くって、学食を出て行ったよね？　そのとき避難訓練が始まって、奈緒がグラウンドに来たのは、クラスでも最後だったでしょ？　遅くなったのは、黒板にあれを書いていたから？」

「……わかんない」

「わかんないわけないでしょ！」

本当にわからない。どうして、黒板にこんなことが書いてあるのか。

私は黒板の前に行って、黒板消しを持った。

わかっているのは、このままにしておけないということだけだ。

私は黒板消しを勢いよく動かした。「先生」の「先」の文字が、半分くらい消えた。

こんな中途半端じゃダメ。全部消さなきゃ、全部──。

もっと手を動かそうとしたとき、後ろから右手首をつかまれた。

「消しちゃダメだ」

小湊《こみなと》くんが私の後ろに立っていた。

「消しても、罪は消えない」

振りほどこうにも、手を放してもらえない。小湊くんの手は力強かった。

「どうして？」

小湊くんは私の疑問には答えてくれない。

誰か教えて。

答えが知りたくて、私は、消せずに残った、『私が先生を殺した』の文字を見続けていた。

第四章　小湊悠斗《こみなとはると》

図書室のエアコンの設定温度が教室より二℃低いのは、司書の細山《ほそやま》先生が暑がりだからだと僕は思っている。親と同世代の細山先生は、ぽっちゃりを通り越した肥満体型で「暑い」が口癖だからだ。でも僕は、七月なのに鳥肌がたっていた。

「先生、ちょっと設定温度上げていいですか？」

えー……と、細山先生は言いかけてから「仕方ないなあ」とエアコンのリモコンを手にした。

「一℃で良い？」

「二℃あげてください」

「もう、小湊くんがくると、いつもそうなんだから」

「設定温度、本当は二十六℃って決まっていますよね？」

教室の温度調節パネルのところには、太字で『夏は二十六℃、冬は二十二℃まで』と書かれたプリントが貼ってある。でも図書室はいつだって二十四℃だ。教師なんて、自分の都合で好き勝手にする生き物だと僕は思っていた。

「パソコンの部屋は二十四℃にしているって、情報の大友《おおとも》先生が言っていたわよ」

「あの部屋はパソコンが熱を発するから暑いんですよ」

「図書室は日当たりが良いの。本当は、もう少し日陰の方が良いんだけど」

「暑くないから？」

「本が焼けるから！」

わかってますよと言って、僕はイスから腰をあげた。今日はずっと曇り空で、陽射《ひざ》しはまったくない。本当は二℃どころか、いつだって三℃低い図書室の設定温度は、僕が部屋に入った瞬間に、こっそり変更されていることも知っていた。

二百番台の棚へ行くと、さっき僕が一冊抜き取った場所がそのまま空いていた。手にした本を押し込み、隣の本を抜く。

図書室の最大の利点は少し読んでみて、合わなそうと思ったらすぐに返却できるところだ。

貸出カウンターへ行くと、細山先生がタイトルを見てうなずいた。

「やっぱり歴史が好きなのね」

「興味があるってくらいです」

「それで良いのよ。スタートはそこからでしょ」

　そうですね、とは言わなかった。世の中、興味がなくてもスタートすることはある。少なくとも僕の幼少期は、親にピアノに水泳に英会話に塾にと連れ回された。もちろん、やりたいと言ったこともないし、興味もなかった。

　結局何も好きになることはなく、小学校を卒業するころにはどれも辞めていたけど、あの時間は「興味が持てないことを確認する」ために使ったような気がしている。唯一、英会話は英検二級に合格したから、少しは役に……たっていないと思う。

「大学はこの方面に進むの？」

「たぶんないと思います」

　あれ、小湊くんは三年生よね？　と細山先生の顔には書いてあった。その疑問は当然だ。

　高校三年生の七月に、受験する学部があやふやな生徒なんて、この学校にはほとんどいない。一応、進路希望調査書には「経済学部」「商学部」「国際学部」と並べた。すべてバラバラで、選んだ理由は学校名と受験科目と通学のしやすさ。そのくらいだ。唯一共通することがあるといえば「文系」ということくらいかもしれない。

「せっかくなら、好きな勉強すれば良いのに」

「さっきも言いましたけど、興味がある程度です」

「それが、好きってことなんじゃないの？」

好きと興味はイコールなのか。そんなことを悩み始めたら、悩みが増えてしまう。

「だるいですね」

「自分の将来のことでしょ」

「正直、面倒っていうか」

本当は、進路なんて適当に決めてもらってもいいです、と続けたかったけど、それは飲み込んだ。とはいえ、口にしなかった言葉も細山先生には伝わっていたらしい。やれやれ、とでも言いたそうな顔をしていた。

進路指導の先生に言おうものなら、「何を考えているんだ！　そんな風に適当に人生を送っていると、あとで必ず後悔するぞ」と怒鳴られるだろう。

でも、怒鳴られたところで、自分の考えが変わるわけではない。むしろ、怒鳴って相手の考えを変えようとする人の言葉なんて、少しも響かない。

「自分のことを考えるのが面倒なの？」

「面倒です。どうせ、何をやっても賛成してもらえないので」

あら、と細山先生の口から声が漏れて、少し心配そうな表情が浮かんだ。

でも別に先生に心配されるようなことではない。怒鳴られるわけでも、脅されるわけでもないから。

ただ、自分の意見が絶対的に正しいと思っている人たちに、主張を押し通すのがどれだけ無駄なことなのか、十七年生きてきて学習していただけだった。

玄関の鍵を開けると、珍しく父さんの靴があった。

夕方の六時。こんな時間に自宅にいるのは珍しい。いや、珍しいどころか、具合でも悪いのかと思うレベルだ。ただ、心配よりも不安の方が大きくて、僕の方が具合が悪くなりそうだった。

「ただいま」

「遅かったな」

「おかえり」ではなく「遅かったな」。どんな挨拶だよ、と思うけど、どうせそれを言ったところで、スルーされるのがオチだ。

父さんは、ダイニングテーブルで医学雑誌を、スーツ姿で読んでいた。着替えていないところを見ると、具合が悪いわけでもなさそうだし、このあとまた、仕事へ行くのかもしれない。マジで僕の具合が悪くなりそうだ。

「図書室に寄っていたから」

「勉強なら家ですればいいだろう」

「うん、まあ……どうせ夜は部屋でするし、気分を変えたくて」

勉強すると言って、逃げるが勝ちだ。戦っても勝てない相手に、僕は勝負を挑まないことに決めている。

それにカバンの中にある、さっき図書室で借りた本を早く読みたい。

「話がある」

でしょうね。

逃げられたらラッキー。でも、こんな時間に家にいる時点で、逃げられないことはわかっていた。

「何？」

「ちょっと座れ」

ダイニングテーブルで向かい合うのは、いつ以来だろうか。ここ一週間は、顔を合わせた記憶はない。生活サイクルが不規則なうえに多忙な外科部長は、高校生の僕とはまったく接点のない生活をしていた。

「大学受験のことだ」

「進路希望調査書見てないの？　母さんには確認してもらったけど」

「母さんからは聞いている。だが法学部はどうだ。悠斗が出した学部と比べると、まだ役に立ちそうだろう」

　法学部と言われた時点で、次に何を言われるのか想像ができた。というか、いつ言われるのかとドキドキしていた。

「難しいよ」

　法学部に入るだけならできるけど、そのあとに期待されることは、たぶん僕には無理だと思う。

「やる前から諦めるな。その勉強は、大学に入ってからすることだ」

　でも、入ったあとも想像できるから、やる前から白旗をあげる。

「父さんが期待するような仕事なんて、医師免許も弁護士資格も持っている人がやるんじゃないの？　生半可な知識でできることじゃないでしょ」

　言われると思っていたから、一応、反論はしてみる。医療訴訟の弁護なんて、僕にはできそうもない。

「そこはチーム戦になるだろうな」

「専門の弁護士がいるでしょ。何かあったときは、そういう人たちに頼んだ方が良い

がいると心強い」

「もちろん、そういう人たちに頼むこともあるかもしれないが、身内に法律の専門家がいると心強い」

なるほど。「医師になれなかった息子」ではなく、病院経営に必要な場所へ配置すれば良いと考えを変えたらしい。少なくとも長男——僕の兄が医学部に在籍しているから、それで面目は保たれるはずだ。

曽祖父の代から医者の僕の家は、かなり大きな病院を経営している。今の病院長は僕のお祖父《じい》ちゃん。いずれ父さんもその立場になる。そして僕の兄も、将来はそのあとを継ぐだろう。

僕のことも医者にしたいという話は、小さなころから耳にタコができるほど聞かされてきた。高二の文理選択をするときも、問答無用で理系にされそうになった。最終的に文系になったのは、僕が希望の紙を出すときに書き直したからだ。医者になりたいとも思わないし、なれるとも思わない。そもそも、医学部に入れる学力はない。なりたいものはないけど、明確になりたくないもののために努力するなんてことは、できなかった。

「経済学部と商学部を受けるよ」

病院経営にも興味はない。というか、できれば病院そのものから距離を置きたい。

普通の家より、ずっと裕福な家庭であることは僕にもわかっている。両親が忙しくても毎日通いの家政婦さんが来ているから家はいつも綺麗《きれい》だし、料理もチンすればすぐに食べられる。

ただ、いくら経済的に恵まれていても、自分の将来を決められない不自由さには辟易《へきえき》していた。

「そっちは、孝弘《たかひろ》のところの長男がやる」

孝弘は、父さんの弟。そこの長男はつまり僕の従兄弟《いとこ》の大樹《ひろき》くんだ。

「あれ、大樹くんって今……」

「留学中でMBAを取得予定だ」

「あー……」

ここ数年、従兄弟とも会っていなかったせいか、情報が更新されてなかった。というか、理由をつけて、距離を取っていたせいでもある。

なるほど、そこで空いたポジションを探したら、弁護士という結論にいたったのだろう。でも自分の親なのに無謀すぎる。息子は自分と同じように勉強をしたらしただけ、出来るようになるわけではないことを、十七年育てても学習していないらしい。

「病院が安泰ならいいじゃない。それなら僕は、他のところに就職するから気にしないで」

「そういうわけにもいかない。オマエはこの家の息子だ」

「迷惑はかけないようにするよ」

「親の援助なしに生きていけると思っているのか？」

「そういうわけじゃないけど……興味のないことを勉強しても仕方がないし」

「経済のことに興味があるのか？」

「いや……本当は、歴史とかの方が好きだけど」

いろいろ矛盾しているのは僕だってわかっている。ただ、親とのすり合わせというか、ギリギリ納得してもらえそうなところにしたというのが本音だ。

父さんは少し軽蔑した様子で僕を見ていた。

「歴史を学んで、将来は学者にでもなるのか？」

世の中すべて、その道を極めなければならないとでも思っているのか。思っているんだろうな。

「それは、母さんに任せるよ」

「あれが今やっていることは、研究ではなくて学生指導だ」

母さんは、薬学部の准教授をしている。みんな化学式好きで良かったですね、と言いたいくらい、この家に僕の居場所はない。

「さすがにまだ、そんな先のことまでは考えられない」

「そうか」

納得しているわけではなさそうだけど、父さんにも、医学部や法学部以外の卒業した先の想像は難しいのかもしれない。文系を選んだ時点で、医学部も薬学部も選択肢から外れたから、楽に生きられるかと思ったけど、そこまで上手《うま》くはいかなかった。

とはいえ、学費を親に出してもらいたいと思う時点で、僕も甘いのかもしれない。

「将来的には、家に迷惑かけないように生きていくから、もうしばらく面倒みてよ」

暗に学費をお願いします、と頼んでみたけど、父さんはうんともすんとも言わなかった。


翌朝、僕が登校すると、すでに教室にいた郡司《ぐんじ》は「お前も寝不足か？」と、あくびをしながら言った。

「いろいろ考えたら、ちょっと寝るのが遅くなった」

「わかる。考えてもどうにもならないことに悩むくらいなら寝たら良いと思うのに、考えるんだよなあ」

「郡司は何を考えていたんだ？」

「んー……彼女との今後。俺ら、遠距離になりそうだから」

違う地域の大学を受験するということか。それはちょっと悩ましい、と思うけど、ぜいたくな悩みというものだ。

「別れろ」

「冷たすぎるだろ」

「そんなの、なるようにしかならないだろ。知らんけど」

恋愛経験がないわけじゃないけど、たいして長く続いた経験はない。僕に相談することが間違いだ。

「で、悠斗は何に悩んでいたんだ？」

「ありきたりだよ。親と進路の話で意見が合わないってこと」

「ああ……まあ、悠斗の家は特殊だからなあ。知らんけど」

さっきの仕返しをされた。

郡司の家は、あまり進路に口出ししないという。聞くところによると、親もわりと自由に育ったらしく、本人任せらしい。

羨ましい話だ。僕の親もそうだったらいいのに。

両親が決めた僕の第一志望の高校は、今通っている才華《さいか》高校ではなく、偏差値的にもっと高い学校だった。世間的にはこの学校も十分進学校ではあるけど、世間と僕の家の認識は違った。

家の中では落ちこぼれ。学校ではほどほど。世間ではまあまあ。これが僕の評価だろう。子どものころは、大真面目《おおまじめ》に橋の下で拾われたか、生まれた直後に病院で取り違えられたかと思っていたけど、母親とは顔が似ている。遺伝子は外見的にだけ仕事をしていた。

親の期待に応えられないと思うようになったのは、第一志望の高校に落ちたときだった。

ただ、親の反対を押し切って家を飛び出すほどの根性はない。アルバイト漬けの大学生活はしたくないし、高卒で働くほどの気概もない。歴史が好きといっても、それを仕事にしようとまでは考えていない。

「学費さえ何とかなれば、学生の間は家に住んでいたいしなあ……」

体面的なことを気にする両親だ。怪しげなバイトや悪事を働かれるよりマシだと思って、住まわせてくれるとふんでいる。少々、居心地は悪いだろうが、そもそも両親は不在のことが多い。僕だって、大学生になれば今より外で過ごす時間も増えるだろう。

「学費のかからない大学ってないかな」

「悠斗の家は金持ちだろ？」

「親が持っていても、出してくれなければ意味がないよ」

「確かに……。でも親に反発するのも、面倒じゃね？　バイト三昧で大学生活、全然楽しめなかったらもったいないし」

郡司も僕と似たような考えだ。親のすねはかじれるだけかじりたい。

自分勝手な子どもだと言われるのはわかっている。でも、金を出すから口も出させろはフェアではない。もともと子どもは、親より金がなくて当然だ。

「だとしたら特待生だろうなあ。たまにテレビCMとかでやっているだろ」

「ああ……あそこか」

郡司が言っている大学は、四年間の学費の全額免除をうたっている学校のことだろう。それは魅力的な話だが、噂《うわさ》によると、相当ハードルが高いらしい。視野に入れるとしても、現実的には厳しいかもしれない。そうなると、少しでもチャンスは増やしておきたかった。

僕らが話していると、息を切らして、相原《あいはら》が教室に駆け込んできた。

「セーフ！」

あと一分で始業のベルが鳴る。ほぼ毎朝の光景だ。クラスの中でも自宅が一番近い相原は、毎日遅刻ギリギリで登校してくる。バスも電車も使わないから、逆に時間を気にしないため、家を出る時間が遅くなるらしい。出席番号一番の名字は、出席の返事をするまでの時間が、一番不利ではあった。

「何話していたんだ？」

「学費」

郡司の説明は端的すぎる。僕は「親に学費を出してもらえない場合」と付け加えると、相原は何となく事情を察してくれた。

「奨学金？」

「それだと、あとで返さないとだ」

「じゃあ、特待生」

「それを今話していたところ」

「あれとか？」

相原の指は、教室の後ろに掲示してある、指定校推薦の一覧を差していた。

「確かあの中に、特待生枠があった気がする」

教室に掲示してあった紙には、詳細は書かれていなかった。だから朝のショートホームルームが終わって、奥澤《おくさわ》先生が廊下に出たところで呼び止めた。

僕が指定校推薦のことを訊《き》くと、奥澤先生は少し驚いていた。

「学内締め切りのこともあるけど……そもそも、あれは基準をクリアしないと、推薦できないよ。希望はどの大学？」

「東京光瑛《とうきょうこうえい》大学の史学科です」

この大学の推薦合格者は、初年度の授業料が免除されるらしい。二年目以降どうなるかは入ってからになるけど、とりあえず最初さえどうにかなれば、あとは親も諦めて払ってくれるような気もする。何より東光大は、親世代にも名の通りが良い。学科についてはゴチャゴチャ言われそうだが、どうせ何をやってもゴチャゴチャ言われるのは目に見えている。

奥澤先生は「東光大は……」と、何かを考えるように、少しばかり上の方を見た。

「小湊くんの場合、出願基準でちょっと厳しいかな」

「無理ですか？」

「あとでちゃんと確認するけど……恐らく難しいと思う」

奥澤先生がそういうなら、そうなんだろう。

「それに、あそこは今まで小湊くんが志望していたところと、学科が違わない？」

「いろいろありまして」

「そう。まあ、進路変更は構わないし、学びたいところへ行った方が良いとは思うけど……やっぱり東光大は厳しいかな。成績のことを考えると、もっと他の……うん」

奥澤先生の歯切れの悪さで、何となく思っていることが透けて見えた。

どうやら、相当成績上位の誰かが出願を希望しているらしい。少なくとも、僕が戦って勝てる相手ではないくらいの。

「本当に歴史を学びたいのなら、他の大学も探そうか？　もちろん、小湊くんにも探して欲しいけど」

歴史を専攻するだけが進路変更の理由ではない。

「小湊は、東光大に行きたいのか？」

通りがかった永束《ながつか》が、突然僕と奥澤先生の話に参加してきた。

どこから聞いていたのか、割り込みされて不快だ。

「歴史の先生にでもなるか？　奥澤先生みたいに、学校に戻ってくるという方法もあるぞ」

永束ウザい。ってか、口が臭い。僕の近くでしゃべるな。

「そこまでは考えていませんけど……」

「奥澤先生も、そうだった、な？」

永束の最後の「な？」は、奥澤先生の方に向いていた。

苦笑いのような、若干困った様子で笑う奥澤先生は、僕らの前で見せる表情とは違って、少し幼く見えた。奥澤先生の高校時代、永束が担任だったことは、僕らのクラスで知らない人はいない。教師になってからも、元担任アピールをされ続けて、嫌にならないのだろうか。

「僕はそれ以前の問題で、受験は無理みたいです。もっと、一年生のときから勉強しておけば良かったです」

あー、面倒くさい。でも永束を相手にする場合、おとなしくしておいた方が、早く解放される。僕は特別良い生徒ではないのに、永束が絡んでくることが多い。ありがたくもないただの迷惑だ。

「どうしても行きたいのなら、諦めるんじゃないぞ」

一般入試を目指すには、偏差値的にちょっと難しい。

そして、それを乗り越えてまで行きたいかと言われると悩む。

僕には熱量というものが足りないのかもしれない。そういえば、親にもずっと、もっとヤル気を出せ、と言われていた。

目の前に、人参《にんじん》をぶら下げられたら少しは頑張るかもしれないけど、遠くの人参のために走るのは無理だ。

永束に頑張ります、と言ったところで、授業開始のチャイムが鳴った。


親との話し合いもせず、受験先の結論が出ないまま、二学期を迎えた。

夏休みが明けると、多くは受験へ向けてスパートをかけていたけど、中には無駄な抵抗をしているヤツもいた。その先頭を走っているのが砥部《とべ》だった。うるさいと思うけど、あの手のタイプに言ったところで無駄だ。

僕の夏休みは、予備校の夏期講習に通い、その自習室で勉強した。学校の図書室には一度だけ行った。僕の顔を見た細山先生は、慌ててエアコンの温度を上げていたけど、室内は相変わらず冷えていた。

校内放送で僕の名前が呼ばれたのは、さすがに夏休み気分もすっかり抜けたころだった。呼び出したのは永束だ。用があるならそっちが来いよ、と思いながら進路指導室へ行った。

「東光大の推薦は小湊に決まった」

「……え？」

「これから受験に向かって準備をしっかりするんだぞ」

「でも、僕の成績では無理って……」

「再確認したら問題なかった。とにかく、小湊を推薦することになった。良かったな、希望のところへ行けて」

「ええ、まあ……」

戸惑っていた。というのも、七月に奥澤先生に指定校推薦の話をした翌日、改めて僕の成績では難しいと言われていたからだ。

「他に推薦される人がいたんじゃ……」

「校内選抜の基準はただ成績を見るだけじゃなくて、総合的に判断する」

総合的といっても、僕の場合、マイナス面もないけど、何か突出したものがあるわけでもない。

「学校が決めたんだ。小湊が気にすることじゃないし、努力していた姿勢が伝わったということだな」

釈然としないけど、誰だかわからない人のことより、自分の進路の方が大切に決まっている。これが上手くいけば、親の説得もしやすくなるだろう。学科は気に入らなくても、学校名は気に入るはずだから。どうせ、病院の方では役立たずなんだから、ソコソコ親を満足させられる大学に入ったことでヨシとしてもらいたい。

「そういえば小湊。オマエ、何か資格とか持っているか？」

「二年生のときに、英検二級を取りましたけど、それ以外は……」

「いや、それがあればいい」

「そうですか……あの、推薦基準って、評定をクリアした人の中からどうやって選んでいるんですか？」

永束はワハハ、とうるさいくらい大きな笑い声をたてた。口の中を見せるな。

「それは開示できない。総合的に判断したとしか言えない」

「そうですか」

「まあ、心配するな。学校は小湊なら大丈夫だと思って選んだんだ。しっかり準備して試験に備えろ」

「はい」

少しブラックボックス的な感じがした。その中を覗《のぞ》いたらどうなっているのか、ちょっと気になった。


放課後の図書室に、珍しく相原と一緒に行った。

相原は学校が終わるといつも、予備校の自習室に通っている。周囲が勉強していると、自分もなまけられないという雰囲気が合っているという。

「今日はどうして図書室？」

「自習室のエアコンが壊れて、修理中ってメールが来たんだ。直るのは六時過ぎって」

「家じゃダメなのか？」

「夜中は良いけど、日中は弟と妹がいてうるさいんだ。今、ちょっと集中して勉強しないとヤバいから」

「ああ、そっか」

　そういえば、相原の家は親の再婚でできた、歳《とし》の離れた小さな弟と妹がいると言っていた。しかも相原は僕と同じく、ここへ来て受験先の変更を考えていた。

「でも、図書室もわりとうるさいよ」

「喋《しゃべ》っていたら、司書の先生が注意しないわけ？」

「司書の先生が僕に話しかけてくるんだ」

　相原の顔に疑問が浮かぶ。説明より見てもらった方が早い。

　図書室へ着くと、相原は自習コーナーへ、僕は新刊コーナーへ行った。歴史関連の本が新しく五冊ほど入っていた。

「これ、読む人いるのか？」

「少なくとも、小湊くんは読むでしょ」

　棚の反対側から細山先生の声がした。姿が見えなかったから、カウンター奥の部屋にいるとばかり思っていたけど、棚の陰に隠れていただけだった。

「他に読む人いるんですか？」

「決まった生徒になるけど、固定ファンのいるジャンルではあるから」

　それはそうかも。しかも入荷した本は、教科書的な歴史本とは違い、かなりマニアックなものが多い。食品系とか鉄道系とか、読んで「へー」と思うような感じの本だ。

興味はあるけど、今日は他に借りたい本があった。受験関係の本が並ぶ棚へ行く。目的の本はすぐに見つかり、棚から二冊ほど取った。

選んだ本をカウンターへ持っていくと、細山先生は「あら」と意外そうな声を出した。

「新刊は借りなかったのね」

「これでも受験生なので」

「あまり根詰めないでね。毎年毎年、ここから高校生を見てきたけど、思いつめちゃう子もいるの。それでも最後にはどうにかなるから」

「だと良いんですけど」

とはいえ、指定校推薦で出願できることになったから、大学生活に向けて前進している。推薦入試のために、小論文の練習を始めないとだなあ……と、貸出手続きを終えた本をパラパラめくった。

今まで、小論文の勉強をする必要はないと思っていたから、内心ちょっと慌ててた。もともと、文章を書くのはあまり好きではない。特に小論文のように自分の意見を主張するのは苦手だ。

「他の人はどうしているんだろ……」

「国語の先生に見てもらっていると思うよ」

自習コーナーにいたはずの相原が、僕の近くに立っていた。

「勉強終わったのか？」

「終わらないけど、そろそろ予備校の時間だから。小湊はどうする？」

時刻は夕方の五時半になろうとしていた。

「僕も一緒に帰る。このあと、駅の近くで人と会う約束しているから」

細山先生に帰ります、と言ってから、僕と相原は玄関へ向かった。

九月になって、急に陽が落ちるのが早くなったように感じる。八月までは、この時間ならまだ昼間だった気がするけど、今はもう夕方の太陽だ。

玄関のすぐそばに、奥澤先生がいた。大きな箱を抱えるように持っている。

僕らに気づいた奥澤先生は、「まだ残っていたんだね」と話しかけてきた。

「さっきまでは図書室で勉強してて、これから予備校です」

相原がうんざりした様子で答えた。

「お疲れさま」

「そういう奥澤先生は、何を持っているんですか？　重そう」

「使ってない部屋の片づけをしていたら、いらない物が沢山あったから、処分しようかと思って」

相原が箱の中を覗く。つられて僕も一緒に覗き込んだ。

中には、埃《ほこり》をかぶった本や、何に使ったのかわからない直径十センチくらいのプラスチック製の円筒や、錆《さ》びたクリップやらがゴチャゴチャと入っていた。

「これなんかは、軽い方だから良いけど、部屋には台座が大理石の重いトロフィーなんかもあるから、片づけるのに骨が折れそうだよ。いつ終わるのやら」

「えー、じゃあ奥澤先生、今日は残業ですか？」

「今日も、の方が正しいかな」

その話し方で、残業でない日の方が少ないことがわかった。笑顔は爽やかなのに、言っていることがブラックだ。

玄関を出て、相原と一緒に駅へ向かう。あー、予備校サボりてぇと、相原がボヤいた。

「奥澤、今日は何時に帰るんだろ」

「さあ？　あの言い方じゃあ、ほとんど毎日残業っぽいよな。でもどうして、そんなこと気になるの？」

「俺の母親も教師なんだけどさ、愚痴が多いんだよ。定額つかわせ放題って自分で言ってたくらいだし。だから俺、やっぱり教員はなりたくないと思うようになったんだよなあ」

「そうなんだ……」

歴史を学んでいかせるとしたら、将来は教師という可能性もあるかもしれない、くらいに思っていたけど、相原の言葉を聞いて、僕の将来の職業の選択肢から、教員が外れた。

「楽な仕事なんてないだろうけど、医師と教員はナシだな」

今からでも医学部を受験したいと言ったら、十浪くらいさせられそうで怖い。いや、表からではない入学の可能性もあるかもしれない。

「どっちもなければ困る仕事だけど俺もナシだな。まあ、そもそも医者は選択肢に入っていないけどさ」

この前まで相原が受験する予定だったのは教育学部だ。ただ、この様子では変更は確実だろう。

「なんか、ほどほどにやりがいがあって、週に二日は確実に休めて、残業はほとんどなくて、まあまあの給料もらえる仕事ってないのかな」

僕がそう言うと、隣を歩く相原は「あるかないかは知らんけど、かなり高望みだってことだけは、俺にもわかる」と言った。

駅で相原と別れた僕は近くのファストフード店へ行った。

一学年上の間瀬《ませ》先輩は、去年、同じ委員会でわりとよく話していた。卒業してからリアルな接点は減ったけど、SNSでゆるく繋《つな》がっている。会っていないけど、SNSでお互いの近況を知っていると、関係が続いているような感じがしていた。

店に入ると、間瀬先輩はすでに席に座っていて、ドーナッにかじりついていた。

「悪い、腹減り過ぎて、先に食べてた。それより、聞きたいことって何だ？　DMじゃ、できないような深刻な話？」

「違います。今さらかって話なんですけど、先輩、東光大ですよね？　どんな雰囲気か聞きたくて」

「別に今さらってことでもないだろ。受験なんて、四、五か月後くらいなんだし、これから受験先を絞るヤツもいるだろ」

「それが入試まで、二か月もないかなって……」

先輩が口にドーナツを入れたまま動きを止める。かと思うと、物凄《ものすご》い勢いで咀嚼《そしゃく》して飲み込んだ。

「え、ってことは、学校の推薦取れたわけ？ 評定も結構高くないと受けられないのに」

「よく知ってますね」

「そりゃ俺も希望してたから。結果的に学内選抜で落ちて、一般で受けたんだけどさ」

マズいことを聞いちゃったかな、と思ったのが顔に出てたらしい。

「受かったんだから、今はどうでも良いんだよ。あー……でも、その、学内選抜でダメだとわかったときは、結構荒れたかな。だって俺と争っていたヤツは、俺より勉強できないと思っていたから」

「ん？ それって、間瀬先輩より成績が悪かったのに推薦されたってことですか？」

僕と似たような話があるのか。

「いや？ 知らん」

「え？」

「クラスも別だったし、そいつの成績なんて詳しくは知らない。だから、ただの言いがかりなんだけど。ただ、当時はなんでアイツが推薦されるんだって思ったんだ。だってさ、俺は入学時からずっとそれを目標にしていたのに、あとから希望してきたヤツが、俺が行きたかった大学にスルッと入れるってことになったんだから」

その辺は、僕とまったく同じだ。

「そうですね」

「ま、最終的に同じ大学に入れたから、今となっては大した違いじゃないんだけどな」

推薦がダメだとわかった段階から、ギアを入れ直して勉強したと間瀬先輩は、当時を思い出しているのか、ドーナツを食べ過ぎたのか、胸やけしたような表情になった。

「小湊もずっと推薦を狙ってたのか？」

「いえ、僕の場合は先輩とは逆で、ちょっと後出しじゃんけんみたいなことしたかなって」

「そんなのは、小湊が気にすることじゃないだろ。問題があるなら、学校だって小湊を選ばないんだから……って、今なら俺も言えるよ」

二個目のドーナツを口に入れた間瀬先輩は、食べながら大学生活について話してくれた。大学生活は楽しいけど、想像していたより勉強するということと、大学に入れば自動的に彼女ができるかと思ったけど、今のところはまったく気配すらないとのことだった。

問瀬先輩が進んだのは工学部で、男女比の問題もあるだろうけど、そもそもどこへ行っても自動的に彼女はできないと思う。言わなかったけど。

昼休みに奥澤先生に呼ばれた。ちょっと静かな場所で話をしようと言われて連れて行かれたのは、埃っぽい……物置みたいな部屋だった。エアコンも扇風機もないから、窓を開けていても暑い。しかも風も入ってこない。

「手短に済ませるから、暑いのはちょっと我慢してね」

奥澤先生はイスには座らず、窓際の壁に寄りかかって立っていた。忙しいのか、いつもより少し元気がないような気がした。

そんなに重い話をされるのかと身構える。もしかして、やっぱり推薦しないってこと？ と、不安になった。

「昨日、永束先生から推薦のこと聞いたよね？」

「はい、ダメだと思っていたので、ちょっと驚きました」

「まずは、私の言動のせいで、小湊くんを惑わせてしまったことを謝りたい。申し訳なかった」

奥澤先生は、僕に向かって深々と頭を下げた。

「いえ……」

なるほど。僕を呼び出したのは以前、推薦できなそうと言ったことを詫《わ》びるためだったのか。

確かに、奥澤先生にはちゃんと確認して欲しかったとは思う。夏休み前にわかっていたら、ぼくの夏休みはもう少し楽しい時間だっただろう。せいぜい、勉強時間が減って、動画を観《み》る時間が増える程度のことだけど。

でも、そんなに腹がたたないのは、僕にとっては事態が好転したからだ。これが逆の立場だったら怒り狂うに違いない。

「親御さんとは話せた？」

「一応、母が賛成してくれたので何とかなりそうです」

三日前から父さんは海外に出張で、しばらく不在だ。全部決まってしまえば何とかなるだろう。どうせ僕はもう、父さんたちの望んだコースにはいかないのだから。

「そう……良かったね」

「たぶんもう、僕のことは諦めたんだと思います」

「そんなことないでしょ」

「良いんです。僕も親の期待に応えられないのも、ここまで育ててもらったのに悪いなって気持ちがまったくないわけじゃないですから。まあ、向こうにしてみれば、僕のことに時間を使うのも惜しいくらい忙しいのかもしれませんけど」

最近外科医師が一人抜けたらしく、その分父さんの負担が増えたらしい。さすがに疲れた顔をしている。つくづくあの仕事はしたくない。

「教師も医師も、僕には無理だなあ……」

思わず口からこぼれた言葉に、奥澤先生は不可解そうに眉を寄せた。

「突然どうしたの？」

「いえ、学校選びって、将来の職業選択と関わってくるので、いろいろ考えてしまって」

「そうだね。小湊くんのお家だと、お医者さんって選択肢もあっただろうし、悩むだろうね」

「僕自身は、早い段階で医者は無理だって思っていましたけどね。兄が医学部に入ったので、気が楽だった部分はありますけど。奥澤先生は、いつから学校の先生になろうと思ったんですか？　子どものころからですか？」

奥澤先生は、微妙に顔を歪《ゆが》ませる。少し恥ずかしそうにも見えた。

「高校生のころなんて、みんなと違わないよ。部活は二年でやめたけど、だからって勉強に集中していたわけじゃないし、三年生になってからも進路に悩んでいたしね。心はウロウロというかフラフラしていて。だからちゃんと教師を目指そうと考えたのは大学に入ってからだよ。これじゃあ、参考にならないね」

先生は、ごめんね、と付け加えた。

「先生」は若くても「先生」で、僕ら「生徒」とは違う。だから大人だと思っているし、頼りにする。でも十年くらい前、この校舎にいたころの奥澤先生は、僕らと同じように「生徒」だった。今それに少し触れた気がした。

「参考になりますよ。今悩んでいても、十年後にはちゃんと仕事している大人になれるんだって思いましたから」

ちょっとだけ盛った。そこまで、僕はちゃんと考えてなんかいなかった。十年も先のことなんて、まだ具体的に想像できないし、先生が僕に寄り添ったようなことを言っても、それが本当かどうかなんて確かめようがないからだ。実は、かなり優等生だったのかもしれない、とか裏を読んでしまう。

「先生、モデルになろうとか思わなかったんですか？」

「考えたこともなかったなあ。オシャレには自信がないし」

あ、自覚はあったのか。そのネクタイはやめた方が良いですよ、と言いたかったけど、全方位完璧すぎても、僕らと距離があり過ぎるから、少しくらいマイナス部分がないと存在自体が嫌味になってしまう。

「でも、学生時代モテましたよね？」

「そんなでもないよ」

否定しない。ということは、かなりモテたやつだ。さすがに生徒にそこまで暴露できないだろうけど。

「教師になって良かったですか？」

「うん。良いことも悪いこともあるけど、この仕事は好きだよ」

「悪いこと……あー、定額つかわせ放題ですっけ。相原の親が教師で、そう言っていたらしいです」

「うちのような私立はちょっと違うけど……似たようなものかもね」

それまで硬い表情をしていた奥澤先生が、フッと表情を緩ませた。

「十年後、小湊くんが何をしているか、ちょっと楽しみだなあ」

「じゃあ、どうなったか確認してもらうために、十年後、ここに遊びに来ます」

「そのころ私は三十七か……」

三十七歳の奥澤先生はちょっと想像ができない。人によってはオジサンになってい る年齢だけど、芸能人とかは年齢を重ねてもカッコよくなっている。奥澤先生は、アラフォーになっても女子高生に騒がれているのだろうか。

「先生の十年後も、ちょっと興味がありますね」

僕がそう言うと、奥澤先生は「あんまり想像できないな」とつぶやいた。

図書室で借りていた本を返却したとき、カバンの中に入れたはずの英語のプリントがないことに気がついた。明日提出するから、今晩解かなければならない。

「面倒だけど戻るか……」

廊下を歩いていると、どこの教室にも生徒の姿は見当たらない。普段人の多いところしか見ていないから、別の世界に紛れ込んでしまったような気がする。あと、半年くらいでこの校舎からも離れると思うと……特に何も感じない。可もなく不可もない高校生活は、卒業後に思い出すことはほとんどないかもしれない。

まっすぐに伸びる廊下に、カバンが置いてあることに気づいた。それも僕の教室の前。ちょっと大きめのボストンバッグだ。誰かの忘れ物だろうか？

「入口に忘れるって、何――うわっ！」

突然、肩を後ろに引っ張られ、身体《からだ》がのけ反った。

「小湊、どうしたんだ？」

永束だ。いやいや、こっちの方がどうしたんだ？　だ。普通に呼びかければ良いのに引っ張るな。

なんでここにコイツがいるんだよ。

「忘れ物を取りに教室へ……」

「何を忘れたんだ？」

「えーっと……」

英語のプリントだ。教室まで付いてこられて、嘘《うそ》がバレたら怖い。正直にプリントを忘れたと答えるしかなかった。

「それなら今、持ってるぞ」

「え？」

「ホラ」

永束は手にしていたファイルから一枚プリントを抜き出して、僕の方に差し出した。

「持っていけ。明日は忘れるなよ」

「あ、はい……ありがとうございます」

嘘だろ。忘れたことを説教もせずにもう一枚くれるなんて永束らしくない。親切すぎて怖いくらいだ。さっさと帰った方が良い。雨が降るかもしれない。

さようなら、と言って、その場をあとにする。永束は僕とは逆方向に歩いて行った。角を曲がるときに振り返ると、永束が教室の前に置いてあったボストンバッグのあたりで、何やらゴソゴソとしていた。中身の確認でもしているのだろうか。

「ヤバいものが入っていたら、かわいそうに」

僕には関係ないけどと思いながら、学校をあとにした。


郡司からメッセージが届いたのは、ちょうど僕が、英語のプリントを解き終わったときだった。

——奥澤ヤバい。

その文章に添付されていた動画は、最初は何だかよくわからなかった。でも、郡司がまったく意味のないメッセージを送るとは思えない。そして動画を二度目に見たときに、何を言いたいのかわかった。

「……確かにヤバい」

血の気が引いた。

僕らが使う教室で、奥澤先生が女子生徒に手を出している。相手の女子は誰だかわからないが、さすがにスルーできない内容だった。

僕はすぐに、郡司に電話をした。

「あの動画、どこにあった？」

「砥部が拡散しまくってんだよ」

「ああ……」

砥部ならやりそうだな、と思うくらいには、いつもスマホを手放さないイメージだ。

郡司は電話の最中、何度もため息をついた。

「生徒に手を出すのは、さすがにヤバいだろ。なんか幻滅したわ。俺、奥澤のこと信頼していたのにさ」

「わかる。話しやすいし、僕らの意見に耳を傾けてくれるし」

「俺なんて、彼女のことを相談したのに」

「……マジか」

さすがに、教師に恋愛相談しようとは思えなかった。あ、でもアリなのか？　奥澤先生は、僕らにとって年の離れた兄のような存在でもあった。さっきまでは。

「ホラ、彼女と遠距離になるかもって言ってたじゃん、それを相談したわけ。一緒の大学に行くべきかどうかって」

「奥澤先生はなんて？」

「同じ大学はともかく、彼女と近い学校も探してみればって」

「教師がそんな理由を受け入れたのか」

「奥澤も、似たような経験があるって言ってた。遠距離でダメになったって。ただ、本気で彼女と近い大学にすればってアドバイスじゃなくて、いろいろ考えて、自分で納得いく学校を見つけて欲しいってことだったみたいなんだけどさ」

「へえ……でもそっか。結局、郡司は離れる方を選んだんだもんな」

「離れるのを選んだんじゃなくて、自分のしたい勉強を優先することにしたんだよ！……今でも心は揺れるけど」

「別れろ」

　ぐえぇーと、郡司は首を絞められて、喉が潰れたときのような声を出した。

「ひどすぎるだろ。奥澤は自分の体験談を話してくれるほど、親身になってくれたのに」

僕にはそんな話はしてくれなかったな。まあ、込み入った相談なんてしてないけど。

自分のことはあまり語らない人だと思っていたけど、質問じゃなくて、相談ということなら、話してくれるのかもしれない。先生の高校時代……上手く想像できない。女子に囲まれていたイメージは浮かぶけど。

でも、このタイミングでそんな光景を思い浮かべると、かなり複雑だ。やっぱり、生徒に手を出す教師、はちょっと引く。

「奥澤、あれだけ女子から人気があれば、選び放題だったのかなあ」

「やめろ。今は想像したくない」

「でもそういうことだろ。あの動画に女子が映っているんだからさ」

奥澤先生を追いかけていた女子の顔が何人か浮かぶだけに、動画の女子に顔を当てはめてしまいそうになってやめた。してしまったら、明日から一緒の教室にいられない。

電話越しに、ふーっと、郡司の何度目かわからないため息が聞こえた。

つられるように、僕も息が漏れる。

「この先どうなるんだろう……奥澤先生」

「俺もそこが心配。でも、このままっていうのも、気まずいというか、微妙だし。ヘンな人が奥澤の代わりにならないことだけを祈っておくわ」

僕たちは慌てているようで、妙に落ち着いていた。でもそれは、まだ頭の中を整理できていなかっただけかもしれない。

その証拠に、郡司も僕も、結論の出ないことを何度も話して、なかなか電話を切ることができなかった。

僕らに見せていた顔は、どこまで本当の奥澤先生だったんだろう。教師という仮面をつけて、本心をすべて隠していたなら、僕らが見ていた先生は、別人ということになる。

ただ、そうではないと思いたい、という気持ちはあった。

担任代理は永束になった。クラス中から無言のため息が聞こえた。もちろん僕もその一人だ。

永束は事件の直後というのに、一切動揺を見せず、いつもと変わらなかった。男子もだけど、女子の方が奥澤先生の動画については動揺が大きく、そんな彼女らを相手にしても、永束は変わらず、「お前らがするべきことは勉強だ。余計なことに気を取られずに、勉強しろ」と、言っていた。嫌な奴なのは変わらないけど、ある意味尊敬した。

そんな中、朝、僕と郡司のところに相原が来て、「永束、よくわからん」と今までになく、ビクつきながら言った。

「朝から怒鳴られたのか？」

「違うよ！　ホラ、俺少し前に、受験先変えようって話しただろ」

「ああ、うん」

「で、そのことを永束にこぼしたら、すぐに受験科目のことを言ってきたわけ。俺は調べたうえでの発言だったけど、永束がなにも見ずに言ったからビビったわ。でもって、俺が希望していたところといろいろ頭の中で比べたみたいで、それもアリだなって。おかしくね？　受験の科目なんて、学科によっても変わってくるし、それまで受けようかとすら言っていなかった大学なのに、すぐに反応するんだぞ」

「確かに、ちょっとビビるかも」

偶然、直前に誰かの相談を受けて、知っていたということもあるかもしれないけど、それだって相原の受験する科目が頭の中に入っていたことになる。受験校だって、複数希望を出しているから、クラスの生徒全員分覚えているなんてことは、普通はあり得ない。

「奥澤先生は、タブレット見ながら話していたよな」

僕がそう言うと、相原は当然だろ、と言わんばかりにうなずいた。

「それで良いだろ。全部覚える必要ないし」

「必要ないっていうか、覚えられないだろ。永束はタブレットが使いこなせないだけかもしれないけど」

でも、データを頭に入れておく方が大変だと思う。それに、パソコンを使っていたのは見たことがある。デジタル機器がまったく使えないわけではないはずだ。

郡司も「そういや……」と、相原と同じように、恐《こわ》い物を見たような表情になった。

「一年のとき、英語の担当が永束だったんだけど、俺、期末テストでミスが多かったんだよ。で、廊下ですれ違ったときに突然〝おい、文法の間違いが多くて赤点だったんだから、しっかり勉強しておけ〟って言われて。そのときは、大声でみんなの前で赤点を暴露されて頭に来たけど、今の相原の話を聞いたら、もしかして生徒一人一人の苦手なところを、把握していたのかって思ったんだけど……」

「俺のケースと合わせて考えると、なくはないだろうけど……」

まさかなあ……と言いながら、相原と郡司が顔を見合わせていた。

「でも、赤点を暴露って、配慮がなさすぎるだろ。今どき外部にバレたら問題になるんじゃないかな」

「かもな。それが原因で俺が学校に来られなくなったら処分されそう。体罰アリの時代の人の考え方なんだろうけど。あの言い方じゃあ、反発する方が多いだろうし、俺だって、相原の話を聞かなかったら、今の今まで、気づきもしなかったと思う」

「僕は、あまり暴言を吐かれたことはないし、直接何かがあったわけじゃないけど……」

三人の結論は、永束のことはやっぱり嫌い、の一言につきた。それでも僕らは、何か見落としているような気がしていた。

「奥澤先生にも、僕らが見ていなかった何かが、あったのかなあ……」

僕の疑問に、相原も郡司も答えなかった。

放課後、駅前のファストフード店に着くと、間瀬先輩はまたドーナツを頬ばっていた。今日は四つも皿の上に載っている。

「昼飯食べ損ねたんですか？」

「いや？　かつ丼食べたよ。この時間ならオヤツに決まってるだろ」

夕飯はどうするんですか？　と、ツッコむのはやめた。僕も、ドーナツとウーロン茶を注文して、先輩のいるテーブルについた。

「で、訊きたいことって何ですか？」

今日の昼休みに、間瀬先輩から連絡が来た。時間があるときで良いから、会えないか？　と。短期間で何度も会うほど親しくはない。となると、何か用があるのはわかっていた。

「えー、それ訊く必要ある？　今、才華で話題となったら、一つしかないっしょ」

やっぱり。校長は不用意に広めるなと言っていたけど、僕が黙ったところで大した意味はないはずだ。

「もしかして、先輩のところにも、動画が流れてきたんですか？」

「うん。部活の後輩から」

「じゃあ、そっちに訊けば……」

「だって、小湊のとこの担任だろ？　動画を送ってきた後輩は、ほとんど接点がないって言っていたからさ」

「でも、今さら僕が説明しなくても、間瀬先輩だって知っているでしょ。奥澤先生のことは」

「まあな。直接受け持たれていなかったけど、女子が騒ぐし、集会とかで見ると目立ってたからなあ。変なネクタイしていたし」

やっぱりその認識なのか。

「その確認のために、僕を呼んだんですか？」

「そうだよ、気になるじゃん」

だろうな。とはいえ、僕の方で新しくつかんでいる事実はそれほどない。正否入り混じった情報……人づてに語られるたびに歪んでいっているようなものばかりだ。

説明が面倒なので、砥部のアカウントを教えておいた。それを見れば大体のところを把握できるはずだ。

「僕たちのクラスは、やっぱり他よりはざわざわしている感じです。もちろん、みんな表面上はいつも通りに授業を受けていますけど、落ち着かせたくないと思ってあおっているヤツもいますからね」

「場所が学校で、相手が生徒となれば騒ぎになるのは当然だろ。これが教師同士の恋愛を校内で……気持ち悪い想像はやめとこ」

間瀬先輩はまだドーナッが三個残っているのに、アイスコーヒーを全部飲み終えていた。

飲み物ナシで全部食べ切れるのか見ている方が不安になったが、先輩は気にせず口に入れている。

「飲み物買ってきた方が良いんじゃないですか?」

「大丈夫だよ。それより、受験生を呼び出して悪かったな。ドーナツ奢《おご》るから」

「別に良いですよ。この前も言った通り、受験も思ったより早く終わりそうですし」

「だよな。あー、やっぱり羨ましいな。さっさと受験が終わるって」

「先輩はもう、終わってるじゃないですか」

「そういう意味じゃないだろー。そういえば……昨日、小湊みたいに突然推薦が決まった話を聞いたわ」

「どういうことですか?」

「結構前の話。十年くらい前。俺と一番上の兄ちゃん九歳離れてて、普段別のとこに住んでいるんだけど、たまたま昨日、家に帰ってきたわけ。で、いろいろ話しているうちに受験のことになって。昔もなんか、小湊と似たようなことがあったって言ってたわ」

「どんなことですか？」

「だからさ、自分の方が成績は良かったはずなのに、別のヤツがあとから突然推薦されたって話。当時ちょっとした騒ぎになったらしいんだ。あ、騒ぎって言っても、その人が一人で騒いでいただけらしいけど」

「へー……わりとよくあるんですね」

「珍しいことじゃないのかもな。推薦されなかった方は、どうしたって恨み節になって、記憶に残るかもしれないけど」

確かに、ずっと目標にしてきて叶《かな》わなければ、記憶に強く残るかもしれない。

「まあ、僕はラッキーだったってことで」

「小湊、ラッキーはずっとなんて続かない。絶対どこかに落とし穴がある。いや、あってくれ」

「どうして、先輩に恨まれなきゃなんですか！」

「うるせー。少しは一般入試の苦労を……うっ」

間瀬先輩が急に自分の胸を押さえたかと思うと、強く叩《たた》いた。ホラ言わんこっちゃない、と思ったけど、苦しそうな様子に、からかうこともできない。

「水もらってきます！」

僕が席を立った瞬間、先輩は僕のトレーからウーロン茶のグラスをつかんでいた。

動画の流出から十日ほど経った。

僕らのクラスは、少しずつ平静を取り戻していた。僕はそのことに、ほんの少し、拍子抜けしていたところもあった。もっと大騒ぎになると思っていたからだ。

でもほとんどの生徒は、花火が上がった瞬間は空を見上げるものの、消えると興味を失うように、過去のこととして受験勉強に向かっていた。

ある意味、当たり前のことかもしれない。僕らが動揺している間にも、他の学校では受験勉強をしている人たちがいて、勉強が進まなかった事情を考慮してもらえるわけではないし、他人の現在より、自分の未来の方が大切だと思うことは、誰も責められないのだから。

それに、新事実が出てこなかったというのもあるかもしれない。奥澤先生の相手として名前はチラホラ噂される人はいたものの、噂は噂止まりで、ボヤにもならなかった。クラスの中で、一部騒いでいるバカはいるけど、ほとんどは相手をしなくなっていた。

そんな中、奥澤先生が校内にいるらしい、という話を耳にした。僕のところまで入ってくるということは、噂はそれなりに広まっているのだろう。どこにいるのか探そうとしている人もいたようだけど、実際に実行したかどうかはわからない。一番騒ぎそうな砥部は、なぜかこの件に関しては静かにしていた。

奥澤先生については、そのうち、適当な理由でうやむやにされるんだろうな、と予想していた。

受験先を告げたときに、賛成こそしてくれたものの特段興味を示さなかった母さんから話しかけられたのは、そんなころだった。

「今日は早いんだね」

僕がダイニングテーブルで、家政婦さんが作ってくれたハンバーグを食べていると、疲れた顔で母さんが帰って来た。

「夜の七時よ？」

「いつもはもっと遅いじゃない」

「最近、学生募集でいろいろね」

「そんなことも、大学の先生の仕事なの？」

「他の学校のことは知らないけど、うちの学校は教授でも、何でもさせられるわよ」

母さんの言葉に不満が滲《にじ》む。

父さんに言わせると、母さんは大学の准教授だけど学者ではなく教師で、仕事内容は研究より学生指導が主らしいので、それが事実なのだろう。

「悠斗は良い大学選んだと思うわ」

「医学部でも、薬学部でもないけどね」

「親戚は何か言ってくるでしょうけど、大学に入ってしまえば諦めるわよ」

「母さんはそれで良いの？」

「良いも悪いも、今から医学部行く？　浪人しても良いから受験しなさいって言ったら、そうするの？」

「……しません」

「じゃあもう、このまま進みなさい。なるようになるわよ」

「どういう風の吹き回し……」

僕が中学受験をするころ、母さんは、将来絶対お医者さんになりなさい、と言っていた。高校受験のときもそうだった。医師である父さんよりもその圧は凄くて、今より幼かった僕は、はい、としか言えなかった。

母さんは冷蔵庫から缶ビールを取り出して、立ったまま飲んでいた。

何かあったな。

母さんが荒れるときはわかりやすい。いつもだったらコップに注ぐのを、缶から直接飲む。何がそうさせているのかはわからないが、それが定番だ。仕事かな。今は父さんが不在だし。

「大学に来た学生たちを見ているとね、色々いるのよ。もちろん、薬剤師になりたいとか、薬の研究をしたいという人だっているけど、医学部に入れなかったから仕方なくって人もいるから。そういう私も医学部断念組だし」

「そうだったの？」

そんなことは初耳だった。

「別にみんな、したいことをしているわけでもないと思うけど。明孝《あきたか》なんて、行きたいかどうかすら、考えていなかったかもしれないし」

明孝兄さんは、優秀だったこともあって何の疑問も感じず、医学部に進んだ可能性は十分にある。そのくらい、幼いころから僕たちは医学部に「行くものだ」と洗脳されていた。

「それで悠斗は大丈夫なの？　小論文と面接があるんでしょ」

「よく知っているね」

「そりゃ……息子のことだから」

僕の受験なんて、まったく興味がないと思っていた。急に興味を持たれるのもプレッシャーだ。

「テスト対策はしているの？」

ずいぶん気にするな。今まで無関心だったのに。

最近、学校でいろいろあって、先生たちがバタバタしている、という説明は面倒なので黙っておいた。

「ボチボチね」

「もっと、気合入れて勉強しなさいよ」

うるさいな。気合で勉強するのは昭和で終わったはずじゃ……と思ったけど、言ったらもっと、うるさくなるのは目に見えている。

「わかりましたー」

そう言って、僕は自分の部屋に逃げた。

三時間目の英語の授業が終わった直後、永束に廊下に呼び出された。学校の先生なのに、夜の繁華街でヤバい人に呼び出された気分になった。

　廊下の窓のそばは立ち話をするにはうるさくて、永束に近づかなければならなかった。心の中で、早く終われ、早く終われ、と繰り返した。

「東光大の推薦だけどな。準備はしているか？」

「いえ、まだ……」

　まあ、最近バタついていたからな、と珍しく永束が理解を示してくれた。さすがに動画の件は、僕ら以上に先生たちの方が大騒ぎだったのだろう。

「小論文の傾向がわかりやすい大学だから、川俣《かわまた》先生に指導してもらえ」

「わかりました。面接練習は？」

「それは俺がやる。時間はあまりないから、小論対策は集中して行え」

「はい。……もう少し早くわかっていたら、準備の時間も取れたんでしょうけど」

　本音が零《こぼ》れたのは、七月の段階で可能性を示してくれたら良かったのに、と思う気持ちがあったからだ。

　永束の目が吊《つ》り上がった。

「ゴチャゴチャ言う暇があったら、とにかく書け」

　これ以上怒らせると面倒くさい。が、そう思った瞬間、いきなり僕と永束の間に女子が割り込んできた。

「今の話、どういうことですか？」

黒田さんだった。今まで見たこともないくらい、凄い剣幕をしている。

永束は「あっちへ行け」と黒田さんを追い払うが、一歩も引く様子はなく、食って掛かる勢いで詰め寄った。

「嫌です！　東光大の推薦って、私が行くはずだったとこですよね？　私の代わりに、小湊くんになったってことですか」

――え？

永束と言い争っていた黒田さんが、殺気立つ表情を僕に向けた。

「ねえ、小湊くんは大会かコンクールで優勝したの？　それとも英検一級に合格したの？」

僕は頭の中が真っ白になった。

黒田さんはいつも静かというか、騒いでいる印象はない。なのに、手を付けられない興奮状態で、口をはさめなかった。

もしかして東光大への推薦者は、一度は黒田さんに決まっていた？　でもそれが覆ったのは、僕があとから希望を出したせい……かもしれない。でも何があって、黒田さんから僕に変更になったのか。

「黒田！　小湊に突っかかるな！」

黒田さんと永束が廊下で激しく言い争っている様子を、通り過ぎる人たちが、チラチラうかがっていた。

それは永束も感じていたのかもしれない。

「反抗的な態度を続けると、停学処分にするぞ！」

いつも以上に大声で怒鳴った永束の声に、野次馬たちはいっせいに散っていった。

何が何だかわからないまま、授業開始のチャイムが鳴る。

釈然としないまま、僕は四時間目の授業を受けた。その時間、教室には黒田さんの姿はなかった。

四時間目の授業中に、黒田さんがどこにいたのかはわからない。ただ、永束に訊いても答えてもらえないと思った彼女が次に突撃する人は、一人しか思い浮かばなかった。

郡司と相原と一緒に昼食を済ませると、僕は「トイレ」と言って教室を出た。

「早く戻って来いよー。もうすぐ火事か地震が起こるぞー」

相原の発言に、僕の緊張も少しほぐれる。

片手を上げて了承の意を示し、中庭へ行った。

四時間目の授業中、僕は奥澤先生が学校のどこにいるのかを考えた。

人目につかず、使っていない部屋。一か所だけ心当たりがあった。でも、確証なんてない。だから中庭から、心当たりのある部屋の窓が開いているかどうかを確認した。

カーテンは閉められていたけど、窓が少し開いているのはわかった。

実習室が並ぶ棟の三階へ行き、僕は部屋のドアをノックした。

返事はなかった。いるかいないかなんてわからないし、いたとしても応えてもらえるとも思えない。

でも、ここしか思い当たる場所がない。僕はドアに向かって話しかけた。

「奥澤先生。いらっしゃいますか？」

返事はない。

「先生。話がしたいんです。開けてください。動画の件じゃありません」

それでも中はシン……としていた。たぶんいるはずなのに、無視するらしい。

奥澤先生がその気なら、僕だって覚悟はあった。

「さっき、黒田さんがここへ来ましたよね？　その件について、話がしたいんです」

カタッと微《かす》かに物音がしたような気がした。だが、ドアが開く気配はまだなかった。

「あの……推薦、本当は黒田さんに決まってたんじゃ――」

その瞬間、鍵が外れるとともにドアが開いた。

誰だ？　と思うくらい、一瞬ドアの前にいた人が、誰なのかわからなかった。

「奥澤……先生？」

「入れ」

奥澤先生のこんなにかすれていて、震えている声は初めて聞いた。

カーテンを閉めているせいで、昼間なのに部屋の中はあまり明るくない。ただ、窓は開いていて、風になびくカーテンの隙間から、チラチラと太陽の光が入って来た。

奥澤先生の周りだけ、一気に十年くらい時間が過ぎたみたいに思えた。やつれているとか、疲れているというのもあるけど、それとは違う空気も感じた。

僕が最後に会ってから約二週間。立っているのもやっとなくらいな様子で、目はうつろだ。

相当、学校の取り調べがきつかったのだろうか。それとも、僕らの知らないところで警察から事情聴取されていたりもしたのだろうか。

エゴサしていた……という可能性もある。そうなれば、見たくない情報、作られた嘘、憶測だけの内容、嫌でもそんなものを目にしてしまう。

広い机の上には、スマホもタブレットもパソコンも、使いかけの状態で置いてあった。

逃げ出す場所はどこにもなく、味方もいない場所で一人こんなところに閉じこもっていれば、平常心を保っていられなくなってもおかしくない。しかも校内にいれば、微妙な空気を感じていても不思議じゃなかった。

奥澤先生の壊れっぷりに、僕は今、黒田さんのことを話してもいいものかと不安を覚えた。

「あの……」

「永束先生からどこまで聞いた？」

「え？」

「どこまで聞いたんだ」

「永束先生は別に……」

「嘘を言うな！」

奥澤先生は僕に反論する隙を与えずに、机の上のスマホに手を伸ばした。ＳＮＳを開いて検索をする。それも一つではなく、二つ、三つと、僕らが頻繁に使うものに、手当たり次第検索をかけていた。

「……奥澤先生？」

「ない！」

鬼気迫るような表情で、惑うことなく指を動かす奥澤先生の耳には、僕の声は届いていない様子だった。

「ここにもない！……ない！ない！」

指を止めた奥澤先生に、ガシッと肩をつかまれる。血走った目が恐かった。

「君は、どこまで知っている？」

知っていること？

僕が知っているのは、黒田さんが推薦されるはずだったんじゃないかってことだけだ。

ふと、動画の女子は黒田さんだった……？　と思った。

でも、その考えはすぐに消した。そうであったら、黒田さんはあんな態度を取らない気がする。

ただ推薦のことで、何かがあったはずだ。

知りたい気持ちと、知るのが恐い気持ちが、僕の中でせめぎ合いながら、このままモヤモヤしたくなくて、訊《たず》ねることにした。

「黒田さんは、僕より成績が良いですよね？」

「うん」

即答だった。でもショックではなかった。むしろ、やっぱり、と思う気持ちの方が大きかった。

僕らの学校では、定期テストの結果が廊下に張り出されることはない。だけど、同じクラスにいれば、クラス上位にいる人は自然とわかる。それに三年生の最初のころ、僕は黒田さんの隣の席になったことがあった。テストを返却されると、彼女はいつも、答案用紙の点数の場所を折って隠していた。だけど、ほぼ×のない解答用紙と、教師の解説の間ほぼ動かない赤ペンは、○しかないことがわかってしまう。どの教科も、だ。

それが特別なことでないのは、黒田さんはもとより、答案を返却する教師の様子を見ていればわかることだった。

「彼女も英検の二級を受験していましたよね」

「そこまで知っていたのか」

知ったのは偶然に過ぎない。彼女も僕も同じ実施回のときに、校内で受験していたからだ。その後、彼女がさらに上の級を受験していたかはわからないけど、僕と同程度であれば、それ以上の確認をする必要はなかった。

成績は僕より黒田さんが上。取得した検定試験も同じ。

欠席日数はよくわからないけど、ほとんど休んでいるところを見たことがない。むしろ僕の方が多いだろう。

だからこそわからない。

「僕の方が優れている部分って、何だったんですか？」

それまで、即答していた奥澤先生が、うつむいて黙る。ボロボロの状態なのに、奥澤先生は肝心なところは黙っていた。

理由はわからないけど、本来は黒田さんが選ばれるところ、なぜか僕が選ばれてしまったらしい。それを知ってしまった以上、この先どうすれば良いのか知りたかった。

「僕は、どうすれば良いですか？」

「もう、どうにもできない。どうすることもできない」

「でも……」

「小湊くんには何も責任はない。もちろん黒田さんにも。ただ、今さら……すべてが遅すぎるんだ」

「遅いって……もう大学の締め切りが過ぎたということですか？」

ここでも奥澤先生は、僕の問いに反応してくれなかった。

「じゃあ、僕はこのまま……」

何も知らないふりして受験すれば、すべてが丸く収まるのだろうか。

奥澤先生の言う通り「もう、どうにもできない」のであれば、僕が受験してしまう方が、無駄にならないのかもしれない。きっと、来年のこの学校の受験生にとっても、その方が良い。何かしらの不祥事が大学側にバレたら、指定校推薦の枠が取り消されるかもしれないのだから。

自分でも卑怯《ひきょう》だとわかっていても、僕のせいでないのなら、何も言わず、小論文と面接の準備をして入試に挑めば——。

「小湊くん」

奥澤先生が僕の方に腕を伸ばしたとき、先生のまくり上げたワイシャツの袖に目が留まった。

が、その瞬間。スピーカーから、緊急性を感じるあの音が聞こえた。和音を崩したアルペジオは、訓練だとわかっていてもドキッとする。繰り返される音のあとに起こることを想像できるからかもしれない。

「緊急地震速報です。強い揺れに警戒してください」

「先生……」

「グラウンドに行きなさい」

「え、でも……」

「そして、黒田さんに伝えてもらえるかな。希望通りの大学があったよ、と」

「え？」

「頼んだよ」

どういうことだろう。

いろんな情報が一気に押し寄せてきて混乱する。

だけど奥澤先生は、そう言ってくれればわかるからと、僕を部屋から追い出した。

わからないことだらけだ。まだ奥澤先生に訊きたいこともある。

でも閉められたドアは、すぐに中から鍵をかけられた。

「奥澤先生！」

僕はドアを叩いた。三度叩いた。だけど今度はもう、何の反応もなかった。

「おい、早く避難しろ！」

体育科の先生に見つかってしまった僕は、ドアの向こうを気にしながら、グラウンドへ向かうしかなかった。

奥澤先生が僕たちの前から姿を消したのは、そのあとすぐだった。

教室に戻ると、黒板には『私が先生を殺した』と書かれていた。

その文字を見て、僕は奥澤先生との別れ際に覚えた、違和感に気づいてしまった。

砥部がクラスメイトから責められ、黒田さんは呆然《ぼうぜん》とした様子で自分の席に座っている。

僕らは全員、混乱していた。誰かを責めることで、持っていき場のない気持ちを処理しようとしている人もいるし、自分を責めることで、折り合いをつけようとしている人もいた。

教室の中は、息苦しいほど重い空気が流れていた。

「私が先生を殺したの！」

突然、一番前の席にいた百瀬《ももせ》さんが叫んだ。彼女が奥澤先生のことを好きだったことはみんなが知っている。この教室の中にいる誰よりも激しく泣き、取り乱していた。

そんな百瀬さんに、みんなが畳みかけるように質問している。だけど、支離滅裂な百瀬さんは友達の言葉など耳に入らない様子だ。そして何かにとりつかれたように黒板の前に行き、黒板消しを手にした。

僕は慌てて黒板に走り、百瀬さんの右手首をつかんだ。

「消しちゃダメだ」

振り返った彼女の顔は涙で濡《ぬ》れていて、平常心なんてものは微塵《みじん》も感じられなかった。ただ、目には強い意志があった。

そっか、そうだよね。百瀬さんにはわかるんだろうね。

きっと、僕も百瀬さんも、数学のテストの計算式は書けないのに、答えだけ当ててしまったような感じだろうけど、気づいてしまったんだ。

ただ、彼女のしようとしていることには、何の意味もない。

「消しても、罪は消えない」

僕がそう言うと、百瀬さんは涙をボロボロ流した。「どうして?」とつぶやきながら、黒板の方を見ていた。

それまで砥部を囲んでいた連中が「小湊、罪は消えないってどういう意味だよ!」

と、絡んでくる。

「そのままの意味だよ。たぶんね」

曖昧なのは、僕だって真実を知らないから。

ただ、黒板に書かれた『私が先生を殺した』が、すべての答えのような気がしていた。

第五章 奥澤《おくさわ》 潤《じゅん》

席替えで窓際の一番後ろの席になった僕は、机の上に顔を乗せて、ぼんやりと外を見ていた。

九月なのにクソ暑い。しかも眩《まぶ》しい。でも動きたくなかった。

「具合でも悪いのか？」

その声は、僕の頭の上から降ってきた。

「いいえ」

顔も上げずに答えた。身体《からだ》の方は問題ない。あ、そうでもないか。最近寝不足が続いていて、ちょっとダルい。とはいえ食欲はあるし、今すぐグラウンドを十周して来いと言われたらできなくはない。もちろんしたくないけど。

「何もする気にならないだけです」

「こんなところで呆《ほう》けていたって、日焼けするだけだぞ。授業はとっくに終わったんだから、受験生は家に帰って勉強しろ」

永束《ながつか》先生の言うことはもっともだと思うけど、意味のないことで時間をつぶしているのは、家に帰って勉強したくないからってことをどうしてわからないのか疑問だ。

「電気代もタダじゃないんだから、エアコン消すぞ」

「窓際は暑いんです」

「だから用がないなら、さっさと帰れと言っているんだ」

それはそうか。

我慢大会のように、暑いと思いながら居続ける意味はない。それに、ここにいたらいつまでも絡まれるだけだ。

「わかりました」

席を立つと、「オイ」と呼び止められた。

「奥澤、暇なら手伝え」

……今、帰れと言ったのは先生では？

「勉強が……」

「どうせ、帰ってもすぐにはしないだろ」

バレてる。ってか、わかっているなら、放っておいてくれれば良かったのに。

「ホラ、手を貸せ。あとで何か奢《おご》ってやるから」

「学校の自販機のジュースですよね？」

「文句あるのか？」

あるに決まってる。でも……。

「わかりました。コーラをお願いします」

どうせ家に帰っても勉強しないし、もう少し日が沈んでから帰ったほうが少しは涼しくていいかもしれない。

「わかった、わかった。手伝いが終わったらな」

「手伝いっていったい何をするんですか？」

「使ってない部屋の掃除だ」


連れて行かれたのは、実習室が並ぶ棟の三階にある小さな部屋だった。

鍵を開けた永束先生は、ドアの取っ手に手をかけると「汚いぞ」と言った。

一秒後には、先生が言った意味を理解した。

本当に汚かった。足の踏み場もないほどだった。

「物置ですか？」

「ああ。この学校の校舎が建てられたのが今から二十年くらい前だが、そのころからこんな状態らしい。杉坂——校長先生が言っていた」

足で物を蹴散らすように、永束先生が部屋の奥へと入っていく。窓を開けると、生ぬるい風が入って来た。

「実習室のスペースの関係で空き部屋ができて、教室にするには狭すぎるから、物置に使用していた——と、校長が言っていた」

「校長先生と仲が良いんですか?」

さっきから名前が出てくる。今の校長先生は、去年までは教頭先生だった。

「俺がこの学校に勤め始めたころは向こうもまだ平教員だったし、年齢も同じくらいだから、昔はよく一緒に飲みに行っていたんだ」

へー、と思うが、それ以上の感想はなかった。

オッサンたちの交友関係なんて、どうでもいい。

「それにしても……ひどい部屋」

生徒には整理整頓と言うクセに、ここは散らかっているなんてレベルじゃないくらい、物が溢《あふ》れている。

目の前の事実に、永束先生は「スマン」と超軽く、まったく心のこもってなさそうな謝罪を口にした。

「仕事に追われてると、自分に関係ない場所まで、片づけている暇はないんだ」

やっぱり、全然悪いと思っていない。

「夏休みがあるじゃないですか。一か月以上、学校休みだったんだし」

「休みなのは生徒だけで、教師は夏休みも働くんだ。うちの家族なんてもう、俺はアテにならないと思って、夏休みは勝手に旅行に行っていたな」

「先生、結婚していたんですか？」

年齢は五十を過ぎているはずだ。だから驚くことではないけど、永束先生が誰かと生活している姿は、ちょっと想像できなかった。

「娘も二人いるぞ。大学生と高校生の」

永束先生の顔で想像した。無理だと思った。顔が似てないことを祈った。ただ、娘さんのことを話したとき、永束先生はちょっとだけ顔が緩んで、父親の顔をしていた。

「ま、家族のことはともかく、夏休みは教師も休んでいると誤解する人がいるのは、よくわかるけどな」

「え？」

「教師になってから何度も言われているからな。良いですねー、夏休みがあって、と。そんなに夏休みがあって良いと思うなら、奥澤も将来教師になってみればいいさ」

「学校の先生にはなりたくないです」

「どうしてだ？」

「勉強を教えるのは難しそうだし、部屋の掃除までしないとだから。こういうことって、用務員さんがするんじゃないんですか？」

「人件費の節約だよ」

それが嘘《うそ》だと思えなかったのは、最近用務員さんの姿を見かけないからだ。僕が入学したころにはいたような気がするけど、去年あたりからぱったり目にしなくなった。業者が木の伐採をしていることはあったけど、玄関脇の花壇の草むしりを、校長先生がしていたこともあった。

「あと、生徒が面倒です」

ワハハと永東先生は、狭い部屋の壁に反響してうるさいくらいのデカい声で笑った。

「そんなに悪い仕事でもないぞ」

生徒の前ではそう言うしかないだろう。

「でも、先生はずっとこの学校にいるわけじゃないんですね」

「ああ。もともとは、別の県の公立高校で教師をしていた」

永東先生の説明によると、大学進学で別の県に行き、そのままそこで就職したが、地元に戻ってこようとして、この高校の募集を見つけたという。一度辞めても、結局教師になるのだから、永束先生の言う『そんなに悪い仕事でもない』は、本心なのかもしれない。

「この部屋を片付けて、どうするんですか？」

「勉強のできない生徒を呼ぼうかと思ってな」

「エアコンもない部屋なんて、誰も寄り付かないと思いますけど……それに、空き部屋は沢山あるじゃないですか」

痛いところを衝《つ》かれたのか、永束先生が渋い顔をした。

「いずれまた生徒も増える。そのとき教室が足りなくなるかもしれないだろ」

そんな日が来るのだろうか。

この才華《さいか》高校は、数年前から定員割れの状態が続いている。今は全校生徒合わせて、三百五十名程度だ。設立当初はかなり入学希望者がいたようだが、学力はソコソコ、部活動などでアピールできる実績も、付属の大学も、伝統もあるわけではないから、年々受験者が減っているらしい。入学定員に満たない学校は、必然的に偏差値も下がっていく。最近は、普通よりちょっと良いレベル、みたいな評価になっていた。

「片付けておけば、俺が使いたいとき、好きに使えるしな」

そっちが本音か、と思ったけど、僕にとってはどうでもいい。ただ、早く終わらせて帰りたかった。

「それより奥澤はまだ、進学先が決まらないのか？」

「ある程度は決まっていますけど……」

「親御さんと話はしているのか？」

「まあ……」

「何だ、ハッキリしない返事だな」

ハッキリなんて答えられるわけがない。僕自身がわかっていないのだから。

親の希望はわかりやすい。偏差値が高く、他人に「優秀ですね」と言われるような大学だ。

問題は僕の方だ。親の希望を叶《かな》えるにはやや学力が足りず、何より、自分の希望がほとんどない。できれば、面倒なもめ事は避けたい、というのが本音だけど、じゃあ穏便にすますために、がむしゃらに勉強するかと言われると、それはちょっと……という感じだった。

そして厄介なのは、親と僕の考えが合わないことだった。

「大学に入ってからやりたいことを見つける生徒は、今どき珍しくないぞ」

怒られるかと思ったら、ずっと高校生を見ているだけあって、永束先生は僕の気持ちを理解しているようだった。

「そうかもしれませんけど、やりたいこともわからないのに、勉強するというのがどうも……」

「つまり、受験勉強がしたくないんだな」

そういうことになる。

「奥澤の場合、理解力も悪くないから、もう少し本気を出せば、もっと偏差値も上がると思うんだけどな」

「ありがとうございます」

「褒めてない！　やればできる、は高校までしか言われないと思っておけ。大人になったら、可能性より実績を見られるからな」

「はあ……」

そんな未来のことまで、今は考えられない。今のことだって考えたくないんだから。

これ以上話していると、説教されそうだ。視線を下に向けると、足元に埃《ほこり》をかぶったトロフィーがあることに気がついた。

「これって放置していていいんですか？」

「あ？　それか。よくわからんけど、大切な物なら、さすがに飾っておくだろ」

だったら捨てれば良いのに、と思ったけど、考えてみればこの部屋にある物すべてが、よくわからない物を放置した結果かもしれない。

「そうだ！　次の球技大会の優勝クラスにトロフィーを出すのもいいな」

「どうせ、こんなふうに放置されるのがオチですよ。ワッと盛り上がるけど、すぐに冷めますから」

「一瞬でも楽しめれば良いんだよ。一瞬、一瞬が楽しければ、結構ずっと楽しい人生になるから」

「そんなものですか？」

「そんなものだ。奥澤は去年までバスケ部だっただろ。現役部員は球技大会に出られないが、辞めていたらバスケで出場できるから、優勝するかもしれないぞ」

「……球技大会にそこまで本気になっても」

「何で辞めたんだ？　楽しそうにやっていたように見えたが」

「バスケは好きですよ。でも別に、本気でやるほどじゃなかっただけです。周りは勝ちに行こうとするメンバーが多くて、温度差があったって感じですかね」

バスケ部は初戦で敗退するほど弱くはなかったが、地区予選ベスト8が最高成績でそれ以上は難しかった。でも、もっと上を目指したいメンバーは練習量を増やしたいと言い、たまたま僕の学年では、それに賛同するメンバーが多かった。

だけど僕は、ベスト8をベスト4にするために、連日朝も夜も練習する気にはならなかった。

もう少しやりたかったという気持ちはなくはないけど、もう終わったことだ。

「ホラ、そろそろ始めるぞ」

「はーい」

永束先生の指示に従って、僕は積み上げられた印刷物に目を通す。ホチキスで止められた冊子の表紙には「三年五組」と書いてあった。裏面には一九九二年とある。中を見ると、「あ」から名簿順に、一人一ページずつ自由なページが与えられていて、似顔絵やら得意なことやらが書いてあった。

「小学校の文集みたいだ」

今から約二十年前ということは、学校創立当初のものだろう。よく見ると、三年一組から八組まで全部そろっている。どのクラスの冊子も五部程度しかなかったから、予備として余ったものだろうけど、生徒が卒業したあともずっと捨てなかったことが不思議だ。しかも他の年度のものもあった。

「何で取っておいてるんだろ……」

「俺にもわからん。その辺のものは、ごみ袋に入れてくれ。あ、その前にホッチキスの針は取ってくれよ。資源ゴミに出すには分別しないとだから」

「え？」

「当たり前だろ」

ゴリラみたいな顔をして、意外と細かい……。

それにしても、と僕は積まれた冊子に目をやった。

冊子は卒業文集以外にも、ＰＴＡの会誌や進路ガイドブックなどもある。全部でゆうに数百冊はあった。一つの冊子から針を三つくらい外すとなったら、かなり時間がかかりそうだ。

「昔は焼却炉に丸ごと放り込んで焼いていたんだけどな」

「楽そうでいいですね」

「楽は楽だが、結局ホッチキスの針は燃えないし、ダイオキシンが発生するから、今は、どの学校でも敷地内で燃やすことはしなくなった」

そういえば、小学校には焼却炉があったかも、と思うがよく覚えていない。

埃だらけの床に座りたくないが、イスも埃だらけだ。せめて掃除をしてから……と思った。けど、それをするためにも、片づけなければならないのだろう。

靴で大きな埃をよけてから、僕は床に腰を下ろした。

積み上げた冊子から、一つずつ針を抜いていく。

僕がそうしている間、永束先生は大きなビニール袋に、よくわからない布の塊のようなものを捨てていた。

でも、数百冊はある冊子のホッチキスの針を取る作業は、三十分かかっても、まだ終わりが見えなかった。手も疲れる。

ドアも窓も開けっぱなしにしてあっても、部屋の中は暑い。この悪条件でコーラ一本は安すぎる。

「先生、こんな場所にずっといたら、熱中症になってしまいます」

「俺が子どものころなんて、学校にエアコンがなかったんだぞ」

今の子が軟弱とでも言いたいのだろうか。

別にそう言われても構わないから、早くここから解放して欲しかった。

片づけはそれほど長くは続かなかった。職員会議の時間になっても現れない永束先生を、校長先生が探しに来たからだ。そしてそのとき、校長先生がここをゴミ置き場のようにした張本人だったということが判明した。渋い表情になった永束先生は、僕に百五十円を握らせて「釣りは取っておけ」、と言った。

あとで、あの二人がどういう言い合いをするのか、想像するとちょっと楽しい。

学校の自販機で百十円のコーラを買って、その場でいっぺんに飲む。炭酸は一気に飲むと苦しいと知っているのに、ついついやってしまった。

自宅に着くと、五分もしないうちに、母さんも帰って来た。

「帰っていたのね。涼しくなってから買い物に行こうとしたら、こんな時間になっちゃったのよ」

両手に買い物袋をぶら下げている母さんは、額から汗を流していた。

「夕飯は何？」

「今日は暑いから、素麺《そうめん》にしようかと思うんだけど、良い？」

「良いけど……」

「けど、って言うときは良くないときね」

わかってる、と、母さんは「ジャジャーン」と効果音を口にしながら、袋から鶏肉《とりにく》を出した。

「唐揚げも作るから」

「ヨッシャ」

僕が小さく拳を握ると、母さんは早速準備に取り掛かった。

「父さんは、今日も遅いの？」

「今日は外部の人との会合で、夕食はいらないって、さっきメールが来たわ」

「そう。凌久《りく》は？」

「部屋で勉強してるはずよ」

「凄《すご》いね。中学受験をするわけでもないのに」

「小学校の先生は、検討しても良いんじゃないかって言っていたけど、本人にその気がないなら、無理に勧めてもねえ」

「そっか……」

凌久が部屋にいるときは、必ずといっていいほど勉強している。僕の「勉強してますアピール」と違って、弟のそれはポーズではない。本当に毎日勉強していた。

「同じ親から生まれた子どもとは思えないね」

「そう？　潤も私たちにそっくりなところがあると思うけど」

「たとえば？」

「んー……」

料理をしていた母さんが手を止めて、少し考える仕草をした。しばらくして、「洋服のセンス」と、笑った。

「父さんと一緒にして欲しくない」

「ウソウソ、二人ともカッコいいじゃない」

そういう見てくれの話をされても困る。

十七年生きていれば、自分が他人からどう思われているかくらいはわかっている。体育祭のときは、顔も名前も知らない女子に、一緒に写真を撮って欲しいと頼まれることが何度もあった。

正直に言えば、誰からも必要とされないよりは、好かれている方が嬉《うれ》しいし、気分はいい。だけど、不特定多数と器用に付き合える性分でもないから、周りが想像するほど、おいしい思いをしているわけではなかった。

「夕飯ができたら呼んで」

自分の部屋へ行き、スマホを開いた。メッセージも着信も来ていなかった。

学習机の電気を点《つ》けて、参考書を開く。ノートとシャーペンをセットして、スマホのゲームを開いた。

隣の部屋の弟の存在が気になる。

「あーあ、なんで僕が先に生まれたんだろ……」

弟が先に生まれていれば、長男としての期待を一身に背負ってくれたのに。どう考えても、僕より出来の良い弟が、会社の跡取りにふさわしい。親だってそう思っているはずなのに、いまだに僕に「長男だから」と、無駄な期待をかける。

とはいえ、特に何かやりたいことがない僕に比べて、凌久は将来、建築家になりたいという夢をもっている。父さんの会社は海外との取引が多い食品貿易をしていて、建築とはまったく関係がない。そういう意味では、やりたいことがないのなら、僕が継ぐのが自然な流れかもしれない。

でも、やりたいこともないのに、会社を継ぐのは気が進まない。そもそも、経営に興味がない。公務員にでもなって、定年まで勤め続ける方が性格的に合っている気がしていた。

ゲームをしている最中、メッセージが一件届く。

そろそろ来るような気がしていた、というのは強がりで、実際は待っていた。ギクシャクした空気をずっと感じていたから。でも、待っていたメッセージを読むのが恐《こわ》い。ずっと、崖のギリギリのところに立っていても、落ちたいわけではないのだ。

でもきっと、このメッセージは、僕の背中を押す一言が書いてあるはずだ。

「あー、死んだ！」

叫びながらも、ゲームのキャラは良いよな。人生、何度でもやり直しができて、と思う。

メッセージが気になったせいだ。

「あーあ」

恋人からのメッセージを、ため息ついて読むのは末期だってことくらい、僕にだってわかっていた。

半年間の交際の最後は、遠距離恋愛は無理だから、というメッセージで締めくくられた。最近は志望校の違いで、彼女がよく不安を口にしていたから、こうなることは目に見えていたけど、それでもちょっとへこむ。でも、僕のその「ちょっと」、というところが、彼女に不安……不満を感じさせていたのかもしれない。きっと、ギクシャクしていたのも、お互いの恋愛における重さが違ったことが原因だろう。

ちょっと良いと思う女子から告白されて付き合う、という行為を楽しんでいただけで、僕が本気で彼女を好きだったかと聞かれると、フラれて「ちょっと」悲しい、くらいの気持ちしかわかなかった。そもそも、彼女が遠いところにある大学を受験すると聞いたとき「へー、面白そうだね」と言ったことが、すべての間違いだったのだろう。

「でも、それ以外どう言えば良いんだ」

翌日、学校で颯《はやて》に彼女と別れたことを報告したところ、どうすれば良かったかというレクチャーを受けるはめになった。

「離れるのは寂しい、と言えば良かったんだ」

僕と彼女が付き合ったいきさつを、つぶさに見ていた颯がそう言った。颯は去年から同じクラスで、たぶん僕の学校生活の中で一番一緒に過ごしてきた時間が長い友人だ。

「だいたいさ、違う学校の子が文化祭に来て知り合って、そこから付き合うのって、イケメンにしか与えられていない特権なんだぞ」

「そんな特権聞いたことない。文化祭がきっかけで告白されたのは初めてだったし」

「文化祭は年イチしかないのに、何十回もある方がおかしいだろ……いや？　潤ならありそうだなあ」

「そんなことないよ。女子からそこまで声をかけられたことないし」

「そこまでって言い方に、含みを感じる」

「ない」と言い切れないのは、実際何回かあるからだ。

「好かれてイヤとは言わないけど、面倒なこともあるよ。こっちが知らない間に写真が回っていたりするし、勝手なイメージ作られていることもあったし。それを特権というなら、なんのメリットがあるのって思うから」

「手が届くアイドルみたいな感じ？」

「どっちかというと、動物園のパンダかな」

うわっ、結構ひねくれてるな、と、颯が引く。でもフラれた直後に、前向きになれるものか。

「僕は情が薄いのかな」

「そうとは思わないけど。まだ誰にも本気になっていないだけじゃないか？」

「んー……」

そうなると、僕は不誠実な付き合い方をしていたということなのだろうか。もちろん、彼女以外の女の子とデートはしていないし、告白されてもすぐに断った。相手が嫌だと思いそうなことはしていない。でも、彼女に対して夢中だったかと言われると、たぶん、進学で離れるだろうと聞いても、寂しいと思う前に、違う世界へ行く羨ましさを感じてしまった。

何が正解だったんだろう。

「それより、今は受験のことを考えなきゃなんだけど」

「突然どうした?」

「昨日永束先生に〝大学に入ってからやりたいことを見つけてもいい〟的なことを言われたんだけど、受験勉強をする気にならなくて。家に帰ってからも参考書を眺めるだけって感じだし」

「それって、勉強したくないだけなんじゃね?」

たぶん、そういうことなんだろうとは思う。思うけど、英語の単語も、地理の地名も、数学の公式も、将来何に使うのかわからないのに、覚える理由が見つからない。

「ってか、どうして永束とそんな話になったわけ?」

「物置の掃除を手伝わされた流れから」

何それウケる、と颯が笑った。

別にウケるような話じゃないけど、僕も笑っておいた。

僕らがひとしきり笑い終わったころ、永束先生が教室にやってきた。まだショートホームルームが始まるには、少し早い。

いつもチャイムが鳴ってから来るから、何があった？　と教室の中は微妙な空気になった。

「奥澤」

永束先生は教卓の前に立たず、一直線に僕のところへ来た。

「これを明日の朝までに、全部埋めて職員室に持ってこい。俺がいなかったら、机の上に置いておけ」

渡されたのは、折りたたまれたB4のプリントだった。片面刷りで内側に何が書かれているかは見えない。

「必ず、全部埋めるんだぞ」

開くと、英語の問題が書かれていた。

「え、これをやるん……ですか？」

僕がそう言ったときにはもう、永束先生は教卓の方へ歩いていた。

理不尽というか意味不明というか、なぜ僕だけ……と思いながらも、一応解答欄を全部埋めた。自分でも損な性格だと思うけど、納得できなくても、先生に反抗する気力はない。それに、何をするか考えなくていいのは楽だ。文字通り、目の前の問題を片づければそれで済む。

翌日プリントを提出すると、すぐに新たな問題が渡された。

さらにその翌日には英語だけでなく、他の教科のプリントまで渡された。

英語の先生が、いったいどうして他教科のプリントまで……。

しかも相変わらず説明がない。さすがに僕も耐え切れなくなって理由を訊《たず》ねると、

「いつまでも聞いてこないから」という訳のわからない返事をされた。

「奥澤はできないわけじゃないのに、やらないだろ。やらないというか、やる量をセーブしているというか。おおかた、面倒とかダルいとか、やる気にならないとか、その程度の理由で。だからやらせてみようかと思っただけだ」

「そんな、実験みたいなこと……」

「お前も文句があるなら、さっさと言いにこい。従順な態度ばかりとると、将来付け込まれるぞ」

付け込んだ側が言うのはどうかと思う。

「先生だって、仕事増えていますよね」

「こっちは生徒に勉強を教えるのが仕事なんだから、増えるのは当然だ」

ムカついた。完全に掌《てのひら》の上で踊らされていただけだ。

「で、どうする？　続けるか？」

ニヤニヤしている永東先生の表情がさらにムカつく。

「えー……」

正直面倒なのは変わらない。だけど、自分で考える方がもっと面倒くさかった。

「このままお願いします」

「そうか。じゃあ、次はこれをやってみろ」

そう言って渡されたのは、原稿用紙の束だった。

「……は？」

どういうことだ？

「小論は俺じゃなく、葛塚《くずつか》先生に見てもらえ」

「え？　僕の希望している大学は、どこも入試科目に小論はないですよ」

「奥澤の希望している大学なんて、あってないようなものだろ。明確に行きたいところがないんだから」

「そんなハッキリ……」

「まあ、一般入試で小論のある大学は少ないが、推薦ならある」

「推薦？」

「嫌なのか？」

「嫌っていうか、良いと思った学校に出願するには、成績が足りないので、だったら一般受験するしかないかと」

「でも勉強する気にならずにダラダラしていた、と」

最近はしていました、と言いたいが、主に永束先生に出された課題をやっていただけだ。はい、と認めるしかなかった。

永束先生は険しい目で僕を睨《にら》んだ。

「ダラダラしていても、何も変わらないぞ」

ですよね。でも、勉強はしたくないんです。

「環境が変わったら、やる気になる場合もあるんじゃないか？」

そのために行く大学は、受験勉強をしないと入れないのですが。

「とりあえず、四の五の言わずに、言われたとおりにやってみろ。奥澤はその方が楽なんだろ？」

見透かされて、ムカッとするところもあったけど、その通りなので「はい」と返事をした。

「じゃあ、原稿用紙と一緒にある、№1の文章を読んで、明日までに小論文書いて、葛塚先生のところへ持っていけ。話はつけてある。わかったな！」

僕の意見など一切聞こうとしない。これではただの強制だ。

「でも……」

僕は初めて渋った。

今までの問題は、どの科目もすべてセンター試験対策だった。少なくとも、やって無駄にならないと思っていた。でも小論文は違う。文章を書いても無意味だ。

そう伝えると、永束先生は、ふん、と鼻で笑った。

「考えるのは嫌だけど、押し付けられるのも嫌なのか。面倒なヤツだな」

「意味もわからずやるなんて嫌だって言っているだけです」

「じゃあ、推薦入試を受けろ」

まったく考えていなかった話の流れに、思わず「は？」と間抜けな声が漏れた。

「突然何を？」

「そんなに推薦は嫌なのか？」

「そういうわけじゃないですけど……」

永束先生はイスを軋《きし》ませて、背もたれにもたれかかった。ふんぞり返っている姿が、偉そうに見えた。

「奥澤。春に俺が言ったこと、ちゃんと聞いていたか?」

先生は常に何か言っているから、どの話なのかわかるわけがない。

僕が黙っていると、永束先生は手に負えないとでも言いたそうな顔をした。

「評定平均の出し方を見直すという話をしたのを覚えていないのか?」

「えっと……」

記憶にない。たぶん、最初から自分には関係ないと思っていたから、聞き流したのだろう。

僕が、アハハと、取り繕うように笑うと睨まれた。

「今年の春から評定の出し方を変えたんだ。それによって、奥澤は三年生の一学期の評定が、これまでの算出方法より上がったから、推薦をギリギリ狙えることになった」

「嘘……ですよね?」

「本当だ。だから、指定校推薦を受けろ」

それはありがたい話だ。だけど、それならなぜ、今までセンター試験用の勉強をさせていたのか……。

理由を訊ねると、永束先生は「いろいろ話し合った結果」と言った。意味がわからない。

永束先生は大学のパンフレットを出して、僕の前に置いた。

「ここなら、奥澤が学びたい学科もある。この大学の指定校を希望していたのは他にもいたが、俺がお前を推した」

「でも僕は、推薦なんて考えてなくて……」

「別に一般入試にこだわっているわけじゃないだろう?」

「それはまあ……」

「だったら、いいじゃないか」

ずいぶん勝手だな、というのが最初に聞いたときの感想。でも、すぐにラッキーという感情の方が大きくなった。

指定校推薦をもらえれば、不合格になる可能性はかなり低い。しかも年内には合否が決まる。勉強から早く解放される。

「じゃあ準備しろ。いくら指定校推薦とはいえ、適当にやったら受からないこともあるからな」

僕の浮かれた気持ちは、永束先生に一瞬で打ち砕かれた。

大学を卒業して、再び母校の門をくぐることになるとは、高校を卒業したときには想像もしていなかった。

「先ほど、入学式が滞りなく行われましたことは、教職員全員のお力のおかげと思っております。今年度も定員を上回る程の受験生に来ていただき、ここ数年安定して生徒を確保できています。この調子で、と言いたいところですが、まだまだ我が校は、最上位校への進学が難しい生徒が志願するというのが実情です。できれば、我が校が第一志望となるようにしていきたい。そして入学を希望する生徒をいっそう増やしていきたい、そう考えております。つきましては――」

杉坂校長は配布資料の受験者数の推移について話している。入学式直後の会議は、校長が冒頭から熱くなっていた。

数年前まで定員割れが続いていたこともあり、管理職たちは入学者数の増減に神経を尖《とが》らせていた。学生時代アルバイトをした、コンビニのクリスマスケーキ商戦ではないけど、学校も一般企業とさほど変わらないと知ったのは、就職したあとのことだった。

入学式を終えたばかりだというのに、すでに次年度の募集計画の話になる。さしあたって、今年度中のオープンスクールについて、細かなことを決めなければならない。中学生に来てもらうため、夏休みを除くとすべて土曜日の開催になる。当然、出勤しなければならず、代休をもらえたところで、それを消化する余裕はない。一時期、生徒が減少したときに人員を極限まで減らしたこともあり、今も職員の人数はギリギリだった。

入学式が終われば、一年生以外はすぐに授業が始まる。春休み中に準備をしようにも、卒業式や入学準備などに追われ、ほとんど進んでいない。毎年、自転車操業のように、何とか間に合わせていた。

校長は今後の展開として、さらに入学定員を増やしたい、それにはまず、受験者数を増やすことが重要だと言っていた。

それを聞きながら、僕は週末のバスケ部の練習試合の引率について考えていた。朝七時には学校に着いていないと、間に合わないだろう。土曜日は確実に一日拘束される。

……週末だからとゆっくり寝ていられるわけではない。勝浦《かつうら》先生が戻るまでの辛抱だから。

そう、自分に言い聞かせるが、年度初めからすでに疲れていた。

バスケ部の正顧問は、体育科の勝浦先生だ。技術的な練習は、勝浦先生が教えている。ただ、一昨日《おととい》病気が発覚し、しばらく入院することになった。その間は僕が部活の仕事を全部やらなければならなかった。

はあ、と零《こぼ》れそうなため息を飲み込むのが精一杯だ。

「奥澤先生？」

「え？」

校長の呼びかけに、会議室の視線が僕にすべて向く。隣に座る永束先生は僕を睨んでいた。ヤバい、と冷や汗がどっと吹き出した。

「体調でも悪いですか？」

話を聞いていないことはバレバレでも、そうとは言えない。

「あ、いえ……」

すみません、と頭を下げると、校長はまた話を始めた。

仕事を始めたばかりのころは、僕も真剣に校長の話に耳を傾けていたが、今は少し冷めていた。教師になって五年目。どうせ、受験者数増による、受験料収入が増えることを期待しているのだろう、と考えるくらいには、学校の裏側を知ってしまった。

僕が大学三年生になったころ、父親が病死した。突然のことで、僕はもちろん、母も弟も途方に暮れた。しかも父のおかげで保《も》っていた会社は、父の死と同時に傾いて、残された僕たち家族は、それまで経験したことのない苦境に追い込まれた。

　気乗りがしないとはいえ、いずれ継ぐと思っていた会社が消え、学費や日々の生活費にも悩むほどになった。弟はまだ中学生だったこともあって、大学を退学することも真剣に考えた。

　最終的に、あと二年で卒業ということと、前期の授業料は納入済みだったこともあって、奨学金を借りて卒業にこぎつけた。

　親の会社に入ると思っていたから、就職活動もまともに考えていなかった。それなのに突然、抱えきれないほど将来について考えなければならなくなった。結果的に教職が僕の進路になったのは、永束先生が言っていた「そんなに悪い仕事でもないぞ」が、心のどこかに残っていたからに違いない。

　今思えば、親の会社を継ぐから教師になるつもりはないと思いつつも、とりあえず資格でも取っておこうという理由で教職科目を履修していた段階で、そうなる未来が待っていたのかもしれない。

　卒業と同時に母校に就職したのは、タイミングよく求人があったから。奨学金の返済と弟の生活費と学費を払わなければならないという現実が、僕の進路を決めた。自分は大学三年生の前期分までは親に学費を払ってもらっていた。でも、このままだと弟は四年間全部の学費を借りることになってしまう。父親が生きていたときと同じようにはできなくても、何分の一かは力になりたかった。

仕事を始めてみてわかったことは、生徒の立場で見ていた先生の仕事は、ほんのごく一部ということだった。勤務時間より早く出勤し、部活の朝練を監督し、多くの生徒が登校するころには職員朝礼をして、ショートホームルームと授業と、それが終わるとまた部活があって……。加えてテスト作成や成績処理といった業務も待ってくれない。遅い日は夜十時を過ぎても帰れず、朝練がなくとも朝七時過ぎには勤務を始めることも少なくなかった。

業務を減らして欲しいと思っても、他の先生も同じかそれ以上に仕事をしている。そして最終的に「生徒のために」といわれると、やらざるを得なかった。

ただ、流されるように始めたとはいえ、思っていた以上に生徒のことは可愛《かわい》かった。誤算といえば、忙しさから大学時代に付き合っていた恋人には就職した翌年にフラれ、次を探す余裕すらないことだった。

一年生のオリエンテーションも終わり、全学年の授業がスタートすると、さらに慌ただしくなる。

六時間目が終わると、放課後は部活動へ顔を出す。相変わらず勝浦先生は休んでいた。あと二週間くらいで復帰するらしいが、しばらくは無理ができないようで、当面、僕が練習に出なければならない。高校二年生までバスケ部にいたとはいえ、大したレベルではない。僕にできるのは、事故がないように見守るくらいだ。

それでも、勝浦先生には言いづらいことを度々相談された。一年生からは上級生との関係について、マネージャーからは――。

「奥澤先生、ボール籠を新しくしたいんですけど、何とかなりませんか？　アレを見てください。補修しても補修しても切れるし、キャスターは一つ壊れているし、ほとんど意味がないんです」

マネージャーが訴える通り、一目でガタがきていることがわかる。どこから持ってきたかわからない布がいくつも当てられ、ツギハギだらけで憐《あわ》れみさえ覚える。しかも、キャスターが一つとれていて、籠が傾いていた。

「勝浦先生はなんて言ってたの？」

「ボールが入るならいいだろって。でも、キャスターが壊れていると、移動が辛《つら》いんです」

「そうだよね。うん、私からも伝えてみるよ」

言いやすい方に話が行くのはわかっていたが、正顧問がダメだと言っていることを覆すのは難しい。それでも、僕から見ても、購入するのは妥当と思えた。

後日、ボール籠を購入したが、そこに至るまでは苦労した。金銭的に厳しいことは僕にもわかる。部費は昨年度の段階で決定していて、よほどのことがなければ予算内に納めなければならない。今年はすでにゴールポストを新調し、ビブスも半数くらい入れ替えた。そうしなければならない状態だったからだ。

もちろん、予算を使い切ったわけではないが、このあとの大会に参加するときの貸し切りバス代も必要だし、ほとんどもう、使いみちが決まっていた。

最終的に購入できたのは、ネットで中古のボール籠を僕が見つけたからだ。新品を注文できればすぐに終わることなのに、と思っても口には出せなかった。

部活が終わってから職員室へ戻って、授業の準備を始める。プリントを作って、人数分印刷して、クラスごとに分けて……それが終わると、今度は五月の授業参観の準備をする。授業参観のあとには、ＰＴＡの懇談会があり、そのためにはＰＴＡに連絡して調整して、さらに……。

「授業だけなら良いんだけど……」

教師になって実感したのは、想像以上に、想像していなかった仕事が大変だということだった。

プリントを作るまではまだしも、配布したプリントは生徒から保護者へ渡らないし、出欠の連絡期日は守らない。日時を間違えて学校へ来るくらいならまだいい方で、稀に、自分はその日都合が悪いから、変更して欲しいと言ってくる保護者までいた。

「これが終わったら……帰るかな」

時間はすでに夜の八時半を過ぎていた。仕事がすべて終わるなんてことはない。どこかで切り上げないと、学校に住むことになってしまう。

それでも、職員室にはまだ数名の教師が残っている。だいたい毎日早く帰る人は帰るし、遅い人は遅いから、残っているメンバーは決まっていた。

「奥澤先生」

板垣《いたがき》教頭が自分の机から僕を呼んでいた。この人も毎日残っている方のメンバーだ。

この時間に声をかけられるのは怖いと思いながら、教頭のところへ行った。

「何でしょうか？」

「奥澤先生は、初めて三年生の担任になりましたよね。これから、どんどん忙しくなっていきますけど、受験のスケジュールなどは、ちゃんと管理していってください。他校で、教師が願書を出し忘れて受験できなかったケースもあって、生徒の人生を狂わせてしまったこともありますから」

「はい、気をつけます」

「あと、生徒から突然、調査書などの書類が欲しいと言われるかもしれませんから、準備は早めにした方がいいですよ。過去のものを参考にしたければ、私か校長が鍵をかけて保管していますから、言ってください。くれぐれも、取り扱いは慎重にお願いします」

教頭は自分の机の引き出しをポンと、軽く叩《たた》いた。

「それとこの資料を、今週中に作っておいてくださいね」

渡されたのは、中間テストの計画表だった。

そうだった。五月になれば、中間テストがある。フォーマットは毎年使いまわしとはいえ、そのまま使えるわけではない。

「今週中ですか……」

思わず視線が時計に向いた。

「お願いします」

上司を前にして、ため息はつけない。どうにか、「わかりました」と答えた。

忙しい中の救いは、今年担任しているクラスの生徒たちだった。去年から持ち上がりのため、すでに一年間一緒に過ごしている。クラス内の雰囲気は良い。体育祭も、文化祭も、大いに盛り上がった。

イザコザがまったくないわけではないけど大きなトラブルはなく、長期欠席している生徒もいない。女子生徒の一部からは、教師に対する好意を超えたものを向けられているが、勉強も頑張っている姿を見ると、僕も励みになった。

「先生、写真送りたいので、アカウント教えてください」

好意を隠すことなくグイグイ押し掛けてくる筆頭の百瀬《ももせ》さんが、授業の終わりに僕のところへ来た。

一人が近寄ると、他にもぞろぞろ生徒が来る。「私にも」「あ、自分も！」「俺も」と、その場にいた生徒が一斉にスマホを出した。

「写真？」

「修学旅行の写真です」

「ああ……」

修学旅行は二年生の三月に行っていた。修学旅行が終わってからすぐに春休みになったため、今になったのだろう。

「アカウントは教えられないって、何度も言ったと思うよ？」

二年生の体育祭のときも、文化祭のときも、同じやり取りをしている。

「修学旅行なら良いかなーって」

「どうしてそうなるの……ダメだよ」

苦笑するしかない。もちろん百瀬さんも、僕が断ることはわかっていたようで、それ以上食い下がることはしなかった。

「でも、みんなと撮った写真は欲しいから、USBに入れてもらおうかな」

「スマホから移す方法なんてわかりません。もういいです。コンビニでプリントしてきますから」

だいたい、この流れもいつも通りだ。もちろん、お金はあとで払っている。

百瀬さんは、少し不満そうに唇を尖らせた。

「先生、絶対にアドレスとかアカウントを教えてくれないですよね」

「学校から、教えないように言われているからね」

「でも、教えてくれる先生もいますよ？」

学校から禁止されているのは事実だ。ただし、部活動などの連絡で必要となれば、その限りではない。人によってはそれを拡大解釈して、クラスの生徒に教えている教師もいた。

だけど、僕は絶対にアカウントを伝えないことにしていた。一人に教えれば、なし崩し的に広まることは目に見えていたからだ。

「あーあ、先生にすぐに連絡したいときもあるのに」

「今聞くよ。何？」

「そうじゃないんです……。まあ、今でもいっか。この前、TOEICの結果が来たんですけど、思ったより点数が高かったんです」

「何点？」

「あと二点で、七百点でした」

さすがに驚いた。最初はよくこの学校に入れたと思うレベルだったけど、今では英語だけなら学年でもトップの方にいる。

「よく頑張ったね」

「だから、ご褒美にアカウントを」

ニコッと笑った百瀬さんは、すかさずスマホを僕に近づけた。

「ダメに決まってるでしょ」

やっぱりダメかあ、とふてくされたような態度をとっていたが、百瀬さんのそれが演技だということは、誰もがわかっていた。

ピンポンパンポン、とスピーカーからチャイムが流れる。

「奥澤先生、奥澤先生、至急職員室にお戻りください」

そういえば、昼休みにPTAの役員と会う約束をしていた。この時間以外無理だと言われて、昼休みになった。これで僕の昼休みがつぶれることは確定だ。もちろん、昼休み後もまた、授業が入っている。

今日も昼ご飯が食べられないな、と思いながら、職員室へ向かった。

鏡の前でネクタイを締めていると、台所にいた弟が「そのネクタイ好きだね」と笑った。

「兄さん、今日も帰りは遅いの？」

「あー、たぶん。いや、うん遅い」

土日も大会の引率でつぶれるなー、と考えながら答えた。最近、丸一日予定が入っていなかった日はいつだろうか。春からちゃんと休んだ記憶がなかった。

「毎日、忙しそう」

弟の顔に申し訳ない、という言葉が浮かぶ。

「凌久も就職すればわかるよ。就活どうなってる?」

「まあまあ。来週からインターシップに行く予定だし」

「希望通りに行くといいな」

「ホントそれ。兄さんのような働き方は、ちょっと遠慮したいね」

冗談めかして言ってたけど、弟は心の底から、そう思っている様子だった。僕だって、こんな働き方になるとは、想像もしていなかった。……高校生のころは。

「ってか、時間大丈夫なの?　もう七時過ぎたよ」

「ヤバい。行ってきます!」

弟の「いってらっしゃい」を背中で聞きながら、家を飛び出した。母さんはもうすぐ起きるころだろう。最近は仕事の時間を増やしたせいで、かなり疲れがたまっているようだ。とはいえ、長く専業主婦をしていた母さんは仕事を選べず、今の場所で頑張る、と言っている。できれば、そんな無理をさせたくなかったけど、二十代の自分の給料では、家族を十分に養うことはできなかった。

弟が大学を卒業しても、僕が学校を辞めることはないだろう。不満がないわけではないけど、きっと他の仕事をしても、百パーセント満足することはないことくらいわかっている。

「せめて、もう少し休みが取れたらなあ……」

そう呟《つぶや》きながら、今日も駅へと走った。

初めての三年生の担任は、想像以上に神経を使った。本人が希望する進路と学力、そして保護者の意向。すべてが噛《か》み合っている生徒はいい。だけど、そうではない生徒も珍しくなかった。本人と親の考えが異なる場合もあるし、本人と親の考えは一致していても、学力が伴わない場合もある。明らかに無謀と思える受験に挑もうとしているのを、黙って見ているわけにもいかず、学力を伸ばすか、志望先を変更するよう、言葉を選びつつ伝えていかなければならなかった。中には、金銭的な問題を抱えている生徒もいた。

こうした問題の一方で、自分の将来のことなのに、希望がハッキリとしていない生徒が多いことにも驚いた。嫌なことはあるけど、いいと思うものが少ないというべきなのか。

こんなとき、昔の永東先生を思い出す。というか、自分の過去を見ているようだった。

「言いたいことが、もっとあっただろうな……」

永東先生は生徒の要望に即座に対処できるように、常に準備をしている。今だって、進路指導室で、資料を読み込んでいるはずだ。その姿は素直に尊敬する。ただ……。

「奥澤先生？」

「え？」

ぼんやりとしていたら、すぐ近くに黒田《くろだ》さんがいた。夏休み中の今、生徒はあまり学校にいないから、気を抜いていた。

「大丈夫ですか？」

「ああ……あ、そうか！　申し訳ない」

自分から黒田さんに来るようにと呼んでおいて、すっかり忘れていた。

「先生、夏休みなのに疲れているんですか？」

数年前まで、同じことを思っていた自分を思い出すと、笑いたくなった。やっぱり、生徒にはそう見えるらしい。

「夏休みにしかできない仕事もあるから」

「奥澤先生って、他の人の分まで仕事をしてそうですよね。……押し付けられているっていうか」

「そんなことな……いよ」

否定の声が弱くなったのは、実際そうだから。二十七歳になっても、職員室では若手だ。ほぼ毎年、新採用の教師は来るものの、せいぜい一人か二人。僕の翌年は採用がゼロだったため、年配の先生からは「若いんだから」と、力仕事が回ってくる。肉体的にも疲れていた。

夏休みもあと一週間で終わるこのタイミングで呼んだのは、一時間前、偶然校内で黒田さんの姿を見かけたからだ。

「そうそう、黒田さんに来てもらったのは、希望していた指定校推薦のことだけど、この調子だと間違いないよ」

「本当ですか？」

「学内締め切りまではまだ少し時間があるけど、今のところ東光大の希望者は、黒田さんだけだから」

「このあと、出てくる可能性はありますか？」

黒田さんの全身から不安が感じられた。彼女は家庭環境から、特待生入試を狙って、早い段階からこの学校へ推薦入試で行くことを希望していた。決して器用なタイプではないが、コツコツと努力し、どの教師も「真面目《まじめ》」と評価する生徒だ。

「長年、進路指導をしていた先生に訊《き》いたけど、うちではだいたい夏休み前までに希望が出そろうって」

黒田さんの表情がぱあっと明るくなった。

嬉しそうな表情に、こっちの方まで心が軽くなる。一人の生徒に肩入れをするのはマズいと思いながら、彼女の努力が報われて欲しいと思っていた。だから、少しでも早くいい報《しら》せを伝えたかった。

「でね、黒田さんのことだから、きっともう考えているとは思うんだけど、小論文の対策とかも始めた方が良いと思って呼んだんだ」

「わかっています」

「じゃあ、最終決定は九月以降だから、正式に決まったらまた連絡するね。でも、最後まで気を抜かないように……って、言わなくても大丈夫そうか」

「頑張ります」

これから始まる受験に、荷物を一つ下ろしたような気分になりながら、次の仕事へ向かった。

ずっと気になっていたあの部屋の整理をすることだ。しなければならないという理由はないけど、学校にはスペースの余裕がなく、静かに話をしたいと思っても、大体どの部屋も埋まっている。もう、あの部屋を片づけるしかなかった。

久しぶりにドアを開けて中を見ると、やっぱりひどい有様だった。見て見ぬふりを通り越して、見ないようにしていた部屋は、いつ以来開けていなかったのかと思うくらい、鍵穴が固かった。

「気長にやるか……」

終わりが見える日が想像できないまま、窓を開けた。

二学期が始まると、日々の仕事の他に文化祭の準備も加わった。夜の十時を過ぎても仕事が終わらない。それでも、職員室で最後の一人になったので帰ることにした。

エアコンを消し、カバンを持ったとき、「奥澤先生」と声をかけられた。

「あれ？　永束先生、まだ残られていたんですか？」

七時くらいには姿が見えなくなっていたから、てっきり、もう帰ったとばかり思っていた。

「遅くまでお疲れ様です。私は帰りますが、エアコンつけましょうか？」

「校長室まで来てくれ」

「今からですか？　校長先生もまだ学校に？」

「そうだ」

今日はいつも以上に緊張というか、硬い感じがした。

「校長室には他の先生もいらっしゃるんですか？」

永束先生は答えてくれない。無言の時間が、悪い予想を膨らませる。

職員室からそれほど離れていない場所にある校長室につくと、永束先生はノックもせずドアを開けた。

「連れて来たぞ」

普段の永束先生は、生徒の前はもちろん、教職員の前でも、校長に対してぞんざいな口を利くことはない。でも今は違った。いくら二人が昔から一緒に働いているとはいえ、役職を考えるとあり得ないが、室内にいた校長に、まったく気にした様子はなかった。そればかりか、当たり前のように、うなずいていた。

「こんな時間に悪かったね。奥澤先生も毎日ご苦労様です」

イスから立ち上がった校長は、ソファのところへ来て、僕に座るように手招きした。

「さあ、座って、座って」

生徒のころには気づかなかったが、杉坂校長の笑顔には、うさん臭さを感じる。作り笑いというか、信用してはならない何かがあった。

腰を下ろす前に訊ねる。

「警察から連絡でもありましたか?」

「ん?」

「生徒が事件を起こしたとか……」

こんな時間に呼び出されて、良い話の訳がない。が、僕が立ったままでいると、座っている校長が僕を見上げながらふき出した。

「奥澤先生、安心してください。そういうことではないですから」

校長の隣に座る、永東先生もうなずいている。

どうやら、僕が考えていたこととは違ったらしい。少し緊張をほどいて、二人の上司と対面する形でソファに座った。

「それでお話とは？」

「その前に、現在のわが校の状況を説明させてください」

校長は、昨年度の受験者数と入学者数、さらに受験料や現在の収支といったことをグラフまで持ち出して話し始めた。

そんなことは毎年、説明されている。なぜわかりきったことを話すのか、理解できなかった。

「ちなみに、現在は一学年八クラス、ほぼ定員通りの生徒数ですが、奥澤先生が在学していたころは違いましたね。覚えていますか？」

「四クラスだったと思います。十年足らずでかなり増えましたね」

「ええ、これからさらに、生徒を増やす予定です。夏休みのオープンスクールに来てくれた中学生も、前年度よりも多かったので、今年も期待できると思います」

「それで……話とは？」

先が見えずに少しイライラした。とはいえ、上司に早く話してくれとも言えない。

永東先生が腕を組んだまま、背もたれに身体を預けてふんぞり返った。

「杉坂、話が長い。俺から奥澤先生に話す」

校長は不服そうに永東先生を見たが、反論せずにソファから立ち上がって、大きな机の方にあるイスに座った。

「奥澤先生、今の校長の話ではないが、一時期生徒数が減少したにもかかわらず、現在持ち直した一番の要因は、進学率や進学実績が向上したからだ」

「私のころより、難関大学の合格者数が増えましたよね」

「そうだ。放課後や長期休暇中に外部から講師を招いて、受験対策を行っているが、それが上手《うま》くいっているのも理由だろう」

学校に予備校の教師を呼ぶ。賛否分かれることではあるが、学校側がかなりの部分の費用を負担することで生徒は割安で参加でき、保護者からの評判は悪くなかった。もちろん強制ではないため、利用しない生徒もいるが、選択肢が増えたことに関してはマイナスではないはずだ。

「他にも、大学の教授に講演してもらうことで、生徒が進学先を見つけるサポートもしている。まあ、これに関しては、すべての生徒に効果があるとは言えないが……効果がないとも言えない」

「一部の生徒のモチベーションアップには役立っているようです」

「が、それらをするには、金がかかる。授業料を値上げすればともかく、他より高くしたら、この学校はまだ選んでもらえない。生徒数があのままだったら、今ごろはどうなっていたことかと思う」

「校舎の修繕も、生徒には好評ですね」

「ああ、全面改装はできなかったが、トイレや玄関は改修した。パソコンも新しいタイプのものを入れた。来年はクラブハウスを建てる予定だ」

運動系の部活に力を入れようと、部室が入る建物を新たに建設することになっている。シャワールームやトレーニング施設も併設するということで、それなりの費用がかかるはずだ。

「金銭的にはかなりの負担ですね……」

それらを、生徒からの授業料だけで賄えるのだろうか。

そもそも、定員割れが続いていたこの学校の経営状況がどんなものなのか、僕にはわからない。

永束先生は背もたれから身体を起こして、僕との距離を詰めてきた。

「そうだ、金が必要だ。そこで奥澤先生にお願いしたいことがある。小湊《こみなと》の成績を上げて欲しい」

「……それは、個人的に勉強を見ろということでしょうか」

違和感、と言えば良いのかわからないが、自分でも質問していて、違うような気がした。生徒一人だけに特別な配慮……言い方を変えれば贔屓《ひいき》をするのは、良くはないが、成績不振の生徒を手厚く教えるということは、ない話じゃない。事実、百瀬さんの壊滅的な英語の成績は、それによって飛躍的に伸びた。

そう、その程度のことなら、わざわざ呼び出してまで話す必要はない。

案の定、永束先生は「違う」と首を横に振った。

「成績を上げるんだ。バレない程度に。小湊は東光大の推薦を希望しただろう？　だが、あの成績では出願はできない」

頭の中がカッと熱くなった。

「永束先生！　何をおっしゃっているか、おわかりですか？」

「もちろんわかっている。これまでずっと、やってきたことだからな」

「――え？」

「去年も一昨年《おととし》も、俺がやっていた。今年は奥澤先生にそれを頼みたい」

手が震えた。足が震えた。怒りもあったが、それ以上に自分は何を聞かされているのだろうと思った。

「それは……犯罪ですよ？」

「改ざん自体が犯罪かどうかはグレーだ」

「法的なことは知りません。でも、生徒に教える我々が道をそれたら、教師失格じゃないですか！　何を考えているんですか！」

思わず席を立った。この二人を前に僕が怒るなんて、まったく想像していなかった。だけど今は、上司とか、元担任とか、そういった上下関係は頭からすっ飛んだ。

永束の口からため息が漏れる。違う、そうじゃない、と言いたそうに、首を横に振っていた。

「わかってないな、奥澤は」

就職してから常に「奥澤先生」と呼んでいた永束が、昔のように呼び捨てにした。

「落ち着け。まずは座れ」

「嫌です！」

「座れと言ってるだろ！」

従う理由はない。だが、じっくり話すために、今は座るしかなかった。

「この学校は長く続いた定員割れの影響で、経営がかなりマズいことになっている」

「それは、そうかもしれませんけど、改ざんなんて、教員がやることですか？　私たちの仕事は、生徒に道徳や勉強を教えることですよね」

「それをするために、金が必要だと言っているんだ」

「それで、悪事に手を染めるんですか？」

永東の喉からグッと、息を飲む音がした。

深夜近くの学校に生徒はいない。聞こえてくる音もない。ただ、校舎を押しつぶしそうなくらいの重苦しい空気が漂っている。

校長が場違いなほどにこやかな笑みを浮かべた。

「奥澤先生、突然こんな話を聞いて、素直に飲めないのも無理はない話です。ただ、学校がなくなることになったらと考えてみてください。この学校を希望して入学してきた生徒たちに、満足な教育を与えられないのは、無責任だと思いませんか？　私と永東先生も、したくてしているわけではありません。ですが、生徒数の減少で、給料の遅配さえ起こったこともあるのです。そのとき、数多くの教師が退職して、学校は混乱しました。奥澤先生が教師としてこの学校に来たときにはもう、正常な教育活動ができるようになっていましたから、ご存じないことですが」

もちろん知らなかった。

教師にだって生活がある。朝早くから夜遅くまで働くのが当然のように思われていても、家庭を持っている人も多い。小さな子どもを抱えている先生もいる。言うまでもないが、生活費も教育費も必要だ。自分の職場を守りたいと思うことは否定できない。

校長の話では、理事長は廃校を検討したこともあるというのだから、かなりのことだろう。確かに、僕が生徒だったときから比べると、生徒数はV字回復している。短期間で結果を出すには、それなりの手を打たなければならない。それには当然、お金が必要なことは理解できた。

「だからといって、成績を改ざんすることが、生徒数の増加にどうつながるのかはわかりません！」

「金だよ」

永束がまたふんぞり返って、不服そうな表情をした。

「成績が少し足りない生徒がいて、親が金を持っていると、財布の紐《ひも》は緩む」

「それで小湊くん……」

背筋がゾワッとした。確かに彼の家は金銭的に恵まれている。相当な金額を出せるだろう。

「このことを小湊くんは知っているんですか？」

「本人には言わない。リスクが大きすぎる」

外部にバレるリスクか。

「では、このことを他に知っている人は？」

「親と我々だけだ」

「どうして……こんなことを」

「だから、学校経営のための資金が必要だったんだ。自分の懐《ふところ》に入れるための行動じゃない。そして、私らにだって家族がいる。給料の未払いや廃校になれば生活が成り立たなくなる」

「でも……」

「奥澤だって、同じだろう？」

永束が見透かすような視線を向ける。母や弟のことを言われているのだとわかった。

身体の奥から怒りがこみ上げた。

確かに、給料の未払いは問題だ。でも、それとこれは別問題だ。

「行政に報告します」

「バカなことを言うな。なあに、やっていけば慣れるさ。その流れを今年度中に教えたいから、奥澤を呼んだんだ」

どうして僕が呼ばれたのか、このときようやくわかった。

永束は三月に定年退職する。定年後、嘱託として学校に残ることは可能だが、この学校では担任業務からは外れる。来年度以降のことを考えると、誰か他にやれる教師が必要だったということだ。

「こんなことを、いつまでも続けるつもりなんですか！」

「経営が安定するまでだ。受験者数をもっと増やしたい。受験料収入もバカにならないし、さらに学力の高い生徒が受験してくれるようにしたい」

永束が話している間、校長もうなずいていた。

こいつらバカか。

不正を行って経営が安定するものか。こんなことを続けられるわけがない。それに、こんなバカげたことで、黒田さんのように頑張ってきた生徒が弾《はじ》かれるなんて、あっていいわけがなかった。

「小湊くんについてはともかく、今の話からすると、過去にもあったということですよね？　私は改ざんなんてしません。警察にも伝えます」

「そんなことしたらどうなると思う？」

「脅すつもりですか？　お二人の方が立場としてはマズいと思いますが」

内心、心臓がバクバクしていた。自分が正しい自信はある。でも、この二人を相手にして、切り抜けられるだろうか。しかも突然すぎて、あとからこの会話の証拠を出せと言われても無理だ。まさか、いつも通り残業していて、こんな話になるとは思ってもいなかった。

永束も校長も平然としていた。

「奥澤、この話を外部に漏らしたら、今、大学に通っている奴《やつ》らはどうなる？」

「――え？」

「合格は取り消しになるだろうな。本人たちはまったく知らないところで、大人たちが勝手にやったことなのに、最後の責任だけとらされるということか。奥澤は、そういった奴らの人生の責任を取れるのか？」

「それは……」

言われて気づいた。成績の改ざんによって進学した卒業生が今も大学に通っていることを。

どうなるかの判断は、大学側に任せることになるだろう。だが……。

「今、大学四年のヤツがこの前学校に来て、就職が決まったと嬉しそうに報告をしていたが、大学を除籍となれば、当然内定は取り消しになる。そういったやつのことも考えているのか？　スキャンダルが大きく報じられたら、困るのは我々だけではない。あいつらの人生も変えてしまうんだ」

だからといって、不正を続ける理由にはならない。

「小湊くんを推薦するのは無理です。黒田さんが推薦されるべきです。彼女を推薦しない理由はない」

「確かに、黒田の努力は認める。だが、学校にとっては小湊を推薦したい。それに黒田なら、一般入試で合格できる可能性も十分にある」

「ですが、それだと特待生になる希望はかないません」

「奨学金を借りれば良い」

「それは、彼女が受けて落ちた場合に考えることです。受験する前に門を閉めるのは、我々がやっていいことではない！」

「すでに小湊の母親から金を受け取っている。今さら、推薦しないことにしましたと言って騒がれたら困る」

「そんなもの、向こうだって、誰かに言えるような話ではないはずです。息子の成績の改ざんを依頼したことは、バレたくないはずだ」

それまで黙っていた校長が、永束が話そうとするのを止めて、「ですが」と口を開いた。

「もちろん、大っぴらには言えないでしょう。でも小湊くんの御宅は、様々な界隈《かいわい》とつながりがあります。自分の依頼については隠したまま、どこかに通報されてしまう可能性もないとは言えません。そうなった場合、さっき永束先生が言った通り、卒業生たちに迷惑をかけることになるでしょう」

だから黙って従え、と言っているのだろうか。

永束が校長の方を見て、「嘘くさい」と笑った。

「すでに金をもらったし、使い道も考えているから、返したくないと言えば良いものを」

「とにかく、私はこんなことに手を貸すことはできない。こんなことがあっていいわけがない！」

イスから立ち上がると、校長と永束は互いに顔を見合わせていた。表情だけで会話しているのか、二人とも無言だった。

数秒後、永束は「もういい」と吐き捨てるように言った。

「俺がやる」

「ダメです！」

「奥澤は黙ってろ！　納得がいかないなら、来年以降はしなければいい。だが、今年はやる」

「今年だってダメです。こんなことはもう止《や》めにしてください」

「今年止めたところで、今までのことがなかったことになるわけじゃないんだぞ」

いくら言っても永束が揺らぐことはなかった。不正とわかっていながら、止めようという気持ちが見えてこない。

どうして……そこまでして「学校」を守る理由がわからない。

永束は確かに口が悪いが、もっと生徒に寄り添うような人だと思っていた。だが全然違ったのだろうか。

僕が高校時代見ていた永束晃治《あきはる》という人物は、どこにいるのだろう。それとも最初からそんな人はいなかったのか。

生徒だったころの自分が、勝手に作り出した虚像なのだろうか……。


永束から推薦されないことを聞いた黒田さんが、僕のところへやって来た。当然、納得していない様子だった。

ただ、僕が改ざんの話を聞いてからまだ、二日しか経《た》っていなかった。上手く説明できないし、永束と校長を止める方法も、思いついていなかった。

とにかく、このままではいられないと、進路指導室へ行く。部屋には永束しかいなかった。

高校三年のとき、この部屋で面接の練習をしてもらった。ノックの仕方から、入退出時のお辞儀の角度まで何度も練習に付き合ってもらった。良い先生だった、と思う気持ちは今でも消すことができない。ただ、それとこれとは別だ。

「永束先生」

「何だ？」

永束はイスに座ったまま動かない。僕は生徒のときのように、立ったまま話すことにした。

「どうしてもう、黒田さんに伝えたんですか？」

僕が来た時点で話の内容を想像していたらしく、何のことかと訊ねてはこなかった。

「小湊に決まったのなら、早めに教えてあげた方が黒田のためだろう。黒田はこれまで模試もあまり受けていなかったし、一般入試を受けるなら、時間は足りないくらいだ」

「それは、すべて学校の都合ですよね。彼女は十分、推薦するに足る生徒です。今からでも、黒田さんにしてください」

「くどいな。もう決まったことだ。それに、小湊の親にはどう説明する？」

「ですから……もともと、してはならないことだったと、学校としてはやはりできないと伝えるしかないじゃないですか？」

「そうだな。でも、校長が言った通り、どこかへ駆け込まれてしまったらマズいことになる」

「そのときはそのときじゃないですか？」

永東が怪訝《けげん》そうに眉を寄せた。

「成績の改ざんなどしてはならないことです。こんなことは、どこかで清算しなければならない。それが、早いか遅いかの違いじゃないですか？　この学校がしてきたことは、間違っているんです。それを正さなければならないんです」

「公になれば、黒田の希望通りにもならないぞ？」

「――え？」

「改ざんが表ざたになれば、うちの学校からの推薦は、間違いなく枠がなくなる。どっちにしろ、一般入試に賭けるしかなくなる」

「それは……」

「無論、小湊もだ。学校の評判は地に落ち、生徒たちも批判荒れ狂う中、受験に挑まなければならない。在校生だって、無傷ということはないだろう。次年度の志願者数も減るのは間違いない。お前の言う通りにして、誰が幸せになるんだ？　どうしても手を貸したくないなら、これ以上首を突っ込むな！」

「そっちが先に言っ……！」

永束が僕のネクタイを強く引いた。息が詰まる。慌てて振りほどくと、永束は笑っていた。

「以前にも、お前と同じことを言ったヤツがいた」

「私以外にも、このことを知っている先生がいるんですか？」

「正確には、いた、だ。お前と入れ替わるタイミングでいなくなったから」

「その人は？」

「手を貸すことを拒否したから、理由をつけて解雇された」

永束の表情からは、後悔などといったものは、まったく感じられなかった。

「そんなの、違法じゃないですか！」

「こっちはすでに、違法なことをしてるんだ。解雇なんて些細《ささい》なことだ」

完全な開き直りだ。

「その人は、告発はしなかったんですか？」

「最初はすると息巻いていた。が、解雇の直前に、そいつの子どもが病気になって金が必要になった。杉坂が見舞金を渡したら、悔しそうにしながらも受け取ったよ」

口止め料か。金を受け取ってしまったから、動けなくなったのだろう。

「お前だって、仕事を失ったら困るはずだ。悪いことは言わない。このまま大人しくしているのならそれでいい。昔の教え子が路頭に迷う姿は見たくないからな」

寒くもないのに鳥肌がたった。心臓を鷲摑《わしづか》みにされたような感じがした。

永束は僕の家庭環境を知っている。父親が大学在学中に亡くなって、最終的に奨学金を借りたことも伝えてある。卒業して、この学校に来たとき、「よく頑張ったな」とも言われた。

「奥澤先生。これは生徒のためでもあるんだ。より良い環境で学習させるのは、我々の使命だろう?」

「でも……、そのせいで、泣く生徒がいるのはおかしいです」

「だから黒田なら大丈夫だ。お前が力になればいい。何だったら、学校が一丸となってバックアップすることだってできる。さすがに学費の問題までは手を出せないが、他の学校にも特待生制度くらいはあるだろうし、給付型の奨学金だってないわけじゃないんだ。私も力になる」

おかしい。こんなことはおかしい。

そう思うのに、なぜか僕の口からは、否定する言葉が出てこなかった。

黒田さんへの説明もできないまま、時間だけが過ぎていった。もちろん小湊くんに対しても、申し訳なさを覚える。このまま進んだところで、彼の将来にプラスになるとは思えないのに、永束の動きを止めることができない。

成績改ざんで報道された過去の事件を調べてみても、内部でどういう動きがあったかということまではよくわからない。

そして、改ざん事件に巻き込まれた生徒たちがその後どうなったか。一部では、入学の取り消しの可能性という記事も見つけたが、最終的にどうなったのかまではわからなかった。

「どうすればいいんだ！」

出口のない迷路だ。進むべき道を探し出せない。卒業生にしても、すでに大学を卒業して社会に出ている人もいるとすれば、その人の人生をどこまで巻き戻してしまうのか、まったく見当もつかなかった。

部屋のドアがノックされた。

「どうかした？」

弟の声だった。部屋は隣だ。今の声を聞かれたのだろう。

ドアを開けると、心配そうな表情の弟がいた。

「ゴメン、うるさかった？」

「それは良いけど……今日は珍しく早く帰ってきたから、何かあったのかと思って」

「早いと言っても、七時は過ぎていたよ」

いつものように残業する気にならず、仕事を放置して帰ってきてしまった。

「七時が早いって、僕も兄さんも、感覚マヒし過ぎだね」

「確かに……そうかも」

笑おうとしたけど、感情と表情がうまくリンクせず、引きつった笑みと、上ずった声になってしまった。

昔は小さかった弟も、今は僕と目線が変わらないどころか、少し上になった。心配そうな目で僕を見ていた。

「ねえ、大丈夫？ ここ数日、何かおかしいよ」

「そう？」

仕事のことは話さないようにしていたけど、誤魔化しきれていなかったらしい。

「聞くらいしかできないけど、何かあったら言って」

「大丈夫だよ」

弟に相談できる話ではない。

「それより、インターンシップはどう？　順調？」

「んー……どうかなあ。学校で授業を受けているって、受け身だったなあとは思うけど、まだそれほど難しいことはしていないし」

「受け身か」

「うん、座って聞いているだけの授業だと、特にそうだよね。ぶっちゃけ、大学の人数の多い科目だと、授業を聞かずにスマホをいじっていても、何とかなっちゃうし」

「先生にもよるだろうけど、あまり注意はされないだろうね。まあ、高校でも先生によるかな」

「そうなの？」

「状況を見つつ、だけど」

砥部《とべ》くんのことが頭に浮かんだ。子どもじみた授業妨害で苦情があがっている。ただ、注意をすればしたで、面白がるところもあるから、付き合い方が難しい。

「母さんは、帰ってきてるの?」

「さっきね。最近、また仕事増やしているよね」

「うん、シフトも夜に入ることが増えたし」

金銭的なことを気にしているのはわかっている。

「僕のせいかな。インターンシップ始めてから、前よりバイト減らしたから」

「気にするなって」

弟は、一、二年生のとき、かなりバイトを詰めていた。長期休みになると、起きている時間の多くを働くことに使っていた。

「これまで凌久が働きすぎだったんだよ。学生のうちは、ほどほどにしておいて、少しは遊ばないと」

「でも、僕だけ働いていないから」

「それは卒業後に期待しておくよ」

後ろめたさがあるのは、弟と比べると、自分は大学二年が終わるまでは、かなりいい暮らしをさせてもらっていたからだ。でも弟は、中学生のときには、金銭的に困窮していた。思春期の弟と二十歳になってからの自分とでは、感じ方もかなり違ったはずだ。

　やっぱり、今仕事を辞めるわけにはいかない。だからといって……。

　もっと考えたいと思っても、日常の仕事に追われてしまう。何か、何かをしなければ。そう思いながら、また一日が終わってしまった。


　廊下を歩いていると、教室から出てきた川保《かわまた》先生とぶつかりそうになった。

　すみません、と僕が謝ると、「あ、そうだ」と、ちょっとちぐはぐな声が返ってきた。

「黒田さん、推薦されなかったんですね。意外でした」

「あ、ええと……」

「まあ、小湊くんも、それなりにできますからね」

　そうか。小湊くんは川俣先生の現代文の成績はわりと良かったはずだ。印象として悪いわけじゃないのだろう。

「でも、黒田さんは小論文の対策も熱心で、ずっと頑張っていたんですよ」

「どのくらい前からですか？」

　川俣先生は、んー、と少し天井の方に視線を動かしてから「七月くらいからですね」

「そんなに前から……」

黒田さんには、八月の下旬に推薦されそうだと話した。だがそれよりも前から、彼女は入試対策を始めていた。自分が選ばれるだろうと信じて。

「一人の生徒に熱を入れてはダメだとわかっていても、あれだけ熱心だと、こっちも応援したくなっちゃうんですよね。彼女、このあと別の大学に推薦で行く予定はありますか？」

「今のところは……」

一般公募の推薦なら、学内の定員もないから、黒田さんの好きに選べる。ただ、彼女の希望通りの大学があるかまではわからない。

「私はどっちでも構いませんけど、対策が必要ないとなれば、それでいいので」

国語科の教師は、何人もの生徒から小論文の添削を頼まれている。川俣先生は特に受け持つ人数が多い。負担が増えていることはわかっていた。

「川俣先生、今日、どこかで時間がありますか？　ちょっとご相談したいことが……」

「ごめんなさい。今日は休まれた先生の代わりの授業変更で、ほとんど空き時間がないんです。ああでも、砥部くんのことなら、気にしないでください。何とかやっていますから」

そのことではない。が、毎日仕事に追われている人たちに、どうやって話せばいいのか。大丈夫とは思うが、永束側に付くような人では困るから、味方にするにも人は選ばなければならない。

肝心なことを話し出せないまま、休み時間の終わりを告げるチャイムが鳴った。

進路指導室のドアを開ける前に、胸のポケットに忍ばせたボイスレコーダーのスイッチを押した。

部屋の中で永束はパソコン画面を見ながら、何やらメモを取っていた。

「永束先生」

「なんだ」

「他の先生たちにも、成績改ざんの件を言おうと思います」

一人で無理なら、誰かを巻き込むしかない。その誰かというならば、やはり同じ学校の教師となる。こうなったら、一度に全員に伝えようと思った。

内密に事を運びたかったが、日々の業務をこなしながら一人で対処するには無理がある。それに同僚がいれば、別の知恵も出てくるだろう。

「やめておけ」

「どうしてですか？」

これまでは、永束と校長の二人で内密に進めてきた話だ。知る人が増えれば当然、僕と同じように、受け入れられない人が出てくるはずだ。いや、本来はそうあるべきことだ。

でも永束は、余裕があるからなのか、相変わらずメモを取る手を止めない。

「行政でも警察でも、通報するだけなら、自分だけでできるはずだ。それをしないのは、自分がその立場になりたくないからじゃないのか？」

「え？」

「生徒に知られたら、恨まれるからな」

「何を言っているんですか！」

「じゃあ、自分一人だけ、とばっちりを食うのが嫌だからか？　だから他の先生たちも巻き込んでしまえと思ったんじゃないか？」

違う。そんな気持ちはない——と言いたかった。でも、まったくないかと言われたら、言葉が出てこなかった。

「この前も言ったと思うが、大ごとにしていいことなんて、何もないんだぞ？　どうせ俺は今年度で定年だ。杉坂だって校長なのは今年度までだ。顧問か何かで残るだろうが、発言権は弱くなる。それでも大ごとにするのか？　一年くらい騒がずに目をつむっておけないのか？　そうすれば、すべて丸く収まるぞ」

「そんな収め方は間違っています」

永束は鉛筆を置いて、イスを回して僕の方を向く。

「今日の放課後、杉坂も交えて、もう一度話し合わないか」

「今日は会議のあと、うちのクラスの生徒に勉強を教える約束をしているので、時間が読めません」

「会議のあと？　ずいぶん遅い時間から始めるんだな」

「どうしても、今日が良いと言われましたので」

どうしても、というところで、永束も気づいたらしい。「あの女子生徒か」と冷笑を浮かべた。

百瀬さんがいろいろな意味で僕に熱心なことは、どの教師も知っていることだった。

そんなことより、これ以上相手のペースにはまるのは危険だ。話し合いというのは建前で、実際は僕を丸め込みたいのだから。

絶対に二人の思うようにはさせない。

「永東先生。私の説得は諦めてください。なかったことには、絶対にさせませんから」

予定よりも会議が延びてしまい、走って教室へ向かった。百瀬さんは自分の席で僕を待っていた。

砥部くんのときに使った部屋に百瀬さんを呼ばなかったのは、彼女とは狭い空間にいないようにしたかったからだ。

「ごめんね、予定より遅くなって」

少しだけドアを開けたまま、彼女に近づいた。

「それで、問題はどれかな？」

いつもだったら、僕が来たときには、問題集を開いて待っているくらいだ。それなのに今日は、なかなか勉強を始めようとしない。普段と少し様子が違った。

「百瀬さん？」

「黒田さんと何があったんですか？」

ドキッとした。百瀬さんが、成績改ざんのことを知っている――？

「私、知っています。黒田さんと先生の間に、特別なことがあるのを」

百瀬さんは、僕と黒田さんに何かあると疑っている。その「何か」を問い質《ただ》したかったが、そうすることで疑いを確信にさせそうで、確かめられなかった。

何より、思いつめた表情が気になる。このまま一緒にいるのは危険と感じた。

「勉強の質問でなければ、終わりにしよう。こんな時間まで残してしまって申し訳なかったね」

距離を取らなければならない。そう思っていたのに、不意をつかれる形で、百瀬さんに腕を引かれて抱き着かれた。

ヤバいと思った。彼女から離れようとした。でもその前に「先生、私、黒田さんのこと、知っているんです」と囁《ささや》かれた。

推薦の件を思い出して、固まってしまった。

これまで百瀬さんは、少々強引な態度を取ることはあっても、すべて冗談で済ませられる範囲で、本気で僕を困らせるようなことはしてこなかった。

でも今日は違う。

百瀬さんは、僕と黒田さんが二人で部屋にいたことを指摘する。どうやら彼女は、完全に誤解していた。

とにかくいつまでもこの体勢でいるのはマズい。

離れようと百瀬さんの身体を強く押し——本当に一瞬、彼女の胸に手が触れてしまった。

もちろん故意ではない。それは百瀬さんにも伝わっていたようだ。怯《おび》える様子はなかった。

突発的な事故だと彼女に謝罪する。僕は百瀬さんのことを、生徒としてしか見ていないのだから。

とにかく今は、百瀬さんと距離を取らなければならなかった。

まだ床に座る彼女を残して、僕は教室から出て行く。正直なことを言うと、こんなことに悩んでいる時間はなかった。

成績改ざんの件を、何とかしなければならない、それだけが頭の中を占めていた。

校長室に連れていかれた僕は最初、女子生徒とわいせつ行為をした件で、と言われても、意味がわからなかった。もちろん身に覚えがないと否定した。だが動画を見せられれば、言われていることの意味は理解できた。

「奥澤先生、一体どういうことですか？」

「どうもこうも、誤解です」

ほう、と言った校長には、どこかこの状況を楽しんでいる雰囲気があった。

僕の代わりに担任業務を行っている永束は不在で、今、校長室にいるのは、僕と校長だけだった。

実際これは完全な誤解だし、百瀬さんに訊けばすぐに真実は明らかになることだ。

「誤解とは？」

「この動画は恣《し》意的に制作されています。私は生徒に対して、言えないような行為はしていませんし、間違ったこともしていません」

「では、なぜ教室で生徒と抱き合っていたんですか？」

「だから、それは誤解です」

「誤解も何も、そうとしか見えないですよ」

動画は編集されていて、百瀬さんから抱き着いてきた様子がカットされていた。ちょうど二人が抱き合い、そして僕が彼女の身体を押したあたりで、動画は止まっている。しかも、編集でつなぎ合わせたのか、不自然な動きも見て取れた。

「この生徒に訊けばわかります。昨日は彼女が少し不安定で、間違った行動をしましたが、私が教師だということは理解しています」

「そんなことは、どうでも良いんですよ。奥澤先生が教師であることは、この学校にいる人は全員知っていますから。そして、奥澤先生から生徒を抱いたのか、もしくは生徒から抱きついたのかも大した違いではありません」

「え？」

「動画を見た人が、どう判断するかということです」

「ちょっと待ってください！　していないことを、したと判断されるのは我慢できません！」

「じゃあ、していないという証拠を出せるんですか？　それが出せたら、奥澤先生の言っていることを信じましょう」

悪魔の証明だ。教室にカメラなどセットしていない。真実を証明することなど、最初から無理な話だ。

「……あれ？」

本来、教室にカメラはない。僕も百瀬さんも、そんなものはセットしていない。

だけど編集されているとはいえ、昨日の放課後の映像がある。つまりそれは……。

「なぜ、私が教室にいたときのことが、録画されているんですか？」

僕はもう一度動画を確認した。

最初に見たときは、さすがに気が動転して、状況確認しかしていなかったが、冷静になって見れば、この動画が廊下側から撮影されたものだとすぐにわかった。つまり、誰かが廊下からカメラを向けていたということだ。

校長は悩まし気に首を捻《ひね》った。

「それは私にはわかりません。ネットにあったものを、奥澤先生のクラスの砥部くんが広めたみたいですから」

「どうしてこの動画が、ネットにあったんですか？」

「さあ？　そんなことは、私にはわかりません」

嘘くさい演技は、嘘だとバレて構わないと思っている感じだった。

そして今、この場に他の教員が立ちあっていないことが何よりの証拠だ。本来なら、板垣教頭もいるはずなのに。

百瀬さんは、完全に学校の……校長と永束の良いように使われただけだ。もちろん、彼女の行動までコントロールすることは無理だったにせよ、狙われていたのは確かだろう。

救いがあるのは、動画を見ただけでは、相手が誰だかわからないようになっていることだった。校長と永束も、一応生徒に対しては、ギリギリの配慮をしたらしい。

でも、そんなのは偽善だ。こんな風に生徒を利用するのは許せなかった。

僕はタブレットを指さした。

「彼女は巻き込まないでください」

「もちろん、私たちは誰よりも生徒のことを考えていますから」

嘘くさい笑みを浮かべる顔を殴るのをこらえるのに、僕は必死だった。

「もう少し、片づけておけばよかった」

いろいろと窮地に陥っているというのに、部屋の片づけが気になった自分に笑える。処分に困って後回しにしていた、床に置きっぱなしのトロフィーに手を伸ばす。雑巾で埃や汚れを拭うと、『第四回　教職員対抗テニス大会　準優勝』と書かれたプレートが台座から現れた。

「確かにどうでもいいな……」

古いトロフィーを見て、高校時代のことを思い出した。

高校三年生の二学期の球技大会で、突然優勝クラスにトロフィーが貰《もら》えることになった。安っぽいプラスチックの製のトロフィーは、教室の後ろの棚に飾ったまま、すぐに誰も見向きもしなくなった。

ただ、僕はそれを手にしたとき、それなりに嬉しかったのを覚えている。三年生の二学期に、本気で球技大会に参加する奴なんていないかと思ったけど、始まってみれば、どのクラスも大いに盛り上がった。この学校にいて、楽しかった思い出は確かにあった。

窓を少しだけ開けて、カーテンを引いた。

「電気を点けたらバレるかな……」

僕が校舎内にいるのは、生徒たちには伏せられている。これは自分から言い出したことだから納得していた。

校舎内に残ることを希望したのは、あの二人の好きなようにはさせたくなかったからだ。動画にしても、不正を手伝わなかった僕を排除しようとした結果だろう。

当然最初は、校内謹慎など認められないと突っぱねられた。が、僕は先日永束と進路指導室での会話を録音していて、校内謹慎を認められないのなら、その録音を外部に出すと言った。

成績改ざんの話を最初に聞いたときは、さすがに何も準備をしていなかったが、ここ最近は証拠を集めようとしていたから、ボイスレコーダーは常時携帯していた。もう少し証拠を集めてから動こうと思っていた矢先の出来事だった。

『それに私が止めなければ、動画の女子生徒は、自分からやったことだと言い出します。学校が取り合ってくれなければ、SNSに暴露するでしょう』

『まさか。黙っていれば、バレないようにしたのに、自ら名乗り出るわけがない』

完全に、校長か永束が動画を編集したと言っているようなものだ。もはや隠す気もないらしい。

『いいえ、あの生徒はそうします。少なくとも、自分だけ助かろうなんて思うような子ではない。そして彼女が自分から名乗り出たとき、さらにややこしい事態になります』

言いながら、ひどい脅しだと思った。百瀬さんを巻き込みたくないと言いながら、彼女を交渉のカードに使っている。

そのことに胸が痛まないわけではなかったけど、このまま相手の思う通りに事を運ばせたくなかった。

しばらくの間、校長は唇を結んだまま、何も発しなかった。ただ、一時間目の授業を終えて、校長室に来た永束と話し合った結果、校内謹慎が認められた。

とはいえ、担任からも授業からもはずれている。この埃っぽい部屋で大人しくするしかない。もちろん、生徒には見つからないようにすることは約束した。さすがに今、僕が校舎をうろついていたら、生徒の方が戸惑うだろう。

「さて、始めるとするか」

この部屋にもいつまでいられるかわからない。その間に、出来ることはしておきたかった。

SNSでは好き勝手なことが書かれていた。動画にまつわることはまだしも、「なかったこと」まで、あったことのように書かれている。その発信元のほとんどは砥部くんだった。

「僕のことだけで終わればいいけど……」

砥部くんの行為に、まったく腹が立たないわけではないけど、ある意味彼も被害者だ。動画を最初に見つけたのが砥部くんだったのは、恐らく偶然ではない。彼の普段の行動から、真っ先に飛びついて拡散するであろうことは、この学校の教師ならわかっていたことだ。生徒の授業態度の悪さは、教員間ですぐに広まる。永束がそれを知らないはずはなかった。タイミング的に、わいせつを思わせる動画を撮れたからそれを使用したのだろうが、そうでなければ他の何か……砥部くんが突っかかってきている場面を、誤解を招くように編集したのかもしれない。

スマホにメッセージが届く。三分後に永束がこの部屋に来るとのことだった。部屋への出入りを生徒に見られない方がいいのは、他の教師も同じだ。今まで使っていなかった部屋に、頻繁に人が出入りしていたら怪しまれる。直前に連絡をして、鍵を開けておくことになっていた。

きっかり三分後に永束がやって来た。

永束は少しだけ、物珍しそうに部屋の中を見た。

「相変わらずゴチャゴチャしているな」

「十年たっても、片づきませんでしたから」

「忙しかったんだ」

言われるまでもない。勤めてみて初めてその忙しさを実感した。

「部屋のチェックをしに来たわけじゃないですよね？」

「黒田花音《かのん》が授業をサボっている」

「知っています」

授業の出欠状況は、学内のシステムで把握できる。どの曜日のどの時間の授業を休んでいるかは、教員なら全員確認することができた。

「それを伝えにいらっしゃったのですか？」

忙しいのでは？　と言いたくなったが、そこまで無駄話をする気にもなれなかった。

永束は、まさか、と人を小ばかにしたような態度で笑った。

「校長と話し合った結果、動画の件はしばらく様子を見ることになった。生徒たちにも騒がないようにと伝えておいた。まあ、どこまで言うことを聞くかはわからないけどな」

状況によっては、懲戒解雇になるだろう。だが、この口ぶりだと、場合によってはもっと軽微な処分で済むかもしれない。調査した結果「シロ」ということでカタをつける可能性はある。実際、百瀬さんが証言してしまえば、そうなるのだから。

それに、解雇したらしたで、僕の扱いが難しいというのもあるはずだ。外部に行ってしまえばいつ暴露されるかわからない。そうさせないためにも、内部で囲っておきたいのだろう。

「しばらくとは、どのくらいの期間ですか？」

「さあな。一週間か、二週間か。ネットの炎上はどのくらいで収まるのかは予測もつかない。さすがに、一か月後も収まらなければ、それ相応の対応が必要になるだろう」

最大一か月。とはいえ、二週間以内には、ある程度の方向性は見えてくるはずだ。

「わかりました」

永束は、足元のゴミを蹴った。

「それにしても、何を好んでこの部屋を選んだんだ？　空き部屋の中には、もう少しましな場所もあっただろうに」

「でも、ここの方が生徒の教室から遠くて、見つかりにくいですから」

「こんな場所にいるくらいなら、自宅謹慎の方が楽なんじゃないか？」

「少しでも、生徒のそばにいたいだけです」

それが本心でないことくらい、永束もわかっているはずだ。

でも、その気持ちも嘘ではない。こんな状況で何ができるかわからないけど、このどうしようもない大人たちから、生徒たちを守ってあげたいと思っていたのも、本当だった。

百瀬さんに連絡を取ろうにも、表立って動けない。だけど、彼女なら気づくだろうと、教室の机の上にメッセージを残した。自惚《うぬぼ》れるわけではないけど、百瀬さんなら、文字を見れば僕とわかってくれると思った。実際、その目論見《もくろみ》は成功した。彼女に、絶対に動画に映っていたのは自分だと言わないようにと言い聞かせるのは苦労したけど、どうにか納得してもらった。

ネットの方は想像していたほど炎上していなかったけど、沈静化もしていなかった。一つ気になったのは、『あの動画。生徒たちが仕組んだんじゃない？』という書き込みがあったことだ。そっちに風が吹かれると困る。だから、このために取得したアカウントで、『事実無根』と書き込んだ。誰なのか判別は無理だが、この件のコメント欄には、新規と思われるアカウントがいくつもあった。きっとその中には、クラスの生徒も混じっているだろう。時間的に授業中に書き込んでいると思われる砥部くんのアカウントは見なかったことにした。

生徒とSNSを見守りつつ、僕は本来の目的に向け動き始めていた。

卒業した生徒の成績は、五年分の保管義務があるが、それ以前のものはすでに破棄されている。ただ、この五年分に関しても、閲覧には許可が必要だった。もちろん、今の僕に許可など得られるわけがない。

だから、校長と教頭しか持たない鍵を手に入れるところから始めた。とはいえ、鍵の管理そのものは、それほど厳重ではない。校長室に忍び込むのは難しくても、職員室は簡単に入れる。しかも授業や行事があれば、室内に誰もいないこともある。教頭が出張の日を狙って鍵を手に入れ、卒業した生徒の成績を写真に収めた。

とはいえ、この資料だけでは不十分だった。校内にいることを望んだのは、学校から支給されている、学外持ち出し厳禁の個人用パソコンを使えるからだった。自分専用のパソコンの中には、一年毎にフォルダにわけて成績表が保存されている。もちろん、あるのは自分が入力した分だけになるが、これなら自由に見ることができる。

本来は毎年消去することになっているが……削除するのを忘れて、放置していたのが今回は吉と出た。

確認する生徒は、推薦入試で進学した子たち。推薦入試を利用するのは全体の約三分の一。一学年百人前後となる。そのうち、パソコンに入っているデータは五年分。つまり調べるのは、五百人程度となる。

一つ一つデータと照らし合わせての確認作業は心が折れそうになった。しかも、自分が持っているデータ以外は確認しようがない。

しばらく作業を続けた僕は、身体を伸ばそうと、イスから立ち上がった。学内にいることがバレないように、ずっとカーテンを引いている。遮光カーテンではないため、それほど暗くはならないが、気分が滅入《めい》った。

「いつまで、こんなことを続けるのかな……」

さっさと学校を辞めてしまえば、楽になるのはわかっている。仕事だって、探せば何かあるはずだ。でもそれをしてしまったら、一人で逃げ出してしまうようで、後ろめたい。

生徒たちの顔が思い浮かぶ。

笑顔だけではなく、不思議と、いら立つ顔も、怒っている顔も、いとおしく感じる。彼らの素の感情をぶつけられるのは、決して嫌いではなかった。

「もう少し、頑張るか」

廊下で少し話していたというだけの女子生徒が、動画に映っていた相手ではないかと噂《うわさ》され、さらに何名かのアルファベットの頭文字がネットに出回った。学校名と、僕の名前のイニシャルと年齢はすでに出ている。本名をさらさないあたりに、まだ優しさを感じた。流出した写真も画像は粗く、今のところ外を歩くのに苦労はしない。ただ、僕が校内にいることを、生徒に知られてしまった。こうなると、興味本位で探そうとする生徒も出てくるだろう。

実際、その筆頭にいる砥部くんが部屋に来た。彼は僕を責め、それを楽しんでいるようだった。勉強をしているときには見せなかった、生き生きとしている表情を見ると、教師として力不足を感じた。さらに、SNSに　#教師の資格なんてない　#逃げてばかり　#先生辞めろ、というハッシュタグを見つけると、最初は気にしないようにしていたものの、少しずつダメージが積もっていく。

マスコミからも取材依頼が来ていると校長に聞かされ、さらに百瀬さんからも、ネットメディアが砥部くんにコンタクトしてきたことを教えられた。

わいせつ教師という汚名を着せられて学校を去りたくはないが、これ以上、何もできないのに居続ける意味がわからなくなった。

学校の不正を立証するには、やはり警察に捜査してもらうしかないのだろうか。そうなれば、小湊くんの親……ひいては小湊くんもダメージを受けるけど、僕の方が耐えられなくなっていた。

スマホにメッセージが届く。三分後、永東がここへ来るとの連絡だった。

行先のわからない僕は、立ち上がるのもおっくうになっていた。時間通りに現れた永東が僕の顔を見るなり「何か見つかったか？」と言った。

不正の痕跡など見つからないことは、わかっていたのだろう。余裕の態度にムカつくが、言い返す気力はもうなかった。

「何か御用ですか？」

僕が相手をしなかったことに、永東は一瞬意外そうな表情をしたが、すぐにいつもの横柄な態度に戻った。

「結論は出たか？」

「……結論とは？」

「俺のあとを継ぐか、それとも大人しくしているか」

「もしくは、学校を辞めるか？」

「それだと生活が困るだろう？」

「この状況を続けるくらいなら、その方がマシですよ」

「まあ、それも人生だな。何も教員にこだわることはない」

学校のため、生徒のためと言っている永東が、そのセリフを言うと、違和感があった。彼はこれまで、何のために教師を続けてきたのだろう。

「あなたは、この仕事を辞めたいと思ったことはありますか？」

「何だ、唐突に」

永束は、くだらない、とでも言いたそうに笑った。

「ある」

短く言い放った言葉に、思わず「え？」と聞き返した。

「普段は考えない。というよりも、考える余裕なんてなかった。仕事は嫌いじゃないし、やるべきことだと思っている。今の若い奴らにはわからんと思うが、俺らの世代は、男は仕事をするのが当然だと刷り込まれているからな」

「でも……」

「三年前に一週間ほど入院しただろ」

「え？　ああ……」

そういえば三年前、永束は学校の階段から落ちて、足を骨折して入院したことがあった。ちょうど年度末の時期で、永束が抱えていた仕事を分担した記憶がある。同じ学科ということもあって、僕もそれなりに受け持った。

「定年後の生活も見え始めた年齢になっていたうえに、時間ができたからいろいろ考えた。病院にいたせいもあって、中学生くらいのころ、医者になりたかったことを思い出した。もしその夢を叶えて、学校以外で働いていたらどうなっていたかを、そのとき想像した」

「それで？」

「別に、どうもない。ただの空想だ。今さら新しい仕事ができる年齢でもないし、俺が働いてきた時間がなかったことにはならん。奥澤の年齢なら、今からでも進路変更は可能だろうが」

「医者は無理です」

「たとえ話だ。若いというのは、それだけで可能性を持っているということだ」

そう言った永束は、少し寂しそうに見えた。

どうしてだろう。永束にはムカついているし、教師失格と思っている気持ちは消えていない。

だけど、十年前と同じようにこの部屋で、二人で話していると、なぜかこの人は「先生」で、僕は「生徒」になってしまう。彼の言葉を聞いてしまっていた。

でも僕はもう、生徒ではない。今は同じ立場だ。

「とりあえず、明日またここへ来る。それまでにどうしたいのか、考えておくんだな」

永束が出て行くと、僕は大きく息をついた。全身から力が抜けていく。

疲れた。もう、逃げてしまいたかった。

黒田さんが、自分の志望校に小湊くんが推薦されることを知ってしまった。

やはり、何もせずにいるわけにはいかない。

永束にメッセージを送ると、すぐにやって来た。

僕に使い走りをさせられたのが不満らしく、「まったく、こんなのはあとでいいだろ」と言っていたが、頼み通り、大学のパンフレットを持ってきてくれた。とはいえ、永束も用事があったからここへ来たのだろう。

「今日はこのあと、避難訓練があるからさっさと終わらせるぞ。昨日も訊いたが、結論は出たか？」

「その前に、一つ見てもらいたいものがあります」

僕はパソコンとタブレットの画面を指した。

さすがに、そこに何が映っているのかは、説明しなくてもすぐに伝わったようだ。

苦々しい表情になった。

「コソドロみたいな真似《まね》をしたもんだ」

「改ざんと窃盗。ヤバい教師がいる学校ですね」

嫌味であることは、伝わったようだ。永束は鼻の頭にシワを寄せた。

永束に見せたのは、入院した卒業生の成績に関する記録と、僕のパソコンに残っていたデータだ。正確には、永束の代わりに僕が処理した、成績のデータだ。自分のパソコンには残していなかったが、添付ファイルとして送っていたことで、データを確認することができた。

「僕がつけた点数と、記録に残っている点数が違っていました。――三年前、永束先生は自分のクラスの生徒の、英語の成績に手を加えましたね？」

直接担当していない生徒だったから詳しくは知らないが、成績がふるわないという話を聞いたことはあった。が、指定校推薦でそれなりに名の知れた大学に進んだため、思い違いだったと考えた。でも、改めて成績を照らし合わせて気づいた。

「自分のクラスなら、いろいろ動きやすいですよね」

調べられたのは五年分だが、トータルすると、指定校推薦で進学した生徒は、永束のクラスが一番多かった。

パソコンのディスプレイを見つめていた永束は「こいつはまだ大学在学中だな」とつぶやいた。

「これを持って、告発する気か?」

「行政にはメールを、警察には手紙を送るつもりで準備してあります」

「この生徒が大学にいられなくなるかもしれないぞ」

「わかってます。でもこれは、有耶無耶《うやむや》にしていい問題ではありません。一度、きちんと裁きを受けなければならないんです」

永束は、埃がかぶったままのイスに勢いよく腰を下ろした。腹立たしそうな様子から、納得していないことが見て取れた。

「あなたは変わってしまいましたね」

「お前に何がわかる」

「わからなくていいです」

教師として母校に戻った僕が一番驚いたのは、永束が大きく変わっていたことだった。もともと口は悪いし、横柄だし、粗雑なところはあったけど、それでも嫌いじゃなかった。生徒と教師の間にあるような「壁」を感じなかったからだ。

だけど今は、生徒の話を聞こうとしなくなり、威圧的になっていた。

その様子を見て、僕は以前のように永束を信頼することはできなくなった。

昔は気にならなかった、永束の「俺」が、恫喝《どうかつ》されているように感じて、働き始めてから、自分はどの生徒に対しても「私」と言うようにした。少しでも生徒に、恐怖心を与えたくなかったからだ。

僕が卒業してからの四年の間に、何があったのか。もしくは、僕の立場が変わったせいだろうか。ずっと考えていたが、成績の改ざんをきっかけに、変わってしまったのだろうと今ならわかる。

「学校なんか、綺麗《きれい》ごとだけで勤まるか」

「それは……わかっています。生徒が見る風景と、我々が見ている風景は必ずしも同じではない。でも、社会がそうであるなら、なおさら学校の中だけは、綺麗な世界であるべきです」

永束は、「青いな」と、嘲笑《あざわら》った。

「お前がそう思うなら、それでもいいが、だったら、他人のことを表ざたにしないで、自分のことで告発したらどうだ?」

「え?」

「高校時代の通知表は取ってあるか?」

……何を言っている？

他人のことではなく、自分のこと？

煽《あお》るような態度の永束に、気持ち悪さを感じた。

「いったい、何のことですか？」

「俺は、あるのかないのかと聞いているんだ」

「あるかもしれませんが……」

母は「思い出」と言って、何でも取っておく人だ。さすがに小学生のころはわからないが、高校のものならありそうだ。

そうか、と永束の唇が動いたような気がした。その表情は、笑いをこらえきれないとばかりに、口元が歪《ゆが》んでいた。

「三年二組、出席番号四番の奥澤潤くん。どうやって確認すれば良いかなんてのは、今さら説明する必要はないよな。まあ、十年前の成績なんて保管していないし、親父《おやじ》さんも亡くなっている。金銭の受け渡しを知っているのは、俺と杉坂しかいない」

頭の中が真っ白になって、自分の身体の中で激しく血液が巡った。心臓の音がうるさく感じた。

「……嘘だ」

「嘘なんかじゃない。元はと言えば、この改ざんは、奥澤の親父さんが頼み込んできたことがきっかけで始まったんだ」

「嘘だ……」

「本当だよ。そもそも、教師なんて学校しか知らないんだ。金勘定に明るい方でもない。杉坂だって、当時はまだ校長になったばかりで、経営のことはからっきしだった。そんなとき、親父さんから、うちの息子の進学を何とかして欲しいと頼まれた」

「嘘だ！」

シッと、永束は唇に人差し指を立てた。

「声がでかい」

父さんがそんなことをするわけがない。

が、じゃあどんな父親だったかと思い出そうとすると、仕事ばかりしていて、あまり会話をしていない。少なくとも、進路に関して話し合った記憶はまったくなかった。

「親父さんは、自分一人でやっていることだと言っていたから、お母さんはご存じないかもしれないな」

きっとそうだろうと思うのは、母は隠しごとが上手くない人だからだ。そして会社のことも、母はノータッチだった。

いつの間にか、永束のペースに巻き込まれている。

「そんなの……嘘です」

「そう思うのは自由だが、どうしても信じられないというなら、杉坂にも聞けばいい。アイツは細かいからな。何かしら証拠を残しているかもしれない。今すぐ、ここに証拠を持って来いと言ってやろうか？」

永束がスラックスのポケットからスマホを出して「今はきっと、校長室にいるだろうから三分もあれば来られる」と言った。

永束の態度からも、言葉からも、嘘は感じられなかった。そして、もう一度「嘘だ」と言えなかったのは、自分でも思い当たることがあったからだった。

「永束先生から推薦の話を聞いたとき、あれ？　と思いました。自分の成績はそんなに良かったかなって……ただ、ちゃんと記憶していなかったから、大丈夫だと言われて信じましたが……」

「なんだ、自分でも気づいていたんじゃないか」

ついに笑いがこらえきれないとばかりに、永束が「ハハッ」と声を出した。

そうじゃない。気づいてなんかいなかった。

でも……。

イスから立ち上がった永束が、僕の肩に手を回す。

「なあ、今さら公にして、幸せになれる奴なんていないことは、奥澤が一番わかっているんじゃないか？　それに、嘘の成績で出願して大学へ行っても、こうして教師が勤まっているじゃないか」

「いや、でもそれは……」

「気にするな。〝奥澤先生〟は生徒から慕われているだろ」

永束の言葉が、耳の奥でエコーがかかったように響いていた。

確かにこの五年半、教師をしてきた。生徒と真摯《しんし》に向き合ってきたつもりだ。

でもスタートが違えば、たどり着く場所も異なる。もしかすると、僕が今いる場所は、すべて嘘の上で成り立っていたのではないだろうか。

教師をしているのも、あのとき父と永束たちが作った道を歩いたから。

もし、最初に違う方向へ歩いていたら、僕は今ここにはいないはず……。

今まで歩いてきた道が一瞬で崩れ、水の中に沈んでいく感じがした。あがいてもあがいても地上は遠くて、どんどん息苦しくなった。

「一つだけ、お前が歩いてきた道を、嘘じゃなくする方法はある」

水の中で聞く永束の声は、輪郭を失ったようにぼんやりとしている。

どうやって？　あえぐように口を開いていたが、それが声になっていたかはわからない。

ただ、永束は理解したのか、うなずいた。

「このまま続けるんだ」

「この……まま？」

「そうだ。引き返せないのなら、歩き続ければいい」

このまま歩き続ける？　それなら、今まで築き上げたものが無駄ではない？

でもその場合、どこへたどり着くというのだろう。

「そうすれば、嘘ではなかったことになる」

間違った道を進んでいるのに？

仮に歩き続けても、行き先は暗い。何も見えない場所に向かうのは辛すぎる。

それなら、僕はどうすれば――。

そのとき、視界の端に古いトロフィーが目に入った。真っ暗な場所で、なぜかそれだけが明るく光っていた。

そうか。これを手にすれば、道が照らされる。

そう思うと、僕の手がそれに伸びた。

不思議なことに、このときトロフィーの重さをまったく感じなかった。

明るい方へ行くために。

「オマ……何をっ――！」

ただそれだけを考えて、右手を振り下ろした。


身体の中に嵐が吹き荒れていた。これからどうすれば良いのか、何をすれば良いのかわからず、茫然《ぼうぜん》としていた。

そんななか、小湊くんがやって来た。

慌てて棚の奥にソレを隠した。明るい場所へ行くには、隠さなければならないと思った。

でも、僕はこれからどうすれば良いのだろう。

明るい場所へ行けると思ったのに、さらに真っ暗な場所を歩いているようだった。

小湊くんの質問に答えていたものの、相変わらず僕の中では嵐が吹き荒れていて、何を話しているのか理解できなかった。

「僕は、どうすれば良いですか？」

どうすれば？

わからない。何が正しいのか。どうすればいいのか、何もかもわからなくなっていた。

「もう、どうにもできない。どうすることもできない」

ああそうだ。すべてが遅すぎる。何もかも引き返せないところまで来てしまった。

「小湊くん」

僕が小湊くんに手を伸ばすと、彼の視線が永束の血がついた僕の袖口に動く。

そのとき、スピーカーから緊急地震速報の音が流れた。

不快なその音を聞いたせいで、僕の中の嵐が一瞬止《や》んだ。

わずかばかり冷静になった僕は、生徒だけは守らなければならないことを思い出した。

まだ何か訊ねたそうな小湊くんに黒田さんへの伝言を頼み、部屋から追い出した。

彼はしばらくドアの近くにいたようだったが、気配が消えると、僕はそっと廊下へ出た。

廊下には誰もいなかった。

小湊くんは、そろそろグラウンドへ着いただろうか。すべてを知ったらどう思うだろうか。

僕が黙って従えば良かったと思うだろうか。

それとも、このタイミングで発覚して、良かったと思うだろうか。

そう考え始めると、嵐がまた吹き始めた。

教室にはもう、誰もいなかった。いつもよりもイスが乱れていた。昼食途中の人もいたらしく、おかずが少し残った状態で弁当が置かれている机もあった。

黒田さんの机の中に、大学のパンフレットを入れる。見れば、何のことかわかるだろう。

僕は教卓の前に立った。

誰もいない。僕が授業をすることはもうない。だけどここに立つと、今までのことが次々に蘇《よみがえ》ってきて、離れ難くなった。

向きを変えて、白いチョークを持つ。

何を書こう……彼らに何を伝えよう。

コツン、と黒板にチョークを打つと、最初にこのクラスの担任になったときのことを思い出した。僕が今と同じように黒板に向かって生徒に背を向けると、後ろから囁くような話し声が聞こえた。

背中にゴミでもついているのだろうか。それとも、後ろの髪の毛が跳ねていただろうか。

そんなことを思いながら振り返ったら、百瀬さんが「そのネクタイ、初めてですね」と言った。

新年度に合わせて新調したものだったけど、似たような色柄のネクタイを持っていたから、よく気づいたな、と思った。あのとき、僕のネクタイについて、いくつも質問が飛んできた。

いつから集め始めたんですか？　どこで買っているんですか？　何本持っているんですか？　普通の柄は持っていないんですか？

たぶん、こんなことだったと思う。

どうして今、こんなときに、こんな些細な……取るに足らないことを思い出してしまうのだろう。

学校なんて、もううんざりだと思っていたのに。こんな場所からは、もう離れたいと思ったのに。

振り返ると、誰もいないはずの教室に、みんなが着席している姿が見えた。全員が笑っていた。

この期に及んで、僕はまだここにいたいと思った。

でも僕には、その資格はない。

僕には伝えることなんてなかった。教師でもない僕が伝えられることなんて、何もなかった。

こんな僕が、みんなに残しておくことは、僕が犯した罪だけかもしれない。

震える手を押さえつけるようにしながら、チョークを動かした。

『私が先生を殺した』

線が揺れて文字が崩れた。でも書き直さなかった。これ以上もう、残すことは何もないと思った。

どこへ行こう。

間違った道の最後は、どこにつながっているのだろう。

教室を出て歩き始める。

「……先生？」

後ろから聞こえた声に振り返ると、百瀬さんがいた。彼女は今にも泣きそうな顔をしていた。

でも、そんな彼女を見ても、もう手を伸ばそうとは思わなかった。ただ、「早くグラウンドに避難しなさい」と、教師のようなことを言っていた。

「……先生は逃げないんですか？」

どこへ？

少しだけ考えたけど、思いつかなかった。

「逃げ場なんて、どこにもないよ」

僕の行く先は、一つしかなかった。


屋上へ着くと、それまで身体の中に吹き荒れていた風が、突然穏やかになった。手足の震えも消えている。

フェンスから少し離れた場所で、グラウンドに整列した全校生徒を不思議な気分で見下ろした。

「昔から、災害は忘れたころにやってくる、と言われています。近年、大きな災害が毎年のように全国……いや、世界各地で起こっています。自然災害だけでなく――」

十年前は、僕も彼らと同じようにあの場所にいた。校長の話が長いと感じ、頭の中では放課後に何をしようかと考え、お気に入りの音楽を歌詞とともに、頭の中で流していた。そうやって時間をつぶしていた。

「相変わらず長いな」

かれこれ、十五分は話しているかもしれない。生徒たちが聞いていないことは、顔を見ればわかりそうなことなのに、校長は話し続けていた。

「みんなはどこかな……」

左から七列目だろうか。

これまでだったら、自分もあそこに立っていた。もう、そうすることがないのだと思うと、寂しいという感情が湧いてきた。でも引き返す道はない。進むしかなかった。

そろそろ、校長の話も終わりそうだ。少し早口になっている。自分の言葉に酔っているのか、杉坂はいつも終わり近くになると、テンポアップするのがクセだった。生徒が動き出したら、巻き込んでしまうかもしれない。それだけは避けなければならなかった。

フェンスを乗り越えて、縁《ふち》のギリギリに立つ。

下を見ると足がすくみそうになるが、遠くを見ると、どんどん心が晴れていった。

「ねえ……あそこに誰かいない？」

そんな声が聞こえたような気がした。

それを合図に、頭頂部しか見えなかった頭が、一斉に動いた。二千もの瞳が自分に向けられていた。

「ごめん」

誰に対して謝っているのか、よくわからない。

生徒に対してなのか、それとも残していく母と弟に対してなのか。

でもその答えを探すことはない。そして、行き先についても考えない。

階段の方から足音が聞こえる。もう、グラウンドから駆け上がってきた人がいるらしい。

僕が振り返ることはない。ただ、これまで歩いてきた道が、嘘ではなかったと思いながら前へ進んだ。

エピローグ

教室に飛び込んできた相原《あいはら》が「小湊《こみなと》、おめでとう！」と、息も切れ切れに言った。

「安定のギリギリ」と笑う郡司《ぐんじ》に、「今日はギリギリじゃない。三分前だ」と、相原は胸をそらす。

「今日くらい、余裕を持って来いよ」

「これまでずっとギリギリだったのが、今日だけ余裕を持てるわけないだろ」

「それもそうだ」

「ってか、俺のことなんてどうでもいいんだよ。小湊、どうして夜中に連絡してくるんだ。俺もう、寝てたし！」

「悪い。合格発表のあと、父さんと母さん、別々に報告しなきゃで、いろいろ話してたら遅くなって」

「ああ……」

祝いの報告に、少し冷たい空気が流れる。

「大丈夫だよ。父さんも結局、学費は出してくれるって言ったから」

「そこかよ」

郡司のおどけた口調に、その場が和んだ。

教室の中にいる生徒たちは、いくつかのグループに分かれていて、どこもかしこも、似たような会話が繰り広げられていた。

「花音《かのん》って、マジで凄《すご》いね。もう、凄すぎて泣けてくるわ」

「泣けてくるって、もう泣いているじゃない」

「だって……だって、あんなことがあったのに、ちゃんと自分の希望、全部叶《かな》えるんだもの」

しゃくりあげる芽衣《めい》に、祝われている本人はケロッとしていた。

「うん、頑張ったから。……あんなことは早く忘れたかったし」

忘れられるわけないけど、と囁《ささや》くような声は、騒がしい教室の中では、すぐに消えたが、芽衣には届いていたらしく、やはり泣きながらうなずいていた。

賑《にぎ》やかなグループの中で、砥部《とべ》は一人でスマホをいじっていた。以前は頻繁に更新していたSNSのアカウントは止まったままだ。今は、お気に入りのアイドルグループの動画を見ている。誰にも興味ないと言わんばかりの様子だが、何度となくチラチラと周囲の様子をうかがっていた。

「みなさん、時間になったので体育館に移動します」

開いたままのドアから顔を覗《のぞ》かせた川俣《かわまた》に、入り口近くにいた綾乃《あやの》が「はーい」と返事をした。

「川俣先生、今日は可愛《かわい》いですね」

「今日だけ？」

全身黒のスーツを着た川俣の耳には、大ぶりの真珠のイヤリングと、首にはネックレスが付けられていた。

綾乃は「そんなことはないです、いつも可愛いです」と慌てる。

わかってるわよ、とばかりに川俣は笑う。だがすぐに、「今日くらいはね」と、表情を曇らせた。

短い言葉の裏にある意味を受け取った綾乃は、「奈緒《なお》の学校は昨日終わったって、連絡がありました」と言った。

四月には四十名いた生徒も、十月に一人転学したため、今日は三十九名だ。

同じ校舎から全員は巣立てなかったが、それぞれ次の一歩を踏み出したと知った川俣の顔に小さな笑みが浮かんだ。

「ホラ、廊下に名簿順で整列して！　このクラスの出発が遅れたら、次のクラスまで遅れるんだから」

川俣の掛け声で、それまで騒がしかった教室の中が一気に静かになった。


壁面に張り巡らされた紅白の幕が、体育館を明るくする。まだ肌寒い外の空気も、窓から太陽が差し込んでいることもあって、室内はほんのりと暖まっていた。

マイク越しに響く板垣《いたがき》校長の声は抑揚を抑えられていたが、節目のときを迎えられたことで、いつもより声に力強さがあった。

「本日、ここ才華《さいか》高等学校第四十一回卒業式を挙行できることは、誠に喜ばしく、また大勢の皆様にご参列いただきましたことに、心より感謝いたします。今、呼名されました三百十七名の卒業生の皆さん、ご卒業おめでとうございます。皆さんの卒業を教職員一同、心より嬉《うれ》しく思っております。また、保護者の皆さまにおかれましては、本校の教育活動にご理解とご協力を賜り、誠にありがとうございました」

手元の紙を読み上げる校長の式辞に、多くの参列者たちは硬い表情で聞き入っていた。定型的な卒業式の言葉だが、平凡ではない学校生活を送った卒業生からすると、感慨深いものがあったのかもしれない。

校長は手元の紙を見ていることもあって、よどみなく話している。だがすでに卒業証書授与だけで三十分は経過し、このあとに来賓の挨拶も控えている。在校生の中には、頭が揺れている生徒もいた。

「さて最後に、今日でこの学校を卒業する皆さんにお願いがあります。それは、この学校から巣立ったあとのことです」

終わりが見えたせいか、在校生の背筋が再び伸びる。五か月前まで教頭をしていた、今の校長の話がここで終わることを、生徒たちは知っていた。

「皆さんはこれから、今までとは違った環境に進みます。そして新しく知り合いを作り、親交を深めていくことと思います。新しい環境でぜひ世界を広げ、さらなる可能性を見つけていくことを願っています。ですが中には、別の意図を持って近づいてくる人もいるかもしれません。そんなとき、毅然《きぜん》とした態度を見せることが必要になるでしょう。もちろん、自分の意見を述べることは勇気がいります。ですがそれは、自分の身を護《まも》るための勇気で、誰かを傷つけるものではありません。必ず、その勇気を出してください」

今日この体育館にいる人たちの中に、校長の言葉と事件のことを重ねない人はいない。マスコミに大きく報道された二人の教師の死が絡んだ事件を過去の記憶にするにはまだ、時間が短すぎた。

多くの者の傷が癒えぬまま、この日を迎えている。

「とはいえ、人はそれほど強くはありません。ときには流され、間違った方へ進むこともあるでしょう。ですから、その勇気を出せずに誤ったことをしたときには、立ち止まってください。どんなときも、遅いということはありません。気づいたときに、もしくは勇気が出たときに、立ち止まる。そして前へ進むのではなく、引き返すのだと、覚えておいてください。もちろんそれによって、失うものもあるかもしれませんが、間違った先に進むよりは、きっと自分の手に残るものがあるはずです。いいですか？　間違いに気づいたときは立ち止まる。そして、後ろを振り返るのです。そうすればきっと、皆さんは一人ではないことに気づくことでしょう。――私からのお願いは以上です」

最後の方は、校長の声が少し震えていた。会場内のそこかしこから、鼻をすする音も聞こえてきた。

誰もが、この場にいない一人の教師のことを思い浮かべていた。

小学館文庫
好評既刊

殺した夫が帰ってきました

桜井美奈

ISBN978-4-09-407008-8

都内のアパレルメーカーに勤務する鈴倉茉菜。茉菜は取引先に勤める穂高にしつこく言い寄られ悩んでいた。ある日、茉菜が帰宅しようとすると家の前で穂高に待ち伏せをされていた。茉菜の静止する声も聞かず、家の中に入ってこようとする穂高。その時、二人の前にある男が現れる。男は茉菜の夫を名乗り、穂高を追い返す。男はたしかに茉菜の夫・和希だった。しかし、茉菜が安堵することはなかった。なぜなら、和希はかつて茉菜が崖から突き落とし、間違いなく殺したはずで……。秘められた過去の愛と罪を追う、心をしめつける著者新境地のサスペンスミステリー！

ISBN978-4-09-406849-8

小学館文庫
好評既刊

△が降る街

村崎羯諦

ISBN978-4-09-407120-7

「俺と麻里奈、付き合うことになったから」三人の関係を表したような△が降る街で、〝選ばれなかった少女〟が抱く切ない想いとは——？（「△が降る街」）。「このボタンを押した瞬間、地球が滅亡します」自宅に正体不明のボタンを送り付けられた男に待ち受ける、まさかの結末とは——？（「絶対に押さないでください」）。大ベストセラーショートショート集『余命3000文字』の著者が贈る、待望のシリーズ第二弾。泣き、笑い、そしてやってくるどんでん返し。朝読、通勤、就寝前のすきま時間を彩る、どこから読んでも楽しめる作品集。書き下ろしを含む全二十五編を収録！

ISBN978-4-09-406882-5

小学館文庫
好評既刊

私たちは25歳で死んでしまう

砂川雨路

ISBN978-4-09-407176-4

未知の細菌がもたらした毒素が猛威をふるい続け数百年。世界の人口は激減し、人類の平均寿命は二十五歳にまで低下した。人口減を食い止め都市機能を維持するため、就労と結婚の自由は政府により大きく制限されるようになった。そうして国民は政府が決めた相手と結婚し、一人でも多く子供を作ることを求められるようになり——。結婚が強制される社会で離婚した夫婦のその後を描く「別れても嫌な人」。子供を産むことが全ての世の中で〝子供を作らない〟選択をした夫婦の葛藤を描く「カナンの初恋」など、異常が日常となった世界を懸命に生きる六人の女性たちの物語。

小学館文庫
好評既刊

テッパン

上田健次

ISBN978-4-09-406890-0

中学卒業から長く日本を離れていた吉田は、旧友に誘われ中学の同窓会に赴いた。同窓会のメインイベントは三十年以上もほっぽられたタイムカプセルを開けること。同級生のタイムカプセルからは『なめ猫』の缶ペンケースなど、懐かしいグッズの数々が出てくる中、吉田のタイムカプセルから出てきたのはビニ本に警棒、そして小さく折りたたまれた、おみくじだった。それらは吉田が中学三年の夏に出会った、中学生ながら屋台を営む町一番の不良、東屋との思い出の品で——。昭和から令和へ。時を越えた想いに涙が止まらない、僕と不良の切なすぎるひと夏の物語。

小学館文庫
好評既刊

あの日に亡くなるあなたへ

藤ノ木　優

ISBN978-4-09-407169-6

大学病院で産婦人科医として勤務する草壁春翔。春翔は幼い頃に妊娠中の母が目の前で倒れ、何もできずに亡くなってしまったことをずっと後悔していた。ある日、春翔は実家の一室で母のPHSが鳴っていることに気づく。不思議に思いながらも出てみると、PHSからは亡くなった母の声が聞こえてきた。それは雨の日にだけ生前の母と繋がる奇跡の電話だった。さらに春翔は過去を変えることで、未来をも変えることができると突き止める。そしてこの不思議な電話だけを頼りに、今度こそ母を助けてみせると決意するのだが……。現役医師が描く本格医療・家族ドラマ！

本書のプロフィール

本書は、小学館文庫のために書き下ろされた作品です。

小学館文庫

私《わたし》が先生《せんせい》を殺《ころ》した

著者 桜井美奈《さくらいみな》

二〇二三年五月七日　初版第一刷発行

発行人　石川和男
発行所　株式会社 小学館
〒一〇一-八〇〇一
東京都千代田区一ッ橋二-三-一
電話　編集〇三-三二三〇-五二三七
　　　販売〇三-五二八一-三五五五
印刷所――大日本印刷株式会社

ISBN978-4-09-407250-1